COBALT-SERIES

後宮剣華伝

烙印の花嫁は禁城に蠢く謎を断つ

はるおかりの

集英社

後宮剣華伝

烙印の花嫁は禁城に蠢く謎を断つ

目次

イラスト／由利子

登場人物紹介

李《り》宝《ほう》麟《りん》

18歳。李皇后。共太后の姪で、類まれな美貌を持つ。淑やかで慎ましく、控えめな性格というのは表向きで、実際はかなり活発でお転婆な性格。15歳で入宮し皇后に立てられたが、いまだ本当の夜伽をしていない。

共太后《きょうたいこう》

賛武帝《さんぶてい》の3人目の皇后、共氏。見る者を圧倒するような凄艶な美女。毎日喪服を着ている。唯一の息子であった才深皇子を亡くした。

走醜刀《そうしゅうとう》

皇后付き主席宦官。白皙の美形で、独特の色香がある。

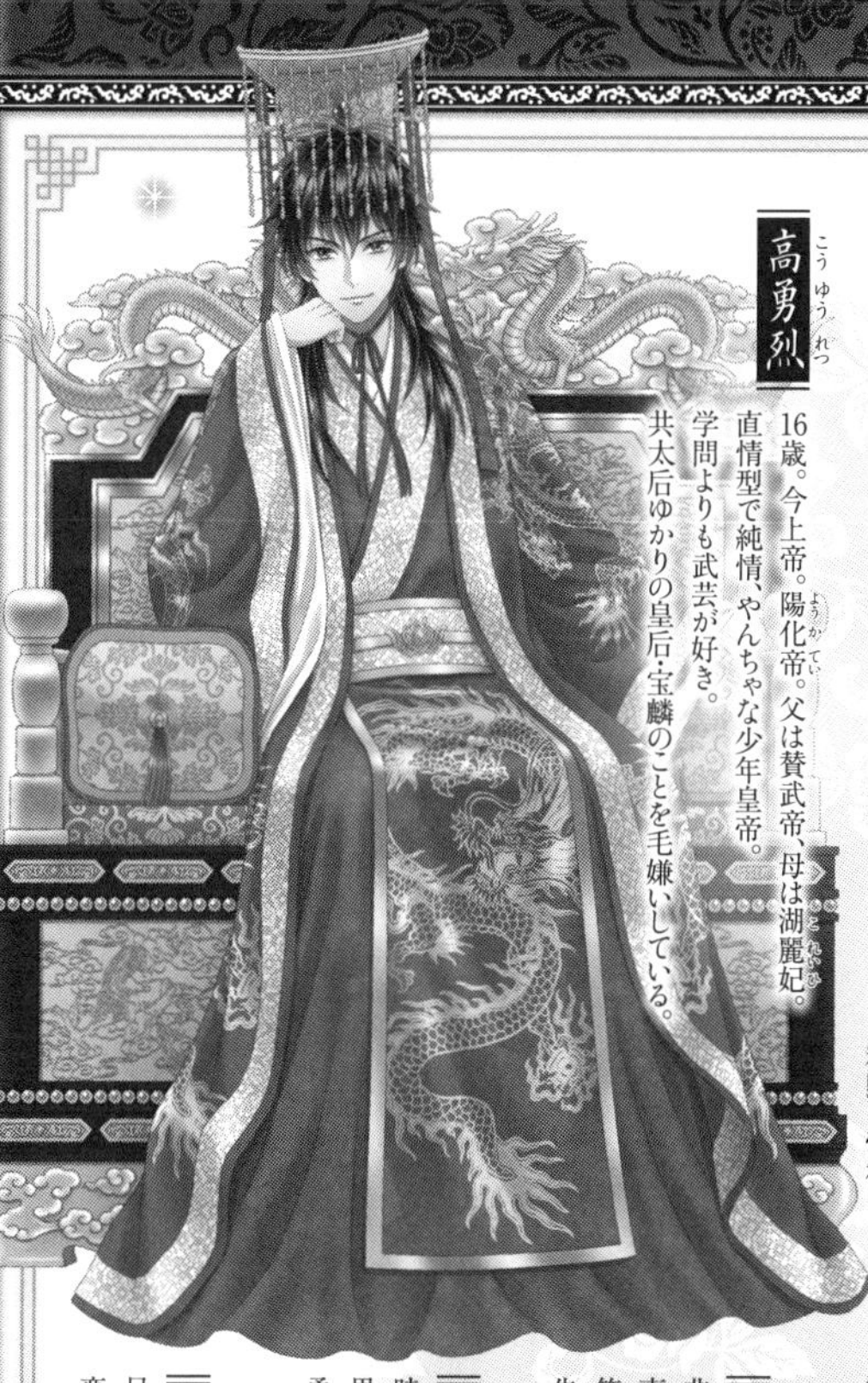

労凶餓 【ろうきょうが】

皇帝付きの主席宦官。
痩身の美形だが、食いしん坊。

高勇烈 【こうゆうれつ】

16歳。今上帝、陽化帝。父は贅武帝、母は湖麗妃。
直情型で純情、やんちゃな少年皇帝。
学問よりも武芸が好き。
共太后ゆかりの皇后・宝麟のことを毛嫌いしている。

高継争 【こうけいそう】

今上帝、陽化帝、高勇烈の異母兄。武よりも文を好む物柔らかな皇子。

高平明 【こうへいめい】

霜斉王で、勇烈の伯父にあたる。飛鋼と対立している。
幼いころから気心が知れている夫姫。

花雀 【かじゃく】

令嬢時代から宝麟に仕えている。

非如雷 【ひじょらい】

非太監。提督太監として東廠を統率する筋骨隆々の武人官官。
先帝に気に入られていた。

高飛鋼 【こうひこう】

時の摂政王。覇気にあふれ、男らしい。父帝亡き後は、勇烈の父親代わりでもあった。

高祥基 【こうしょうき】

呂守王。女好きする見目、恋の話題には事欠かない。

凱王朝宗室　高家　家系図

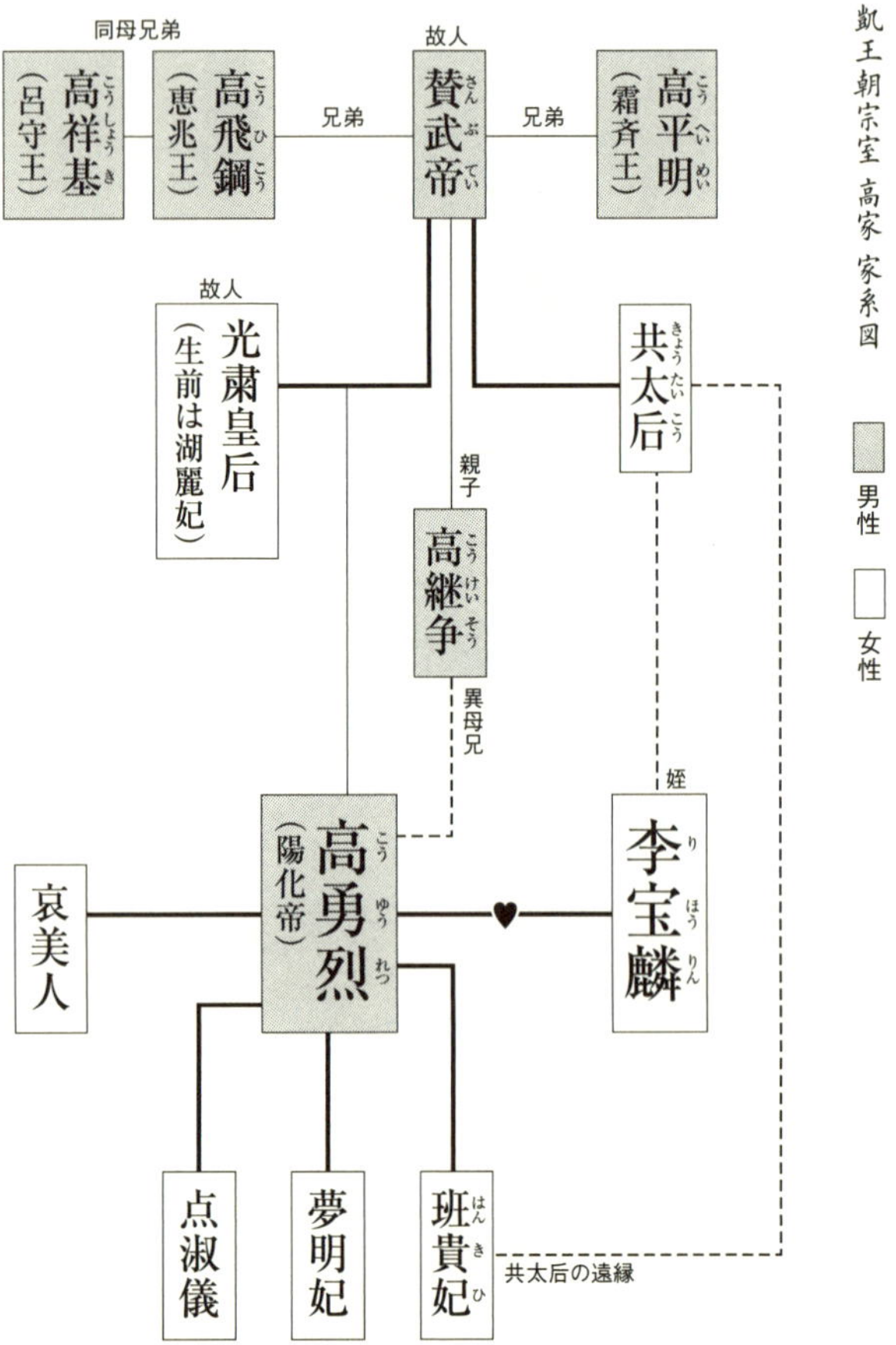

故人
賛武帝《さんぶてい》
兄弟
高平明《こうへいめい》
（霜斉王）
兄弟
高飛鋼《こうひこう》
（恵兆王）
同母兄弟
高祥基《こうしょうき》
（呂守王）
故人
光粛皇后
（生前は湖麗妃）
共太后《きょうたいこう》
親子
高継争《こうけいそう》
異母兄
姪
高勇烈《こうゆうれつ》
（陽化帝）
李宝麟《りほうりん》
哀美人
点淑儀
夢明妃
班貴妃《はんきひ》
共太后の遠縁
男性
女性

後宮剣華伝

烙印の花嫁は禁城に蠢く謎を断つ

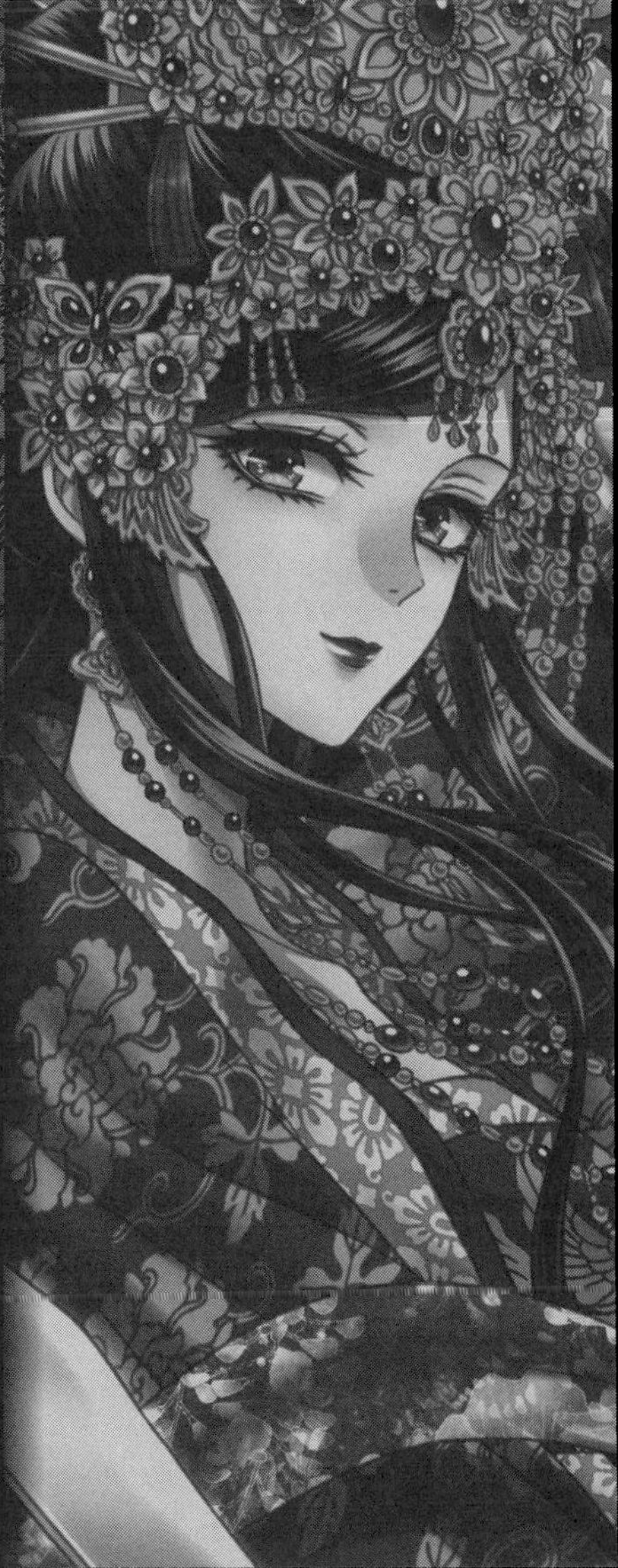

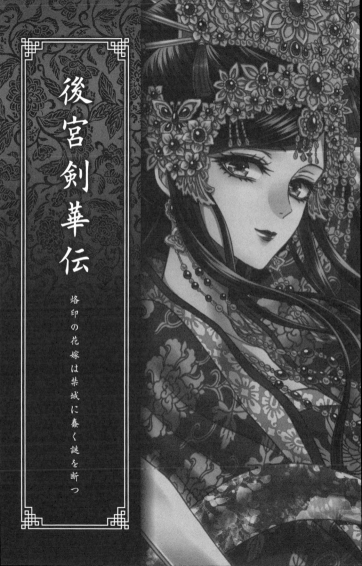

一　幸福な家族の肖像

耳元で弦音《つるおと》が戦慄《わなな》いた。とたん、矢が弾け飛ぶ。白銀のきらめきを放つ小さな鉄の塊《かたまり》が春陽を切り裂いて的《まと》の中心に突き刺さるまで、まさに転瞬の間《かん》。

「よし、見事だ」

「すっかり上達したわね」

父母の称賛の雨に降られ、高玄龍《こうげんりゅう》は誇らかに胸を張った。

「的が近いので簡単ですよ。目を閉じていても命中させられます」

「生意気なことを言う。このあいだまで、的にかすりもしなかったくせに」

父帝は笑いまじりに玄龍の肩を軽く叩いた。

「つぎはぼくの番ですよ！　見ていてください！」

同母弟の子博《しはく》が危なっかしい手つきで童子用の弓をかまえている。

子博はこの春で九つになる玄龍より四つ年下だ。兄のすることはなんでもまねしなければ気がすまないらしく、武芸でも学問でも、玄龍とおなじことをしようとする。

意気込みは十分だが、五歳児のすることだから、玄龍ほどうまくはいかない。不格好なかまえから放れた矢は、果たせるかな、弓からはじき飛ばされて地面にぽてっと落ちた。

「おしかったな」

「あとちょっと、力が足りなかったわね」

両親はやさしく子博を慰めた。弟はうつむいている。しょんぼりとした肩はいまにも泣きだしそうだ。玄龍は弟のそばに膝をつき、ふたたび弓をかまえさせた。

「引きしぼりかたが甘いんだ。ほら、こうやって」

かつて、父帝に教わったとおりに姿勢を正させ、矢をつがえて的に狙いをさだめさせる。弟の手に自分のそれをそえて矢を放つと、的の中心から少しはずれたところに突き刺さった。

「やった！　あたった！」

ほとんど玄龍が射《い》たようなものだが、子博は飛びあがって喜んだ。

「ごらんになりましたか⁉　ぼくも兄上みたいにできました！」

「ああ、しかと見たぞ。なかなかの腕前だ」

「上出来だったわよ」

両親に褒《ほ》められて、子博は鼻高々だ。飛びはねながら、的場を指さす。

「矢をとってきていいですか？　ぼくがはじめて射た記念として母上にさしあげたいので」

「かまわぬが、矢を引きぬくときは乱影《らんえい》に手伝ってもらえよ」

はい、と歌うように返事をして、子博は野兎《のうさぎ》さながらの足どりで的場へと駆けていく。その無邪気なうしろ姿を母后付きの主席宦官《かんがん》である乱影が追いかけていった。

「弟に花を持たせてやるとは、よき兄になったな」

「年長者として当然のことですよ」

「まあ、驚いた。やきもち焼きの玄龍がこんなことを言うなんて」

母后《ぼこう》が麗《うらら》らかに笑うので、玄龍は赤面した。

嬰児《みどりご》の子博をひどく妬《ねた》んだこともあった。両親を弟に奪われたようで、さびしかったからだ。けれど、それもいまはむかし。玄龍は兄として弟をいつくしむことをおぼえた。

「玄龍も壮丁《おとな》に一歩近づいたということだろう」

「もう九つですものね。冠礼《かんれい》まであと六年。私が年をとるわけだわ」

母后が悩ましげなため息をつくと、父帝は愛妻の手をそっと握った。

「そなたを見初《みそ》めて幾年もたつが、余《よ》のまなこに映るそなたは芳紀《ほうき》十八の乙女《おとめ》のままだぞ」

「いやだわ、乙女だなんて……恥ずかしい」

父帝に熱っぽく見つめられ、母后は少女のように恥じらいに頰《ほお》をそめた。

もの言う花たちが艶《あで》やかに妍《けん》を競う後宮で、父――陽化帝《ようかてい》・高勇烈《ゆうれつ》にもっとも愛されているのは、玄龍と子博の生母たる皇后・李宝麟《りほうりん》である。その事実をあらためて確信するとき、玄龍の胸はえもいわれぬ誉《ほま》れで満たされる。後宮において、母にそそがれる寵愛《ちょうあい》は子に天幸をもたらす。昨春、玄龍が立太子されたのも、その証左《しょうさ》といえるだろう。

母后は父帝に愛され、玄龍と子博は両親にいつくしまれ、ともに将来を嘱望《しょくぼう》されている。なにもかも順風満帆《じゅんぷうまんぱん》だ。こんなに幸せでよいのだろうかと、いぶかるほどに。

「父上、母上」

玄龍は仲睦《なかむつ》まじい両親をふりあおいだ。

「おふたりの子に生まれたことを、心より天に感謝いたします」

両親は目をぱちくりさせ、互いに微笑《ほほえ》みあう。

「私たちも、あなたをさずかったことを天に感謝しているわよ」

「そうだとも。そなたを息子と呼ぶことができて、とてもうれしい」

「なにがうれしいのですか？」

矢を持ってもどってきた子博がふしぎそうに小首をかしげた。

「なにもかもだ。そなたたちの成長を見られることも、宝麟が余のそばにいてくれることも」

父帝が子博を抱きあげ、母后は玄龍に手をさしだす。

「ひとやすみしましょう。ふたりが好きなお菓子を用意させているけど、なんだと思う？」

兄弟は元気よく菓子の名を言う。ふたつの声が見事にかさなり、両親は朗《ほが》らかに笑った。


陽化二十一年、晩春。

二

氷面鏡《ひもかがみ》の舞姫

御宇《ぎょう》の大半を外征についやした賛武帝《さんぶてい》の崩御《ほうぎょ》後、新帝候補の筆頭に名があがったのは、賛武帝の異母弟、恵兆王《けいちょうおう》・高飛鋼《こうひこう》である。ときに、飛鋼は齢《よわい》三十一の偉丈夫《いじょうふ》。十指《じっし》にあまる武勲《ぶくん》をたて、親征中には幾たびも監国《かんこく》を任されていただけでなく、徳望家《とくぼうか》としてもひろく知られており、九つになったばかりの頑是《がんぜ》ない皇太子より、はるかに支持者が多かった。

しかし、翌春、五爪《ごそう》の龍をまとって至尊《しそん》の位にのぼったのは、皇太子・高勇烈《ゆうれつ》であった。先帝の遺詔《いしょう》が見つかり、勇烈が新帝に、飛鋼が摂政《せっしょう》に指名されていたからだ。

およそ三月にわたる皇位継承劇には、漠《ばく》とした陰謀《いんぼう》のにおいが漂っていた。

一説によれば、賛武帝は遺詔をしたためなかったという。

李宝麟《りほうりん》は朝をきらっている。おそらく、夜以上に。

夫と朝餉《あさげ》をとり、彼の身支度《みじたく》を手伝って送りだすだけのことが、たえがたいほど苦痛だ。

「ほかに御用はございませんか？」

「ない」

いつもどおりのそっけない返事を聞き、宝麟は長い袖《そで》をひろげて跪礼《きれい》した。

「お見送りいたします」

ふせた頭のすぐそばで、不機嫌をふりまくような衣擦《きぬず》れの音がひびく。今日も大は宝麟に一《いち》瞥《べつ》さえくれずに出御《しゅつぎょ》した。寸刻たりともここにはいたくないというように。

凱《がい》帝国皇帝・高勇烈と皇后・李宝麟の一日は、とげとげしい静けさとともに幕をあける。


皇帝を送りだしたあと、女官たちは皇后の身仕舞いにとりかかる。

いくえにも重ねた薄衣《うすごろも》のうえに、龍と鳳凰《ほうおう》が戯《たわむ》れる錦の上衣《じょうい》をまとう。龍の爪は皇帝とおなじ五本。鳳凰がくちばしにくわえているのは牡丹《ぼたん》、梅花、海棠《かいどう》などの、春の花である。金襴《きんらん》の帯に躍るは麒麟《きりん》牡丹文。細やかな模様は朝日を浴びて濡れたように輝く。長く裾《すそ》を引く裙《くん》には彩雲が縫《ぬ》いとられ、その雲間では泥金《でいきん》であらわされた鸞鳥《らんちょう》が羽ばたいている。孔雀羽糸《くじゃくはねいと》で刺繍《ししゅう》された膝蔽《ひざおお》いを裙に重ね、大小の翡翠片《ひすいへん》を玉珠《ぎょくじゅ》でつなぎあわせた組玉佩《そぎょくはい》を腰からさげる。さらに黄龍《こうりゅう》文が彩る霞帔《かひ》をうなじのうしろにかけ、胸のまえに垂らす。

髪型はさほど複雑ではない。結い髪に鳳冠《ほうかん》をかぶるためである。

皇后の鳳冠には龍鳳があしらわれている。厳粛《げんしゅく》な式典では十二龍九鳳《じゅうにりゅうきゅうほう》の冠をかぶるが、これは略式の冠なので三龍二鳳《さんりゅうにほう》だ。冠の中央に配された龍は口にひとつの宝珠《ほうじゅ》をふくみ、左右に配された二匹の龍は顔の横まで垂れる一連の明珠《めいしゅ》をそれぞれくわえている。

瑪瑙《めのう》と真珠《しんじゅ》を交互につらねた耳飾り、優美な光沢を放つ紅珊瑚《べにさんご》の首飾り、向かいあうつがいの龍をかたどった腕輪、百花咲き乱れる七宝《しっぽう》の指甲套《つめかざり》、吉祥文様があざやかな香り袋。

入念な化粧《けしょう》もふくめて、皇后の装いが完成するころには、くたくたになっている。

「妃嬪《ひひん》がたがおそろいです」

皇后付き主席宦官《かんがん》の走醜刀《そうしゅうとう》が屛風《びょうぶ》のうしろから姿を見せた。黒地に銀刺繍が映える宦官服で痩身《そうしん》をつつんだ白皙《はくせき》の美形である。どこか眠たげな目もとには、性別を感じさせない独特の色香がただよい、屛風に描かれている深山幽谷《しんざんゆうこく》から出てきた神仙かといぶかるほどだ。

「どうぞ御手を、皇后さま」

醜刀が女のものでも男のものでもない手をこちらにさしだす。宝麟は彼のたなうらに手をゆだね、鳳頭鞋《ほうとうあい》（つま先に鳳凰の頭をあしらった錦鞋《くつ》）を履《は》いた足で歩きだした。

皇后の住まい――すなわちこの宮は、恒春宮《こうしゅんきゅう》という。これから恒春宮の広間で朝礼が行われる。朝礼は皇后がとりしきり、妃嬪は毎朝かかさず出席しなければならない。

後宮には三千の美女がいるが、妃嬪と呼ばれるのは六夫人《りくふじん》、十二妃《じゅうにひ》、十八嬪《じゅうはちひん》だけだ。

六夫人は貴妃《きひ》、恵妃《けいひ》、香妃《こうひ》、麗妃《れいひ》、翠妃《すいひ》、真妃《しんひ》。十二妃は英妃《えいひ》、楚妃《そひ》、秀妃《しゅうひ》、明妃《めいひ》、安妃《あんひ》、貞妃《ていひ》、恭妃《きょうひ》、平妃《へいひ》、成妃《せいひ》、和妃《わひ》、文妃《ぶんひ》、昌妃《しょうひ》。

十八嬪は貴儀《きぎ》、淑儀《しゅくぎ》、昭儀《しょうぎ》、順儀《じゅんぎ》、芳儀《ほうぎ》、賢儀《けんぎ》、淑容《しゅくよう》、昭容《しょうよう》、順容《じゅんよう》、芳容《ほうよう》、賢容《けんよう》、玉容《ぎょくよう》、

淑媛《しゅくえん》、昭媛《しょうえん》、順媛《じゅんえん》、芳媛《ほうえん》、賢媛《けんえん》、玉媛《ぎょくえん》。

皇后は妃嬪たちに過ちがあれば訓告し、いさかいがあれば仲裁《ちゅうさい》する。

また前夜、龍床《りゅうしょう》に侍《はべ》った者をねぎらうのも皇后のつとめだ。進御《しんぎょ》（夜伽《よとぎ》）の最中、彤史《とうし》と呼ばれる女官が閨《ねや》のなかのことを記録する。彼女たちがつけた記録を彤記《とうき》といい、皇后は毎朝かならず目をとおす。皇后自身が龍床《りゅうしょう》に侍った場合も、同様である。

ふだんどおりに朝礼をすませ、宝麟は妃嬪を従えて秋恩宮《しゅうおんきゅう》へ向かった。秋恩宮は皇太后の住まい。朝礼が終われば、皇太后のご機嫌うかがいをしなければならない。

紋切《もんきり》型のやりとりのあと、妃嬪たちは退室し、宝麟だけが残るように命じられた。

「やれやれ、昨夜も不首尾であったか」

共《きょう》太后が金の指甲套《つめかざり》をつけた手で彤記をめくり、聞こえよがしに嘆息《たんそく》した。

皇太后・共氏は先帝・賛武帝の三人目の皇后であり、今上《きんじょう》・陽化帝《ようかてい》の嫡母《ちゃくぼ》（父親の正妻）である。御年三十八の洗練された冷ややかな美貌《びぼう》は、さながら名工が花氷でかたちづくった人形のように、人情味がない。それは生まれ育ちの貴《とうと》さだけではなく、長年の後宮生活でつちかってきた威厳や、つねにまとっている白練《しろねり》色の衣装のせいでもあるだろう。

先帝の服喪《ふくも》期間はとっくにすぎているのに、共太后は喪服を脱がない。さすがに皇太后の喪服だから、絢爛華麗《けんらんかれい》な文様に彩られてはいるが、生地の色は決まって白だ。

弔《とむら》いの色をまとっているせいか、宝座《ほうざ》に腰かけた共太后は近寄りがたい気配を感じさせた。

「いったいいつになったら、世継ぎの顔を見られるのやら」

ため息まじりの言葉が耳に突き刺さり、宝麟は膝のうえでそろえた手を握りしめた。

宝麟が入宮《にゅうきゅう》したのは、三年前――陽化四年の春。華々しく執《と》り行われた大婚《たいこん》で、宝麟は皇后に立てられた。ときに十五歳。夫となる皇帝は二つ下の十三歳だった。

初夜はなにごともなく終わった。「なにごとも」とは、文字どおりの意味だ。

まだ十三の子どもだから、夫婦の道にはうといのだろうと解釈していたが、大婚から三年たっても状況は変わらなかった。すでに皇帝は壮丁《おとな》と見なされる十五を過ぎているにもかかわらず、宝麟に指一本ふれない。否《いな》――正しくは「宝麟には」だ。

「主上《しゅじょう》にも困ったものだ。侍妾《じしょう》には御手をつけるのに、后妃《こうひ》にはふれようともなさらぬ」

共太后は彤記を閉じて、肘かけにもたれた。

「由緒《ゆいしょ》正しい家柄の令嬢を遠ざけ、出自卑《いや》しい女狐《めぎつね》をおそばに侍らすとは……。先帝の悪癖《あくへき》をうけついでいらっしゃるのだろうな。まったく、嘆《なげ》かわしいことじゃ」

皇帝は妃嬪に進御を命じたことがない。龍床に侍る后妃は、宝麟だけである。

むろん、寵愛《ちょうあい》のせいではない。宝麟の入宮をあとおししたのが共太后なので、嫡母の顔を立てるためにしぶしぶ進御させているのだ。その証拠に、皇帝が恒春宮を訪《おとな》うのは二月おきに一度。そして、閨《ねや》の中では、なにもしない。床《とこ》に入るなり、さっさと眠ってしまう。

これでは妻のつとめを果たせるはずもなく、宝麟はいまだに名ばかりの花嫁だ。

夫婦のあいだには友好的な会話さえ存在しない。皇帝はあきらかに宝麟をきらっている。後宮の女人《にょにん》たちの模範となるべく、淑《しと》やかに言動をつつしみ、細やかな気遣いを忘れず、いついかなるときも優雅にふるまおうとつとめても、皇帝の心がほどける様子はない。

「汝《なれ》も少しは夫に好かれるよう努力せよ」

月光を象嵌《ぞうがん》したような銀細工の煙管《きせる》をくわえ、共太后は気だるげに紫煙《しえん》を吐いた。

「先帝の御代、わらわよりまえに皇后の位にあった夏氏《かし》は廃されて冷宮《れいきゅう》送りとなった。かの女の末路がどれほど悲惨《ひさん》であったかは、知ってのとおりじゃ。皇后の冠は永遠にひとところにとどまっているものではない。つとめを果たせぬなら、とりあげられるまで」

汝の代わりはいくらでもいるのだぞ、と甘ったるい紫煙の香りが物語っていた。

「ご忠告、肝《きも》に銘《めい》じます」

宝麟はおもてをふせた。ほかにどうしようもなかった。


秋恩宮を辞したあと、恒春宮へもどる道すがら、気晴らしのため散歩にでかけた。

梅林が花ざかりである。枝いっぱいの紅艶《こうえん》の花がつややかに蒼天をあおぎ、首筋をなでる恵風《けいふう》が豊かな梅の香りと軽やかな流鶯《うぐいす》の歌声をはこんできた。

「皇后さまはおとなしすぎますわ。お小言《こごと》なら主上におっしゃってくださいって、言いかえしてやればよかったのに。夫のつとめを怠《おこた》っていらっしゃるのは主上なんですから」

宝麟の手をとって散歩のともをしながら、側仕《そばづか》えの移花雀《いかじゃく》がぼやいた。

皇后付きの女官は大勢いるが、花雀は令嬢時代から仕えてくれている。幼いころからそばにいるので気心が知れた仲だ。年齢は二十四。口元のほくろが艶っぽい美姫《びき》である。

「皇太后さまは、主上にもお小言をおっしゃっているはずよ。だからこそ、ときどき恒春宮にお渡りになるんでしょう」

「お渡りになっても、なにもなさらないんじゃ、いらっしゃらないのとおなじですわよ。皇太后さまがおっしゃっていたとおり、主上は先帝の悪癖をうけついでいらっしゃるんだわ。皇后さまとは契《ちぎ》りをかわさず、つまらない侍妾とのあいだに御子をもうけられるなんて」

侍妾は妃嬪より下位の女人である。総勢で三十六名いるので、三十六侍妾と呼んでいる。上から貴人《きじん》、美人、才人《さいじん》、良人《りょうじん》という位があり、定員は各九名だ。

彤記を見るかぎり、侍妾が召される際には、通常の進御が行われているようである。

「主上がどんな侍妾をお好みかわかれば、あわせることもできるんだけど、進御した侍妾たちは容姿も人柄もばらばらなのよね。蘭《らん》貴人は物静かな佳人《かじん》だし、楊《よう》美人は蒲柳《ほりゅう》の儚《はかな》げな娘、慮《りょ》才人は年下のぼんやりした少女、歩《ほ》良人は年上の色っぽい美女、哀《あい》美人は勝気な美少女」

「お若くていらっしゃるから、女人の好みがさだまっていないのでしょうか？」

「というより、無作為に選んでいるような印象をうけるわ」

「侍妾なら、だれでもいいというみたいに？」

「そうかもしれない。主上は皇太后さまと不仲でいらっしゃるから。皇太后さまが推薦《すいせん》なさった后妃には、近づきたくないとお思いになっているんでしょう」

大婚にあたり、共太后は自身が選んだ令嬢たちを后妃にすえた。摂政王である恵兆王と共太后が合意して決めたことだから、実権のない少年皇帝に否やの言えようはずもなかった。

だからこれは、若き皇帝のささやかな抵抗なのだ。

共太后が選んだ女人はきらいだという、強烈な意思表示なのだと思う。

「とはいえ、いつまでも意地を張っていられるわけはないわ。天子には世継ぎをもうける責務がある。主上だっておわかりのはずよ。今年で十六におなりなのだし、そろそろ……」

そう思って、昨夜は心してのぞんだのだ。しかし、やはりなにもなかった。

「いっそこちらから襲いかかろうかと思ったくらいよ。でも、できなかった」

「恥ずかしがっている場合ではありませんよ」

「恥ずかしいなんて気持ちはないわ。羞恥心《しゅうちしん》は実家に置いてきたもの。入宮前にさんざんやらされた閨事《ねやごと》の勉強のせいで、なにを見ても驚かなくなったわ。だけどね、主上の龍顔《りゅうがん》をじっと見ていたら、襲いかかるなんて、とてもできなかったの」

「なぜです？　主上は乱暴者でいらっしゃいますが、お顔立ちは端麗《たんれい》ではありませんか」

「お顔立ちは関係ないわ。問題は主上のお年。まだ子どもだわ」

「主上はすでに一人前の殿方《とのがた》ですよ」

「数字のうえではね。だけど、面と向かってみると、殿方というより、弟みたいに見えてしまうの。私に弟がいたら、こんな感じかしらと考えていたら、自分のやろうとしていることがいやになった。好きでもない年上の女に無理やり迫られるなんて、おかわいそうって」

罪悪感がよみがえり、宝麟は苦いため息をもらした。

「せめておない年だったらよかったのに。年下の夫って、いろいろやりにくいわ」

李家は共氏一門の傘下《さんか》だ。全盛期ほどではないにしても、朝廷で権勢をふるう共家の顔色をそこなえば、李家の命運は尽きてしまう。実家のためにも、廃后は避けなければ。

思案しながら歩いていると、耳を洗う細水《さざれみず》の調べに笑い声がまじってきた。

梅林のそばには湧き水を引いた曲水《きょくすい》がつくられており、ところどころに満月型の飛び石が置かれている。飛び石にそってゆるやかな曲水をさかのぼっていけば、枝垂《しだ》れ柳が寄りそう四阿《あずまや》にたどりつく。朱塗りの円柱にささえられた八角形の屋根は力強くそりかえり、そのまばゆい甍《いらか》の翼でいましも碧空へ飛びたたんばかりの趣《おもむき》をたたえていた。

「ほんとうに迷惑な話よね。いつまでたっても皇后さまが進御なさらないから、わたくしたちまで龍床《りゅうしょう》に侍《はべ》ることができなくて」

四阿からもれてくる、甘く鼻にかかった声音《こわね》には聞きおぼえがある。六夫人の筆頭、班《はん》貴妃だ。班家も共氏一門と親しい一族。彼女もまた、共太后の推薦で入宮した。

「仮にもおなじ臥所《ふしど》でやすんでいて、主上の御心をみじんも動かせないのですもの。皇后さまには女人としての魅力がないのでしょう」

「きっとそうですわ。お高くとまっていらっしゃって堅苦しい御方ですから。皇太后さまのご威光を笠《かさ》にきて威張りちらす妻なんて、主上にとっては鼻持ちならないのでしょうね」

今度は夢《む》明妃と点《てん》淑儀の声だった。どちらも班家の口利《くちき》きで入宮しているせいか、班貴妃の腰巾着《こしぎんちゃく》に徹している。

「なぜ李宝麟が皇后位におさまったのかしら。班貴妃さまのほうがお美しいのに」

「刺繡《ししゅう》の腕前だって、班貴妃さまの足もとにもおよびませんわ」

夢明妃と点淑儀がお追従《ついしょう》を言うと、班貴妃は華やかなしぐさで絹団扇《きぬうちわ》を動かした。

「もし、わたくしが皇后になっていたら、あなたたちも龍床に召されるようにとりはからっていたわ。後宮のすみずみまで天寵がいきわたるよう心を砕くのが皇后のつとめですものね」

班貴妃はこちらを見下ろす位置に座っている。梅林に入ってきた皇后一行が視界に入っているはずだ。それでもあえて声高に陰口を叩くのは、悪意以外のなにものでもない。

「なんて無礼なのかしら。許せませんわ」

「独り寝ばかりで妃嬪《ひひん》たちも苛立《いらだ》っているのよ。愚痴《ぐち》くらい言わせてあげましょう」

怒りで眉宇《びう》を曇らせた花雀をたしなめ、宝麟はそしらぬふりで四阿のそばをとおりすぎた。

「皇后さまはおやさしすぎます。たまにはがつんと言いかえしてやればいいんですよ」

「かえす言葉はないわ。班貴妃の言うとおり。私は皇后のつとめを果たしていないもの」

「皇后さまのせいではありません。主上と皇太后さまの仲違《なかたが》いのせいです」

「おふたりの仲がよくなれば、状況も変わるでしょうけど……まず無理でしょうね」

皇帝と共太后のへだたりは、宝麟と皇帝のそれよりも深刻だ。


散歩を終えて、宝麟は恒春宮にもどった。ずっしりと重量のある鳳冠から解放されると、人心地つく。茶を飲んでひとやすみしようかというところで、醜刀が来客を告げた。

「皇后さま、怪太監《かいたいかん》がまいりました」

怪太監は敬事房《けいじぼう》の長《おさ》。敬事房は皇帝の夜の活動を管理する役所だ。太監は長官を意味する。

すべての進御《しんぎょ》は敬事房が仲介《ちゅうかい》する決まりだ。皇帝は今宵《こよい》だれを召すか敬事房太監に申しつけ、敬事房太監はその沙汰《さた》を皇后につたえる。皇后が鳳戯牡丹《ほうぎぼたん》と呼ばれる夜伽《よとぎ》の許可書を発行すれば、敬事房太監は鳳戯牡丹を持って、今夜、寵愛《ちょうあい》をうける女人のもとへ向かう。彼女はつつしんで鳳戯牡丹を賜《たまわ》り、支度《したく》をととのえて皇帝の臨幸《りんこう》を待つ。

皇帝があらわれて進御がはじまると、敬事房太監の配下である彤史《とうし》が寝所のそば近くにひかえて秘事の記録をとる。彤記は敬事房で厳重に保管され、後宮の女人が身籠った際には、胎《はら》の子がたしかに帝の御子かどうか、記録された日月と照合して確認するのだ。

宝麟は茶をあきらめて客間へ向かった。宝座に腰かけ、怪太監のあいさつをうける。

「今宵《こよい》はどなたをお召しになるのかしら？」

「いいえ、どなたも」

怪太監は鮮血が凝固したような目を細めた。彼は凱の生まれではない。遠い異国から俘虜《ふりょ》として連行され、宮刑《きゅうけい》をうけた色目人《しきもくじん》である。赤い両眼と白銀の髪は妖人《ようじん》のものにしか見えないが、丁寧《ていねい》な言葉遣いや優雅な立ち居ふるまいは高級宦官《かんがん》らしくそつがない。

「本日は進御のご相談でまいったわけではございません」

「まあ、それでは……慶事があったの？」

敬事房太監の用件といえば、進御か懐妊《かいにん》だ。

「さきほど太医院《たいいいん》から報告がまいりました。哀美人がご懐妊です」

「うれしい知らせだわ。さっそくお祝いを贈らなければね」

侍妾の懐妊は、今回で四度目である。

「万全の態勢をととのえてちょうだい。恒春宮のそばに部屋を用意して。出産までそこで面倒をみるわ。警護の宦官と世話係の女官も優秀な者をそろえなさい」

「たかが侍妾ですよ。皇后さまがそこまでご配慮《はいりょ》なさるほどの相手ではございません」

醜刀が面白くなさそうな顔で言う。

「侍妾とはいえ、帝胤《ていいん》を宿した身よ。今度こそ、無事に生まれさせなければならないの。いままでのようなことは……二度とあってはならないわ」

侍妾の懐妊は四度目だというのに、陽化帝にはいまだに御子はいない。なぜなら、これまで懐妊した侍妾は全員、行方《ゆくえ》不明になっているからだ。

不可解な事件だった。懐妊がわかり、各方面から祝福をうけ、よろこびのいただきにいたはずの侍妾がこつぜんと姿を消す。なにかよからぬことが起きたのはまちがいないが、捜索させても遺体すら見つからないため、行方不明というよりほかないのだ。

「さすがは慈悲《じひ》深い皇后さま。手厚いお心遣いを賜り、哀美人は感涙にむせぶでしょう」

怪太監が心底感服したふうに拝礼した。媚《こ》びへつらいは宦官の売りもの。もともと真にうけるつもりはないが、今日はとりわけいやみたらしく聞こえた。

慈悲深い皇后さまなんてどこにもいない。宝麟は保身のために哀美人を心配しているのだ。

皇后には後宮をつつがなく治める義務がある。後宮内の事件や不始末は、すべて皇后の咎《とが》。すでに帝胤を宿した侍妾を三人も行方知れずにしてしまっており、皇帝には何度か叱責《しっせき》され、共太后からも譴責《けんせき》をうけている。四度目の事件があってはならない。


剣戟《けんげき》の残響を聞きながら、高勇烈は力強く剣を突きだした。胸を狙った攻撃は易々とかわされる。息をのむ暇さえ与えず、相手は流れるような動きで剣をふりおろす。無駄のない一撃をからくもうけとめ、身をひるがえして重心を落とし、低い位置から一気に突きあける。

決まったと思った瞬間、襟足《えりあし》が粟立《あわだ》った。相手の腰帯にふれているはずの剣先は虚空を貫いている。首筋がひんやりとしていた。うしろから剣刃《けんじん》があてがわれているせいだ。

「勝負あり」

審判の声に緊張の糸を断ち切られ、勇烈は武器をおろした。

「お怪我《けが》はございませんか、主上」

勇烈の首筋から剣刃を離し、提督《ていとく》太監の非如雷《ひじょらい》がこちらに手をさしだした。

提督太監は宮廷内の儀礼をつかさどる宦官の役所、司礼監《しれいかん》の次席である秉筆太監《へいひつたいかん》の筆頭。第三代皇帝が創設した特務機関、東廠《とうしょう》の長官をさす別称でもある。

浅黒い肌と青い瞳を持つ如雷は、宦官とも思えぬ筋骨隆々の武人だ。四十をこえても衰え知らずの鉄腕は惚《ほ》れ惚《ぼ》れするほどで、身のこなしは軽やかで隙《すき》がない。

「勝負がつくたびにそう訊くのはやめろ。余《よ》は子どもじゃないんだぞ」

勇烈は如雷の手をかりずに立ちあがった。

「だいたい、これは剣の試合だ。多少の怪我くらい、鍛錬のうちだ」

「お怪我をなさったのですか⁉」

「してない。ほら、見てみろ。無傷だろう」

「ああ、ようございました。もし玉体《ぎょくたい》になにかあれば、先帝に顔向けできませぬゆえ」

勇烈が怪我をしていないことを確認し、如雷は筆勢に任せて書いたような眉《まゆ》をひらいた。

「よし。じゃあ、もう一度だ。つぎは負けないぞ」

「そろそろおやめになったほうがよろしいかと。じきに御進講《ごしんこう》のお時間ですので」

天子が経書《けいしょ》や史書について講義をうける席を経筵《けいえん》という。なかでも大経筵《だいけいえん》は月に数回、多くの朝臣が列席する儀礼的なもので、式次第だけでも複雑怪奇である。さらには日講《じっこう》というものもある。これは関係官のみが出席する形式だが、なんと毎日行われる。侍講《じこう》の説教くさい講釈を聞かされる時間が刻々と迫っていると思うと、早くもげんなりしてしまう。

「今日は負けどおしだ。せめて一本くらいは勝たないと気がすまない」

「やめておけ、勇烈。どうせ結果はおなじだ」

演武場《えんぶじょう》に雄々《おお》しい声がひびき、勇烈はふりかえった。

「叔父上《おじうえ》」

悠然《ゆうぜん》とした足どりで歩いてくる偉丈夫《いじょうふ》は、恵兆王・高飛鋼だ。九匹の蟒《ぼう》が舞い躍る錦の上衣《じょうい》に包まれた長躯《ちょうく》は、如雷をもしのぐほど筋骨たくましい。野性味を感じさせる顔立ち、堂々とした足はこび、覇気《はき》にあふれた太い声。男らしさが人の形をつくったような親王だ。

「摂政王殿下に拝謁《はいえつ》いたします」

如雷が配下の宦官たちを従えて跪礼《きれい》する。飛鋼は「楽にせよ」とおおらかに命じた。

勇烈の知るかぎり、高飛鋼ほど威風に満ちた人物はいない。数え切れぬほどの輝かしい武功と、一流の学者にも引けをとらぬ学識を持ち、政道にも通じている傑物《けつぶつ》でありながら、少しも驕慢《きょうまん》なところがなく、皇宮の中でも外でも、多くの者に人徳を慕《した》われている。

「いつからそこにいらっしゃったんですか？」

「おまえが負けはじめてからだ」

「最初からじゃないですか。お声をかけてくだされればよかったのに」

「武芸を指南した者として、弟子の剣筋《けんすじ》を見ていたんだよ。今日は調子が悪いようだな。まるで童子がやみくもに剣をふりまわしているかのようだったぞ」

自覚はあったので、勇烈は言いかえさなかった。

「剣の乱れは心の乱れだ。むかっ腹の立つようなことがあったんだろう？」

「……さきほど、怪太監が報告しにきたんです。哀美人が懐妊したと」

「めでたいことじゃないか。いよいよおまえが父親になるときが来たか」

「父親になれるかどうかはわかりませんよ。無事に生まれたためしがないんですから」

哀美人が懐妊したと聞いて、真っ先に感じたのはよろこびではなく不安だった。なにせ、懐妊中の侍妾《じしょう》が三人も行方不明になっているのだ。おなじことがまた起きないとは限らない。

この事件にかんして、後宮ではさまざまな憶測が飛びかっているが、もっともよく聞くのが李皇后黒幕説である。いつまでたっても懐妊のきざしがないことを怨《うら》んだ皇后が、自分よりもさきに帝胤を宿した侍妾に修羅《しゅら》を燃やして、彼女たちを亡き者にしたというのだ。

李宝麟は共太后に推挙《すいきょ》され、鳴り物入りで入宮してきた令嬢である。完璧《かんぺき》な礼儀作法を身につけ、つつましく従順で、口数は少なく、まめまめしく夫と姑《しゅうとめ》に尽くし、妃嬪《ひひん》侍妾には慈悲《じひ》心をもって接する。皇后として採点するなら満点にするしかない模範的な女人《にょにん》だが、その完璧さがかえって不自然だ。たかだか十七、八の小娘にしては、できすぎている。

（共太后が推薦《すいせん》した女なんか、性悪《しょうわる》に決まってる）

　勇烈は共太后をきらっている。いや、憎んでいる。共太后の息がかかった女だから、李皇后にも、ほかの妃嬪にも、絶対に手をつけないのだ。

「いやな予感がするんです。また、悪いことが起きそうな……」

「三人も行方知れずになっているからな。哀美人には警護をつけたほうがいい」

「そのつもりです。怪太監によれば、皇后が恒春宮の近くで出産まで面倒を見ると言いわたしたらしいですが、余のほうで手配しようと思います。皇后は信用できませんから」

「まさか、李皇后を疑っているのか」

「懐妊した侍妾が邪魔でしょうがないのは、皇后をおいてほかにはいません」

「身重の侍妾が邪魔なのは、妃嬪もおなじだ。疑わしい者は李皇后だけじゃない」

「……皇太后さまも〈疑わしい者〉のうちに入りますか？」

　探るように見上げると、飛鋼は紗幕をかぶせたような微笑ではぐらかした。

「李皇后を疑っているなら、なおさら哀美人の処遇は李皇后に任せたほうがいい。部屋を手配させ、使用人を集めさせ、出産まで世話をさせよ。哀美人にかんしていっさいの責任を負わせれば、かえってよからぬことはできなくなる」

「もし、なにかあったら」

「不測の事態にそなえて、密偵を数人もぐりこませておけばいい。李皇后が哀美人を不当にあつかっているかどうかたしかめれば、夫婦のわだかまりがとけるかもしれない」

「わだかまりなんてありませんよ。たんに余が皇后をうとんじているだけです」

「皇太后さまがお決めになった皇后だから、気に食わぬのはわかるが、好きあって結ばれた仲でないのはお互いさまだ。おまえも一人前の男なら、李皇后の胸中を察する余裕を持て。夫にうとまれる妻が周囲からどのような目で見られるか、想像はつくだろう」

耳に逆らう言葉が腹の底に逆巻く感情をかき乱す。

「おまえはまだ若い。夫婦の道を語っても、そんなものになんの価値があるのかと疑問に思っているだろうな。しかし、これだけはおぼえておけ。いつの日かおまえも、火のような恋に落ちることがあるだろう。その相手がだれであれ、李皇后と良好な関係をきずいておけば、おまえの愛する女は、おまえだけでなく、李皇后にも守られることになる。皇后と寵妃が姉妹のように仲睦《なかむつ》まじければ、後宮に不幸は起きぬ」

苦い思いが舌先をしびれさせる。叔父が言う〈不幸〉こそが、共太后への敵意の根源だ。

「いまのことだけ考えず、将来を見すえる目を養え。おまえはこの国の未来そのものなんだ。明日を見すえて、今日の行いを決めよ。それが賢君のあるべき姿だぞ」

「ご忠告、痛み入ります、叔父上」

勇烈は叔父に畏敬《いけい》の念を表して頭を垂れた。飛鋼は正しい。だれよりも。

「耳に痛い諫言《かんげん》を素直に聞き入れましたよ。褒美《ほうび》に手合わせを所望《しょもう》します」

「不心得者め。諫言を聞く代わりに褒美を求めるやつがあるか」

太い肩を揺らして笑い、飛鋼は如雷から剣をうけとった。

「覚悟はいいか？　俺は如雷ほどやさしくはないぞ」

「望むところです」

勇ましく剣をかまえる。厄介事《やっかいごと》を忘れようと、血湧き肉躍る対戦に身をゆだねた。


（……火のような恋、か）

龍輦《こし》に揺られながら、勇烈は叔父の助言を反芻《はんすう》していた。

火のような恋と聞いて連想するのは、父帝と母妃のことだ。

勇烈の母は賛武帝の麗妃《れいひ》だった湖氏《こし》である。湖氏は本姓を古《こ》という。古家は歴史ある名門だったが、あるとき、罪を得て族滅《ぞくめつ》を言いわたされ、男は処刑、女は官婢《かんぴ》になった。まだ十《とお》に満たなかった古家の令嬢も例外ではなく、柔肌《やわはだ》に官婢の刻印を焼きつけられた。過酷《かこく》な労働に耐え、屈辱《くつじょく》の日々を強《し》いられていた彼女は、若き賛武帝に見初《みそ》められる。寵愛《ちょうあい》をうけた当日に侍妾に封じられ、あれよあれよという間に位階を進めていった。

まさに烈火のごとき恋であったという。父帝はあまたの美女をさしおいて古氏ばかりを寵愛した。彼女を高位の妃嬪とするために後宮制度を改変し、麗妃という新しい位までつくった。湖とは、麗妃となった古氏に下賜《かし》された姓である。

湖麗妃は賛武帝の最愛の女人だった。勇烈が立太子されたのも、母妃が寵愛を一身にうけていたからだ。本来なら父帝の崩御《ほうぎょ》後は聖母《せいぼ》皇太后に立てられるはずだった。しかし、勇烈の即位にともなって皇太后の位にのぼったのは――賛武帝の皇后・共氏だけだった。

「おい、凶餓《きょうが》。こちらは恒春宮に向かう道じゃないか？」

「はいそうですよー」

龍輦のそばをのんびり歩く宦官《かんがん》が太鼓《たいこ》を叩くような調子で言った。

皇帝付き主席宦官の労《ろう》凶餓である。すらりとした痩身《そうしん》の美形だが、見るたびに口をもぐもぐさせている。あきれるほど食い意地が張っているため、隙あらばなにかを食べているのだ。まさにいまこの瞬間も、棗《なつめ》入りの蒸し菓子をむしゃむしゃ頰張《ほおば》っている。

「だれが恒春宮に向かうと言った」

「どなたも。なんとなれば命じられるまえに僕が察しましたので。褒《ほ》めていいですよ」

「このとんまめ。恒春宮に向かうつもりはないぞ」

「えー？　なんでですか？」

「行きたくないからだ」

「まぁたそんなわがままをおっしゃって。摂政王殿下のお小言《こごと》をお忘れですか？」

返答につまり、勇烈は口をねじ曲げた。

（叔父上のおっしゃることは正しいと思うが……どうしても気乗りがしない）

李皇后のよそよそしい顔を思い出す。彼女は会うたびにつんと澄ましている。笑うことも泣くことも怒ることもなく、まるで氷でつくった人形のように静まりかえり、女訓書《じょくんしょ》の教えのとおりに良妻役を演じている。彼女がまとう冷血な静寂は共太后を思いおこさせ、勇烈を不快にさせる。

「恒春宮には昨日泊まったから、また今度でいい」

懐妊をねぎらうため、哀美人に会いに行ってきたところだ。明日から彼女は、恒春宮にほど近い朱柳閣《しゅりゅうかく》という殿舎で暮らすことになっている。飛鋼の助言に従い、哀美人の身のまわりの世話は李皇后に一任した。もちろん、万一にそなえて密偵をもぐりこませている。

（皇后が不審な動きをしたら、見逃しはしない）

正妻とは夫婦の絆《きずな》を深めておくべきだという飛鋼の教えには共感するが、共太后に瓜《うり》ふたつの李皇后が相手では、夫婦の絆を深めるどころではない。氷の人形とわかりあえるとは思えないのだ。少なくとも侍妾の行方《ゆくえ》不明事件に無関係であることが明らかにならなければ。

「じゃあ、どちらへいらっしゃいますか？　金烏殿《きんうでん》？　夕浪殿《せきろうでん》？　梧葉殿《ごようでん》？」

凶餓があげたのは、すべて皇帝の寝殿《しんでん》の名である。

「やすむまえに体を動かしたい。日講やら政務やらで、体がなまっているんだ」

勇烈は体を動かすことがなにより好きである。武術はいうまでもなく、蹴鞠《しゅうきく》や打毬《ポロ》、捶丸《すいがん》や投壺《とうこ》、競渡《きょうと》や相撲《すもう》などの競技にも親しんでいる。

「昼間、さんざん剣をふりまわしていらっしゃった御仁《ごじん》がなにをおっしゃるやら」

「昼は昼、夜は夜だ。適度な運動をしないと眠れない」

「なるほどー！　美女とくんずほぐれつするアレですねー」

「ちがう！　余は健全な運動がしたいと言っているんだ」

こぼれる言葉が白く濁る早春の夜。まるまると太った月が紫黒の錦に縫《ぬ》いつけられている。

「そうだ。まだ池の氷が残っているうちに氷嬉《スケート》をしよう」

「はあ、いまからですか？　明日になさればいいのに」

「今夜やりたいんだ。氷嬉靴を用意できるか？」

「はいはい。こんなこともあろうかと、お召しものと一緒にご用意してございますよ」

「気がきくな！　褒めてつかわす」

「ご褒美は羊肉料理十人前でお願いしますー」

適当な返事をしつつ近場の園林《ていえん》に入る。龍文の入っていない服に着替えて、やや丈の短い外套《がいとう》を羽織《はお》った。運動するときは、やたらと裾《すそ》の長い皇帝の常服《じょうふく》は着ない。

園林には白梅が枝をひろげていた。明るい月影を弾いて咲く白い花の群れは、梢《こずえ》にうっすらと積もった銀雪に白粉《おしろい》をほどこされ、夜陰を灯すように玲瓏《れいろう》ときらめきわたっている。

「おやー？　先客がいるようですよ？」

提灯《ちょうちん》片手に凶餓が小首をかしげる。勇烈はいぶかしんで池のほうを見やった。

湖と見紛《みまが》うほどひろい池は、一面の氷におおわれている。冷たく沈黙した水面は銀粉をまいたようにきらきらと輝き、薄闇のなかにぼうっと浮かびあがっていた。

（……だれだ？）

月明かりに照らしだされる氷面鏡《ひもかがみ》のうえを、緋色《ひいろ》の外套を着た女がたゆたっていた。否《いな》、滑っていたのだ。燃えるような両翼をひろげた朱雀《すざく》が彩雲《さいうん》のなかを滑空するみたいに。

美しい女だった。顔かたちがつぶさに見てとれるほど近くはないが、そう確信した。

きっと氷上での身のこなしがあまりにしなやかだからだろう。右へふわり、左へゆらりと女が身をひるがえすたび、緋色の外套が花ひらくように風を孕《はら》み、翡翠色《ひすいいろ》の裙《くん》にほどこされた印金の模様が星を放った。それは朱雀の羽ばたきがこぼす光のせせらぎを思わせ、氷面鏡にちりばめられた銀色のきらめきと混ざりあって、女の装束を天衣《てんい》に変えていた。

氷嬉靴に包まれた華奢《きゃしゃ》な足もと、白い胡蝶《こちょう》のように舞い踊る繊手《せんしゅ》、月光に透くかのような細い首、あえかな微笑《ほほえ》みを刷《は》いた玉のかんばせ、褥《しとね》から起きあがったばかりのような、物憂《ものう》くかたむいた雲鬢《うんびん》。彼女が舞えば、夜が波紋を立てる。金鈴《きんれい》のようなその音色が、やさしく波打ちながら、いくたびも勇烈の耳をつんざいた。

月の化身か。あるいは梅花の精か。さもなくば、氷上にあらわれた玉響《たまゆら》の幻であろう。

「あのー、そこの人ー！　悪いんですけど、はずしてもらえます？　これから……」

「ばかやめろ。彼女の邪魔をするな」

勇烈が凶餓を黙らせたときだ。女はこちらに背を向けて駆けだした。

「おい、待ってくれ！」

急いで岸辺まで行き、氷嬉靴を履《は》いて追いかける。飛ぶように氷面《ひょうめん》を駆けていく彼女に追いつくまで、永遠のような時間がかかった。池のほとりにたどりつく直前で女の腕をつかむ。とたん、われ知らず驚いた。彼女は幻ではない。こうしてつかむことができるからには。

「なにもしないから安心してくれ。ちょっと呼びとめただけだ。話がしたくて」

妙なうしろめたさを感じ、言い訳じみた言葉が口をついて出た。女の腕は思っていた以上にほっそりとしていた。力加減をまちがえれば、さやかな音を立てて割れてしまいそうな。

「……話ってなに？」

女はつかまれた腕を強張《こわば》らせた。黒い水滴を注いだような瞳に警戒心が映っている。

「ええと……なんというか、その……」

舌がまごついてしまう。上気した女の頬が牡丹《ぼたん》のようにきれいだったせいかもしれない。

「そなたの舞を見ていたが、とても美しかった。まるで朱雀が羽ばたいているようで」

火であぶったみたいに頬が火照《ほて》っている。女人《にょにん》と話すのはこれがはじめてというわけでもないのに、得体の知れぬ羞恥《しゅうち》が首まで駆けのぼってきた。

「……あ、ありがとう」

女はぎこちなく礼を言った。しずくのような視線が勇烈の衣服に滑りおりる。

「あなたって、宦官よね？」

「え、あ……ああ、もちろん宦官だ」

なぜだかわからないが、皇帝だと名乗ったら、彼女が消えてしまいそうな気がした。

「ひょっとして、あなたも氷嬉をしに来たの？」

勇烈がうなずくと、女は白梅のほうを見やった。凶餓が地面に敷物をしき、持参した火鉢《ひばち》でなにかあぶっている。おおかた、串焼き肉でもあたためているのだろう。

「見たところ、高級宦官のようね。お友だち？」

「いや、上官だ。変わった人でさ、氷の池を見ながら酒盛りをするのが好きなんだ」

つたない嘘でごまかしていると、向こう岸の白梅の木のそばに人影を見つけた。

「あっちにだれかいるな？　女人みたいだが……そなたの連れか？」

「ええ、友だちなの。氷嬉は苦手だから、あそこで見てたのよ」

会話が途絶える。忘れた言葉を探すように、互いに目をそらした。

「そろそろ帰らなきゃ。私はもう十分滑ったから、あとはあなたが楽しんで」

「待て、そなたは女官か？」

手の中からするりと抜けだしそうになった女の腕を、とっさに強くつかんだ。

「そうよ。……腕が痛いわ」

「す、すまない」

あわてて細腕を放す。解放したとたんに彼女が逃げてしまいそうな気がして後悔をおぼえたが、女は自分の腕を胸に抱き、面映《おもは》ゆそうにまつげをふせただけだった。

「そなたはいつもここに来るのか？」

「年が明けてからはよく来てるわ。ここの氷はけっこう長くもつから、安心して滑れるの」

「じゃあ、明日も会えるかな」

「会えるかなって……私と？　どうして？」

「余……俺は氷嬉が大好きなんだが、上官はつきあってくれないから、いつもひとりで滑ってる。だけど、ひとりで滑るより、ふたりで滑ったほうが楽しいんじゃないかと思うんだ。氷嬉に限ったことじゃないが、どんなことでも、ふたりのほうが二倍楽しめるって。だから、そなたさえよければ、俺と一緒に滑ってくれないか？」

急《せ》くように言いながら、勇烈は彼女の目元を見ていた。長いまつげが雪の肌に濃い影を落としている。その憂《うれ》わしい陰影には、なぜか見覚えがあった。

「なんだか、初対面じゃないような気がするな。どこかで会ったか？」

「いいえ。たぶん、あなたが知っているだれかと似ているんじゃなくて？」

だれだろうと考えたが、すぐに興味をなくした。勇烈の視線を惹《ひ》きつけてやまないのは、彼女に似ているだれかではなく、いま目のまえにいる彼女なのだ。

「それで……返事は？」

女はためらいがちにうなずく。勇烈の口もとに笑みがにじんだ。

「よかった。じゃあ、明日また、ここで会おう」


女が立ち去ったあとも、勇烈は氷上でぼうっとしていた。

「あの娘、帰しちゃってよかったんですかー？」

いつの間にか、凶餓がそばまで来ていた。両手に串焼き肉を持ち、にやにやしている。

「お気に召したのなら、そのまま龍床《りゅうしょう》にお連れになればよろしかったのに」

「ばか、そんなことができるか。さっき、会ったばかりなんだぞ」

右のたなうらに残った細腕の感触が、さきほどの邂逅《かいこう》が夢ではなかったことを証明している。

「そもそも彼女は女官だし、まだ名も知らないんだ。余も皇帝とは名乗らなかったし……」

重大な過ちに気づき、勇烈は舌打ちした。

「余は大馬鹿者だ！　名を聞きそびれてしまった！」


宝麟の毎日は単調だ。今日も朝礼をとりしきり、共太后に小言《こごと》を賜《たまわ》って、散歩に出た。水仙が香る内院《なかにわ》を歩き、疲れたのでひとやすみしたいと言って、臥室《しんしつ》に入る。

「今夜もあの宦官とお会いになるんですか？」

「約束したもの。つぎに会ったときは一緒に滑るって」

宝麟は左腕をさすった。そこには宦官につかまれたときの感触がはっきりと残っている。

昨夜、花雀を連れてこっそり恒春宮をぬけだした。このところ、いやなことがつづいていたから、思いっきり体を動かして鬱憤晴《うっぷんば》らしをしたかったのだ。

宝麟は体を動かすことが大好きだ。幼いころから、刺繍《ししゅう》や弾琴《だんきん》よりも、蹴鞠《しゅうきく》をしたり、船こぎ競争をしたり、馬に乗って駆けまわったり、弓の練習をしたり、曲芸師のまねをしたりするほうが好きだった。襦裙《じゅくん》よりも動きやすかったから、男装を好んだ。両親は宝麟の活発さに理解があり、父は剣術や棍術《こんじゅつ》を教えてくれたし、母は氷嬉や水泳の手ほどきをしてくれた。

じっとしているのが苦手な童女だった。兄たちにまじり、朝から晩まで元気いっぱいに遊んだものだ。遊びたりなくて眠れず、寝入っていた兄たちを叩き起こして、夜明けまで氷牀《そり》遊びに熱中して両親に叱《しか》られたことさえあった。楽しい毎日だった。退屈することも、鬱々とすることもなかった。明日はなにをして遊ぼうかと、いつもわくわくしていた。

若木のようにのびのびとした少女時代は、突如として終わりを告げた。

あるとき、宝麟は母に連れられて皇宮《こうぐう》に参内《さんだい》した。そこではじめて共太后――当時は共皇后――に謁見《えっけん》した。共皇后は値踏みするように宝麟を見つめ、冷たく言い放った。

『李宝麟よ、汝《なれ》を東宮《とうぐう》に嫁《とつ》がせてやろう』

母は恐縮して辞退しようとしたが、共皇后は黙殺した。

『万民の尊崇《そんすう》をうけるべく、四徳を身につけ、天下の女人の模範となれ』

賛武十四年。高勇烈が立太子された年のことだ。

以来、宝麟は両親から引きはなされ、お妃《きさき》教育をほどこされた。武芸は真っ先に禁止された。蹴鞠や船こぎ競争、打毬《ポロ》や狩猟、氷嬉や氷牀遊びなどの運動も厳禁になってしまった。宝麟に許された運動らしきものといえば、側仕《そばづか》えをぞろぞろ連れていく散歩と、ゆったりとした音曲にあわせた緩慢《かんまん》な舞踊と、清明節《せいめいせつ》の前後に行う鞦韆《ブランコ》くらいのものだった。

禁止されたのは武芸や運動だけではない。感情をあらわにすることも禁忌《きんき》となった。

『天子の妻たる者は、己を律することができなければならぬ』

下品に口を開けて笑ってはいけない。幼子のように泣きわめいてはいけない。人前で怒気をむきだしにしてはいけない。静穏に親しみ、おしゃべりしないこと。とりわけ男性のまえでは口をつつしみ、恥ずかしげもなく相手の顔を見つめないこと。争いは避け、たとえ侮辱《ぶじょく》されても決してやりかえさず、その場をまるくおさめるようにつとめること。

天子の妻になんてなりたくないと、何度叫びたくなったかしれない。しかし、共太后に逆らえないこともわかっていた。李家は中流の氏族《しぞく》で、共家の傘下《さんか》である。共氏一門のうしろ盾があるから、李家の人々は裕福な暮らしができているのだ。宝麟が共太后に逆らえば、兄たちの出世は絶望的になる。共家に睨《にら》まれたら、李家はたちまち朝廷から排除されてしまう。

一族のためには、どんなにつらくても耐えるしかない。家族を思い、宝麟は共太后の教えどおりの令嬢になろうと努力し、ともすれば走りだしそうになる心を殺した。

苦労のすえ、模範的な女人になることができた。否《いな》、そのふりをする術《すべ》をおぼえたのだ。

だが、しょせんは見てくれをつくろっているにすぎない。ほんとうの自分を偽れば偽るほど、墨堂《ぼくどう》ですられつづける墨《すみ》が己の身を削《けず》っていくように、心が摩耗《まもう》していく。

我慢が限界に近づいたときは、人目を盗んで体を動かすことにしている。花雀と蹴鞠をしたり、剣の手合わせをしたり、拳法《けんぽう》の稽古《けいこ》をしたりすれば、常日頃は抑えつけてばかりいる心が解放されて、束の間ではあるけれど、幼いころの生き生きとした気持ちを思い出せる。

「でも、相手は宦官ですよ？　あまり親しくなさらないほうが……」

宦官にとって、あらゆる女人との私的な交際は罪である。彼らは妻帯を認められていない。万が一、妻妾の存在が明るみになれば、愛する人もろとも処刑される運命だ。

太祖《たいそ》がさだめた禁制ゆえ、宦官は職務外での女人との接触を避ける傾向があった。女人側も同様で、女官のなかには、宦官と言葉をかわすことさえ厭《いと》う者もいる。

「もし、だれかに見られたら、密会と勘違いされかねませんわ」

「密会だなんて、おおげさね。ただ氷嬉をするだけよ」

宝麟は褥に横たわった。綾錦の枕にもたれかかり、ため息をつく。

「花雀も見ていたでしょう？　あの人、風よりも速く私を追いかけてきたわ。ずいぶん距離があったのに、あっという間に追いつかれてしまった。信じられなかったわ。氷嬉ならだれにも負けないって自負していたのに、私、腕が鈍《なま》ったのかしら」

彼と滑ってみたい。競争してみたいという気持ちが、むくむくとこみあげてくる。

「それにね、あの人、お顔立ちが主上に似ていたの。ふしぎなことに、お声も。だけど、主上とは全然ちがってやさしい人みたい。腕をつかまれたときは怖かったけど、痛いって言えば放してくれたもの。明日も会えるかなとか、どこかで会ったかとか、まるで口説《くど》き文句よね？　そんなつもりで言ったわけじゃないんでしょうけど、ちょっとどきどきしたわ」

知らず知らずのうちに口もとをほころばせると、花雀が視線を鋭くした。

「……わかってる。深入りはしないわ。立場はわきまえているから」

皇后が夜更けに宦官と会う。それが忌《い》むべき軽挙《けいきょ》であることは百も承知だ。

けれど、会いたいと願ってしまう。左腕に残ったぬくもりが消えてしまうまえに。

昨日の場所まで行くと、宦官がさきに来ていた。さらさらと流れる月光の水底に、宦官は提灯《ちょうちん》を持って立っていた。湖色《こしょく》の衣をまとう長軀《ちょうく》は、己の力を試そうとする若竹のようにしなやかだ。うつむき加減の横顔は提灯の薄明かりを弾きかえすような凜々《りり》しさに満ちて、物思いに沈む眉宇《びう》は青く翳《かげ》り、端整な目もとは清潔な美しさを放っていた。

（少しくらい、見つめてもいいわよね？　この方は宦官なんだから）

男性を見つめることは破廉恥《はれんち》な行いだが、相手が宦官であれば不品行にはなるまい。

自分に都合のいい解釈をしつつ、そろそろと彼に近づく。声をかけようとしてためらった。羞恥《しゅうち》のせいではなく、声をかけたとたんに彼が幻のように消えてしまいそうな気がして。

「来たか」

宦官がこちらに気づいた。日に焼けた面輪《おもわ》に健康的な笑みがひろがった。

「名を教えてくれ」

「えっ？」

「昨夜、訊きそびれたんだ。そなたが立ち去ったあとに地団太《じだんだ》を踏んだが、遅かった。ああ、ちなみに俺は盗星《とうせい》という。宮正司《きゅうせいし》に仕えている」

宮正司は後宮内の糾察《きゅうさつ》、禁令、懲罰《ちょうばつ》をつかさどる役所だ。上層部は女官でしめられている。

「私は月華《げっか》よ。恒春宮づとめなの」

あらかじめ考えておいた偽名である。嘘をつくのは気がひけたが、皇后とは名乗れない。

月華か、と盗星はしみじみつぶやいた。まるでそれが恋い焦がれた名であるかのように。

「よし。じゃあ、滑ろう」

ぎこちない言葉にうなずいて、宝麟は鞋子《くつ》を脱いで氷嬉靴《スケートぐつ》に履《は》きかえた。

氷嬉靴は木の板に一本の鉄条を打ちつけたものを靴底にくくりつけた長靴《ちょうか》である。体を起こせば氷面をなめらかに滑り、たくみな者は滑空する燕《つばめ》のように駆けることができる。

毎年、冬になると、皇城《こうじょう》の遥天池《ようてんち》で武官たちの氷嬉が行われる。もともとは武事の訓練としてはじめられた競技で、走る速さを競ったり、駆けながら矢を射《い》たり、曲芸的な演舞を披露したりすることになっている。とりわけ優秀な者には天子から褒賞《ほうしょう》が与えられる。

宝麟も皇后として例年、出席しているが、遠くから眺めているだけだ。武官たちにまじって氷嬉競技に参加できたらいいのにと、いつも口惜《くちお》しく思っている。

「そなたは筋がいいな」

ならんでゆるやかに滑りながら、盗星がこちらに視線を投げてきた。

「氷嬉靴を自分の足みたいに使いこなしている。小さいころから練習してきたんだろう」

「三つのころからね。普通の鞋子より好きだわ。冬場は一日中、氷嬉靴を履いて生活したいくらいよ。道という道が氷でできていたら、氷嬉靴で楽に移動できるもの」

それはいい、と盗星は朗《ほが》らかに笑う。彼の笑顔が緊張を幾分やわらげてくれた。

「あなたもなかなか上手よ」

「なかなか？　かなりの腕前だと自負しているんだが」

「そうね、悪くないと思うわ。昨日も私に追いついてきたし」

「そなたに追いつくくらい、わけないさ。俺は風のように速く走れるんだ」

「私は矢のように速く走るから、勝負すれば私が勝つわね」

「風より速い矢はないぞ」

「あるのよ。試してみる？」

挑むように片方の眉《まゆ》をつりあげる。たちまち、盗星の瞳が晴れやかにきらめいた。

「勝負なら、うけてたつ。女人《にょにん》相手だからといって手加減はしないからな」

「望むところよ。勝負は対等にやってこそ面白いんだもの。お互い、全力を出しましょう」

宝麟は池の中央に自分の外套《がいとう》を置いた。池の両端から走って、さきに外套をとったほうが勝ちだ。はじまりの合図は花雀に頼み、互いに池の端と端にわかれて睨《にら》みあった。

花雀の号令を聞くや否や、宝麟は駆けだした。引きしぼられた弓が弾き飛ばした矢のように風を切る。鋭い冷気に逆らう感覚が、長らく忘れていた高揚《こうよう》を呼びさます。

なにも考えない。まえへまえへと、ただひたすらに進む。ひるがえる裙《くん》とともに、けたたましく心が脈動する。薄闇を引き裂くように駆けぬけながら、宝麟は腕をのばして緋色の外套をつかんだ。疾風のような速さで盗星とすれちがう。彼の舌打ちが小気味よくひびいた。

「ほらね、私が勝つって言ったでしょう」

徐々に減速してくるりとふりかえり、外套をかかげてみせる。

「もう一度だ！　つぎは負けないぞ！」

盗星が「風向きがそなたに有利なんだ！」と言うので、互いの立ち位置を入れかえたが、やはり宝麟が勝った。彼が悔しそうに顔をゆがめ、「そなたの外套にはなにか細工がしてあるにちがいない」と疑うから、今度は盗星の外套を池の中央に置いて勝負した。

何度やっても、外套をつかみとるのは宝麟だった。

「そなたは、まったく、あきれるほど、速いな……！」

十回目の勝負のあと、盗星は池のほとりに座りこんだ。宝麟は彼のとなりに腰をおろして、胸に手をあてる。心臓が弾けんばかりに早鐘を打っていた。高ぶりが体中を駆けめぐり、喉《のど》が火を噴いているみたいに熱い。互いの乱れた息遣いが夜気に触れて白く色づいた。

「あなただって、風のように速いって言うだけのことはあるわよ。さっきは、危ないところだった。ほんの一瞬の差でなんとか勝てたけど、もう一回やれば、きっと負けるわ」

「あと少しだったんだが。ほんとうに惜しかった……！」

恨めしげにため息をつき、盗星は地面に寝転がった。両腕を投げだして夜空を見上げる。

「そなたも空を見てみろ。月が美しい」

宝麟は彼のとなりに体を横たえた。黒衣をひろげたような夜空には、磨《みが》きあげた鏡のような月がさやかに輝き、冴え冴えとした空気を黄金色に染めあげている。

「そなたは月のようにきれいだから月華というのか？」

「……そういうの、あなたの癖《くせ》なの？」

「そういうのとは？」

「さりげなく口説き文句を言うこと」

「く、口説き文句だと⁉　そんなことを言っているつもりはないぞ」

「自覚がないのね。重症だわ」

「重症ってなんだ。まるで病気みたいじゃないか」

「女たらしは病気だって、私の叔母《おば》さまが言っていたわよ」

「俺は女たらしじゃないぞ。女になんか興味はない」

盗星はむきになって言いかえす。宝麟はくすりと笑ったが、すぐに笑いを引っこめた。

（……宦官《かんがん》だもの。女人に興味があるなんて、言えるわけないわよね）

姿かたちは見目麗《みめうるわ》しい少年なのに、彼は少年ではない。外見と内実がともなわないのは、宝麟もおなじだ。皇后でありながら皇后ではない宝麟は、彼と同類なのかもしれない。

「宦官になったことを後悔したことはない？」

「いや、全然ないな」

「私は毎日、後悔しているわ」

宝麟はかいつまんで事情を話した。もちろん、皇后であることはふせたままで。

「なんだって⁉　そなたは結婚してるのか⁉」

盗星は飛びおきた。ぎょっとしたふうにこちらを見下ろす。

「形だけの結婚よ。旦那《だんな》さまは私のことがおきらいで、妻のつとめも果たさせてくださらない。おかげで私はお義母《かあ》さまに叱《しか》られてばかりいるわ。私の努力が足りないから夫に見向きもされないんだろうって、顔をあわせればお小言《こごと》をいただくの。努力ならしてるのに。お義母さまに教えられたとおりに完璧《かんぺき》な正妻を演じているのよ？　旦那さまに逆らったり、口答えしたりしたことなんかないし、側室《そくしつ》たちや妾《めかけ》たちにも気を配っているわ。旦那さまにきらわれるようなふるまいをしたおぼえはないのよ。それなのに、旦那さまは私のまえではいつもご機嫌が悪いの。私が呼吸をすることにすら苛立《いらだ》ってしょうがないという感じで」

懸命に抑えこんできた怒りがふつふつとわきあがってきて、宝麟は早口でまくしたてた。

「政略結婚だもの。好きで私を娶《めと》ったわけじゃないことくらい、わかっているわ。だけど、私だって、旦那さまのことが好きで嫁《とつ》いできたわけじゃないのよ。お互いさまなんだから、少しは私の立場も考えてほしいわ。旦那さまが私をきらうから、側室たちは私を軽んじてところかまわず陰口を叩いているし、妾たちは私の命令にしたがわずに勝手なことばかりしてる。そんなありさまなのに、家内で問題が起きれば、ぜんぶ私のせいになるのよ。正妻がしっかりしていないからもめ事が絶えないんだって、旦那さまは無責任に私を責めるんだから。無責任なのは旦那さまのほうよ。夫に無視される正妻をだれが敬《うやま》うというの？　旦那さまが私を正夫人として尊重してくだされば、側室たちや妾たちも私を正妻として敬うようになるのに。毎日、結婚したことを後悔するの。結婚なんかしたくなかった。少なくとも、旦那さまの――」

盗星が怒ったような顔をしているので、はっとしてつづきを打ち切った。

「ごめんなさい。愚痴《ぐち》なんか聞きたくないわよね」

うっかり本音をもらしてしまった。花雀にも泣き言はこぼさないようにしているのに。

「そなたの夫は人間の屑《くず》だな！　俺まで腹が立ってきたぞ！」

「私が愚痴っぽいから怒ったんじゃないの？」

「蛆虫《うじむし》野郎に仕えているんだから、文句のひとつやふたつ言いたくなって当然だ。俺がそなたなら、そいつを一発殴《なぐ》って目をさまさせてやるところだ」

「旦那さまを殴るのはまずいわよ。横っ面《つら》をはたいてやりたいと思うことはあるけど」

不機嫌そうな龍顔《りゅうがん》に平手を食らわせる場面を想像すると、ちょっとだけ気が晴れた。

「わからぬな。そいつはそなたのなにが不満なんだろう？　そなたは月のように美しくて、気立てがよくて、氷嬉もうまいのに」

「旦那さまは私が氷嬉ができることなんてご存じないわ」

「夫と一緒に氷嬉をしたことはないのか？」

宝麟が「ないわよ」と答えると、盗星はぽんと膝を打った。

「名案を思いついた。そなたが夫のまえで氷嬉の腕前を披露すればいいんだ。氷上で朱雀《すざく》のように舞うそなたを見れば、どんなに薄情な夫も一目で虜《とりこ》になるはずだ」

「そんなことで旦那さまの御心を射止《いと》められるかしら」

「射止められるとも！　俺だって、一瞬で心奪われたんだ。月明かりの中にそなたの姿を認めた瞬間、桃源郷《とうげんきょう》を見たみたいに胸が震えた。そなたのほかにはなにも見えなくなって、そなたが身をひるがえすたび、聞こえるはずのない音曲《おんぎょく》が聞こえた。幻だと思ったんだ。こんなにきれいな女人が生身の人間であるはずはないと。だから――」

「またはじまったわね。あなたの悪い癖」

さざ波のような笑いが唇を震わせ、宝麟は盗星の話をさえぎった。

「口説いているわけじゃないぞ！　思ったままのことを話しているだけだ」

「信じるわ。あなたは嘘がつけない人みたいだから」

かすかに赤らんだ面差《おもざ》しに嘘は見当たらない。

「おしゃべりも楽しいけど、せっかく氷嬉靴を履《は》いているんだから滑らなきゃもったいないわ」

「そうだな、もっと滑ろう。俺が勝つまでやめないぞ」

「そんなことを言っていたら、いつまでたってもやめられないわよ」

軽口を叩きながら起きあがる。心が鞠《まり》のように弾んでいた。


皇宮は中朝《ちゅうちょう》、暁和殿《ぎょうわでん》。そこは皇帝が日中、政務をとる殿舎である。

「やけにご機嫌だな。なにかいいことでもあったのか？」

政務が一段落するころ、飛鋼がからかうように尋ねてきた。

勇烈はまだ親政をはじめていないので、国事の大半は飛鋼が処理しているが、朝政の勉強のために、いくつかの案件にかかわることがある。歴史上の悪辣《あくらつ》な摂政《せっしょう》たちはあの手この手で天子を政《まつりごと》から遠ざけようと画策したものだが、飛鋼はその反対だ。将来、親政を行う際に右往《うおう》左往《さおう》せずにすむよう、勇烈が成長するごとに国事にふれる機会を増やしているし、身をもって経世済民《けいせいさいみん》の道を学ぶために、勇烈を市井《しせい》に連れだしてくれることもある。

邪《よこしま》な連中は「高飛鋼は賛武帝の遺詔《いしょう》を偽造して摂政王になった」だの、「摂政王はいまも玉座を狙っている」だのと讒言《ざんげん》を弄《ろう》するが、勇烈は聞く耳を持たない。

飛鋼の胸中にあるのは、甥《おい》を賢君に育てたいという野心にほかならない。その証拠に、飛鋼は勇烈をきびしく指導する。勇烈もまた、叔父《おじ》の期待にこたえるべく努力する。いつの御代にも奸臣《かんしん》はいるが、飛鋼はまちがいなく先帝の忠臣であり、勇烈の尊敬すべき師だ。

「ああ、待て。なにも言うな。あてててやる」

女官が運んできた茶を一口飲み、飛鋼は訳知り顔でにやりとした。

「おまえの浮かれようから察するに、とびきりの美人と出会ったんじゃないか？」

「実はそうなんです。幻みたいにきれいな女人と知りあいになりました」

待ってましたとばかりに、勇烈は月華のことを話した。

「ほう、相手は人妻か」

飛鋼は興味深そうにつぶやいて顎《あご》をなでた。

「話を聞く限り、その女官の夫はおまえにそっくりだな」

「えっ。余《よ》はそんなに悪い夫ですか？」

「そうだとも。三月おきに一度しか訪ねてこず、訪ねても指一本ふれないとあっては」

「……皇后は苦手なんです。人形みたいに冷たい女人ですから」

　勇烈は李皇后を思い浮かべた。つい先日、会ったばかりなのに、印象が薄れている。彼女がどんな顔かたちをしているのか、ぼんやりとしか思い出せない。共太后が選んだ令嬢だから美人にはちがいないが、玉製の人形のように冷淡な花顔《かがん》には魅力を感じない。

「人形みたいな女か。俺の経験上、そんな女は存在しないぞ」

「でも、ほんとうに人形じみているんですよ。感情がないみたいで」

「感情のない女はいないさ。野心のない男がいないように」

　肘かけにもたれ、煙管《きせる》をくわえて紫煙《しえん》をくゆらせる。

「女は陰なるものゆえ、古くから水にたとえられることが多いが、俺に言わせれば、女はたんなる水じゃない。うちに炎を秘めた、燃える水だ」

「燃える水？　危険ということですか？」

「危険といえば危険だし、安全といえば安全だ。一見して水でありながら、その体に火をおびている。冷たいように見えても、種火さえあれば一気に燃えあがる。なにもかもを燃やし尽くす苛烈《かれつ》な炎にもなるし、凍《こご》える者をあたためてくれるやさしいたき火にもなれば、頼もしいかがり火となって暗い視界を照らしてくれることもある。それでいて本性は水だから、渇《かわ》いた喉《のど》を潤してくれるし、身を清めてくれるし、たぎりすぎた心を適度に冷やしてくれる」

「だけど、水は危険な一面もありますよ。人を溺《おぼ》れさせることができますから」

「そこが女の恐ろしいところだ。近づきすぎて火傷《やけど》をしたかと思えば、気がついたときには奔《ほん》流《りゅう》にのみこまれて溺れ死にしそうになっている」

「叔父上にとっての燃える水のような女人は、亡き恵兆王妃さまですか」

若かりしころの飛鋼には艶聞《えんぶん》が絶えなかったらしい。しかし意外にも、彼が娶《めと》った妃《きさき》はひとりだけだった。それは賛武帝から賜《たまわ》った宮妓《きゅうぎ》で、飛鋼は彼女を大事にしていた。ふたりに子はなく、恵兆王妃は数年前に薨去《こうきょ》している。王妃の死後、飛鋼は独り身のままだ。

「すべての女が燃える水だ」

飛鋼は紫煙を吐き、床にわだかまった寒気を見下ろすように視線を落とした。

「おそらく李皇后も、おまえが一目惚《ひとめぼ》れした人妻も」

「ひ、一目惚れなんてしていませんよ！」

「嘘をつけ。その女官にすっかりのぼせあがっているくせに」

「のぼせあがっているわけじゃありません。彼女とは……友だちです」

動揺《どうよう》をごまかそうとして、勇烈は茶を飲みくだした。あわてすぎてむせてしまう。

「その女官はろくでなしの夫を愛しているのか？」

「きらっているようです。結婚したことを後悔していると言っていました」

「だったら遠慮《えんりょ》はいらないな。奪えばいい」

「人の妻を奪うなど、徳義に反しますよ」

「徳義に反しているのは、ろくでなしの夫のほうだ。正妻の顔を立てず、彼女に肩身の狭い思いをさせて、妻のつとめすら果たさせないんだからな」

あたかも自分が非難されているようで、勇烈は返答に窮《きゅう》した。

「しかし、初恋の相手が人妻とはな。ずいぶんと難儀《なんぎ》な恋をしたものだ」

「恋なんかじゃないですよ。ただの友だちだと言っているでしょう」

「恥ずかしがるな。自分の気持ちに素直になれ」

「……素直になったところで、相手が人妻ではかなわぬ恋ですよ」

「おまえは天子だぞ。この天下に、おまえが望んで手に入らぬものはない」

茶化すような言葉は、どこか皮肉げなひびきをおびていた。

「かなわぬ恋など、天子には無縁のものだ。相手が今生《こんじょう》にいる限りはな」

暁和殿の階《きざはし》をおりたあと、勇烈は凶餓をそばに呼んだ。

「皇后になにか贈りものをしておけ」

「なにかってなにをですかー？」

「女人《にょにん》が好きなものなら、なんでもいい。哀美人の面倒を見てくれていることへの礼物だ」

「ははあ。今晩、恒春宮をお訪ねになるんですね？」

「いや、今夜は月華と会う約束をしている」

「まぁたですかぁー？　ここ最近、毎晩ですよ」

「氷嬉《スケート》を楽しめるのも、あと少しだからな。池の氷もそろそろとけはじめる頃合いだ」

「あーそうか。氷がとけたら、おふたりの逢瀬《おうせ》もおしまいというわけで？」

胸中でくすぶっていた不安をずばり言い当てられ、勇烈は立ちどまった。

「……氷がなくなっても月華と会う、うまい口実はないかな」

「お側付きに召しあげればよろしいのでは？　金烏殿づとめにでもすれば」

「そんなことをしたら、余の正体がばれてしまうだろうが」

「バレちゃまずいんですか？」

「まずいとも。余が皇帝だと知ったら、月華はいまのように気安くつきあってはくれない」

そもそも、皇帝は一女官と親しくしないものだ。女官は龍床《りゅうしょう》に侍《はべ》らないという原則がある。后妃侍妾《じしょう》が相手なら許される多少の戯《たわむ》れ事も、女官が相手では許されない。

「いっそのこと侍妾に召しあげたらどうです？　そのまえに邪魔な夫はさくっと始末しましょう。汚れ仕事は僕にお任せください。殺しに見えないように殺すの得意ですから」

「夫を殺して妻をわがものにするだと？　おまえは余に暴君になれと言うか」

「殺すのがしのびなければ、離縁させるという手もありますけど」

結局はおなじことだ。陽化帝は人妻欲しさに夫婦の仲を引き裂いたとののしられる。

（この天下に、余が望んでも手に入らぬものはたくさんある）

たとえば結婚の自由。十三のときに共太后に強《し》いられて大婚《たいこん》させられた。まだ冠礼《かんれい》もすませていないのだから早すぎると訴えたが、勇烈の意見は聞き流された。

あるいは、寵愛《ちょうあい》の自由。後宮のだれを愛するのか、勇烈の意のままにはならない。共太后の顔を立てるために李皇后を訪ねなければならず、飛鋼には李皇后に配慮《はいりょ》してやれと訓告《くんこく》される。

いずれは妃嬪《ひひん》のもとにも通わねばならなくなり、不愉快な夜が増えるだろう。

ほんとうに愛する女人と夫婦になり、彼女だけを妻と呼んで暮らす自由は、皇帝にはない。

（余には、日差しのなかで月華と会う自由もない）

恒春宮に行けば、昼間の月華を見ることができるだろうが、盗星の正体が明らかになってしまう恐れがあるゆえ、ひかえている。また、正体がばれることを恐れないとしても、李皇后の立場を慮《おもんぱか》れば、恒春宮で彼女の女官と逢瀬を楽しむわけにはいかない。

「凶餓、はさみを持っているか」

「はいはい。いつなんどき蟹《かに》をいただくことになるかわかりませんので持ち歩いてますよ」

凶餓のはさみを借り、勇烈は手近な紅梅の枝を切った。今夜、月華に持っていこう。できれば高価なものを贈りたいが、身分を明かせないから、下手《へた》な贈りものはできない。

（月華は余のことをどう思っているかな）

盗星には好感を抱いてくれていると思う。では、勇烈に対してはどうだろう？　彼女がなにかしら、いい印象を抱いてくれているかどうか、にわかに気になりだした。

その夜はふたりで双飛燕《そうひえん》をした。双飛燕は氷嬉の技のひとつで、ふたりが横にならんで互いの腰を抱き、足並みをそろえて滑るものだ。氷嬉の腕前が互角でなければ形が崩れやすいが、勇烈と月華はまるでふたりでひとりのように、軽快に踊りながら氷面鏡《ひもかがみ》を滑った。

「ところで、そなたは主上をどう思う？」

滑りすぎて火照《ほて》った体を池のほとりに投げだし、勇烈は脈絡もなく尋ねた。

「どう思うって、どういう意味？」

月華は勇烈のとなりに座りこんでいる。咲きそめの紅梅に似た唇が荒っぽく息を吐く。白い喉からほとばしった呼気は、月の光に漉《こ》されて鱗粉《りんぷん》をふくんだようにきらめいた。

「好きか？　それとも好きじゃないか？」

「なんで私が主上を好きかどうか知りたいの？」

「えーと……そなたはどんな男が好きなのかと思って。たとえば主上みたいな男は好きか？」

勇烈はなにげないふうを装いつつ、月華の顔色をうかがった。

「きらいよ」

期待したものとは正反対の答えが胸に突き刺さった。

「いつもご機嫌ななめだし、不愛想で、そっけなくて、冷たい人だから」

「……そうかな」

「そうよ。とくに私に対してはね。私のことがおきらいなのよ」

「どうして主上がそなたをきらっていると思うんだ？」

「だって、お目にかかるたびに邪険な態度なんだもの。いいえ、邪険以上よ。私のことがきらいできらいでしょうがないという感じで、ものすごく殺伐《さつばつ》としてる。眼差《まなざ》しにもお言葉にも棘《とげ》がにじんでいて、おそばにいるだけで体中がちくちくするわ」

月華はひどくうんざりした様子でため息をついた。

（いったいどこで月華と会ったんだろう……？）

まったく思い出せない。普段、女官の顔なんてろくに見ないのだ。しかし、どうやら月華は勇烈と会ったことがあるらしい。しかも勇烈は、月華にきらわれるような言動をしている。

「自覚してるかどうか知らないけど、あなたは主上にそっくりだわ」

「……俺も、不愛想でそっけなくて冷たいかな」

「ううん、そういう意味じゃない。主上と似ているのは容姿や声よ。人柄は全然ちがうわ」

月華はこちらを向いた。はにかみをふくんだ笑顔が視界を満たす。

「あなたは明るくて、正直で、あたたかい人。だから、好きよ」

「えっ……ど、どういう意味だ？」

「あなたみたいな男の人は好き、ということ」

雪明かりで化粧《けしょう》したような花顔に、ほんのりと赤みがさす。どこか大人びた微笑《ほほえ》みは薄氷を透かして見る緋鯉《ひごい》のように、玲瓏《れいろう》とした艶《あで》やかさを秘めていた。

「……そ、そうか」

勇烈は恥ずかしさをごまかそうとして目をそらした。さきほど、ずきりと痛んだ胸が今度はどきどきと脈打っている。月華に好きだと言われた。彼女は勇烈の人柄を好ましいと言っただけで他意はないだろうが、なにはともあれ、好きだと言われたのだ。

（……待てよ。かなり妙なことになってないか？）

盗星は月華に好かれているが、陽化帝はすっかりきらわれている。どちらも勇烈であることにちがいはないのに、どうしてここまで月華の感情が変わってしまうのだろう。

「あなたはどういう女の人が好きなの？」

「……お、俺は宦官《かんがん》だから」

「宦官にだって、人の心はあるでしょう？　素敵だなって思う女人はどんな人？」

勇烈がもごもご口ごもっていると、月華は焦れたようににじりよってきた。

「たとえば、皇后さまはどう思う？」

「皇后？　なんで皇后が出てくるんだ？」

「ただのたとえよ。あなただって主上を例にあげたでしょう」

一瞬、正体に勘づかれたのかと思ってどきりとした。

「皇后はきらいだな」

「……どうして？」

「そなたが主上をきらう理由と似ている。不愛想でそっけなくて冷たいから。女訓書《じょくんしょ》を読みあげてるみたいに型どおりの受け答えしかしないから、面白みがなくてつまらない。完璧《かんぺき》な賢夫《けんぷ》人《じん》を演じているのがかえって不気味だ。自分の意志というものがないのか、上手に猫をかぶって本性を隠しているのか知らないが、共太后の手先であることはまちがいない」

李皇后に会うたび、共太后の影がちらつく。彼女は共太后の目であり耳であり手足なのだ。

勇烈の言動をつぶさに報告し、あれこれと指図をうけて命じられるままに動いている。

これではまるで、共太后を娶《めと》ったも同然だ。忌々《いまいま》しい、母の仇《かたき》を。

「俺が好きなのはのびのびとした大らかな女人だな。自分を偽らず、なにかの役を演じず、ありのままの姿を見せてくれる……つまり、そなたのような女人が好きなんだ」

緊張をのみくだそうとして、勇烈は深く息を吸った。

「そなたはとても自然に見える。雪解け水のように清らかで、月明かりのようにさやかで、つくろいやごまかしがない。素敵だなと思う」

ふと、考えてみた。もしも月華が皇后だったら、どうなっていたかと。

たぶん、毎日のように恒春宮を訪ねているだろう。彼女と分かちあう時間はあっという間に過ぎてしまうだろう。なにもかもが、いまとはまるきりちがっていただろう。

「あ……いやだったかな？　俺なんかに、こんなことを言われるのは」

月華が黙っているので不安がこみあげてきた。宦官に好意をあらわされて不快になってしまったのだろうか。もしそうだとしても、いまさら「俺は宦官ではない」とは言えない。

「……月華？　ひょっとして……泣いてるのか？」

月華は唇を嚙《か》んでうつむいている。銀のしずくのような涙が細い顎先からこぼれ落ち、彼女の脚を覆《おお》い隠している紅裙《こうくん》に小さな染みを作った。

「す、すまない……！　そなたを困らせるつもりはなかったんだ！」

勇烈はあわてた。女人を慰める方法がわからず、おろおろしてしまう。

「な、泣かないでくれ。さっきのことは謝るから」

「泣いてないわ」

思いのほか、力のこもった口ぶりだった。

「怒ってるのよ」

「……俺が悪かった。つい余計なことを言ってしまって……。でも、誤解しないでほしいんだ。そなたのことを邪《よこしま》な目で見ているわけじゃないから」

「誤解しているのはあなたよ、盗星」

月華は顔をあげ、眼前にひろがった薄闇を睨《にら》んだ。

「皇后さまは不愛想じゃないし、そっけなくもないし、冷たい人でもないわ。賢夫人に見えるのは、そうであろうと懸命につとめていらっしゃるからよ。ちゃんとご自分の意思を持っていらっしゃるけど、皇后という立場で後宮を治めなきゃいけないから、感情をあらわにすることはひかえていらっしゃるの。皇太后さまの手先みたいだと思われるのは仕方ないことね。李家は共家の支持なしに朝廷での地位を保てないから。ほんとうは皇太后さまの言いなりになりたくなくても、実家のことを考えれば従うしかないのよ」

急《せ》きたてられるように言い、白い貝殻《かいがら》のようなまぶたを閉じる。

「いろんなしがらみがあって、ご自分の心を抑えこんでいらっしゃるわ。とても苦しそうだけど、ほかにどうしようもないの。皇后は女官とはちがうもの。辞めたくても自分の意思では辞められない。強《し》いられたことだとしても、いったん鳳冠《ほうかん》をかぶってしまったからには、皇后役を演じつづけるしかない。でも、皇后さまにだって人の心はあるわ。なにも感じないわけでも、苦しまないわけでもない。重責に戸惑って、押しつぶされそうになって、泣きたくなって、逃げだしたくなることだってある。だけど、どんなときも、つとめを優先するのがよき皇后というものよ。そのせいで誤解されることも多いけど、だれにも弱音を吐けなくて……」

言葉がついえた。静けさが夜風にさらわれ、引きちぎられるように月明かりが途絶える。

（……皇后には皇后の苦労があるんだ）

苦い罪悪感がこみあげてきて、勇烈は黒く染まった氷面鏡に視線を落とした。

皇后はあまたの妃嬪侍妾《ひひんじしょう》を統率せねばならず、後宮で起きる諸問題に適切な対処をしなければならない。不手際があれば皇太后に咎《とが》められ、皇帝からも叱責《しっせき》される。周囲からは早く世継ぎを身籠《みご》もれと急かされ、妃嬪侍妾がさきに身籠れば面目を失う。多少なりとも皇帝に愛されていれば威厳を保つこともできるが、寵愛《ちょうあい》をうけない皇后はだれからも軽んじられる。

夫に愛されず、共太后の期待と失望にふりまわされ、妃嬪たちには侮《あなど》られ、侍妾たちには面《めん》子《つ》をつぶされ……李皇后の人となりがどうであれ、現状は彼女にとって針の筵《むしろ》だろう。

「私、皇后さまのお気持ちがわかるの。私もおなじような立場にいるから」

貝殻のようなまぶたがひらかれると、ふたたび月影があたりを満たした。

「大変なことは山ほどあるけど、ほんとうにつらいのは境遇じゃない。つらいときに『つらい』って言えないことよ。本心を押し隠して、大丈夫、全然気にしてないって、もっと頑張ろうって、自分に言い聞かせなきゃいけない。そうしているうちに、弱音がどんどんふくれあがって、心にひびが入るの。ひびの数は毎日増えていくばかりで、少しも減らない。気づいたときには、いまにも粉々になってしまいそうなくらい、亀裂だらけになっている」

とうに涙は乾いていた。彼女は二粒以上の涙を流せないのかもしれなかった。

「いっそ心を捨ててしまいたいって考えることがあるわ。だって、心があるから苦しんだり、つらくなったりするんだもの。人の心を捨てて、感情のない人形になってしまえば、怖いものはなくなる。誤解されたり、きらわれたりしても、なにも感じなくなるはず。きっとそのほうが幸せよ。心があるのに、ないふりをしつづけるよりは」

消え入るような声がぷっつりと途切れる。月華はかすかに笑った。

「私ったら、さっきから愚痴《ぐち》ばかりこぼしてるわね。たぶん、疲れてるんだわ。早くやすんだほうがよさそう。そろそろ帰るわね」

月華が立ちあがろうとした瞬間、勇烈は彼女の手をつかんだ。

「弱音なら、俺に吐けばいい」

たなごころにとらえた白肌は、氷のように冷え冷えとしている。

「つらいことがあったら、俺に話してくれ。苦しいときは苦しいと言ってくれ。愚痴でもなんでもいい、俺のまえでは我慢するな。いくらでも話を聞くから」

焦燥《しょうそう》が体中を駆けめぐる。なんとしても月華を引きとめなければならないと焦っていた。さもなければ、彼女の心がじきに、玻璃《はり》のように儚《はかな》い音をたてて砕けてしまいそうで。

「俺がそなたの味方になる。決してそなたの敵にはならない」

少しでも多くこの気持ちをつたえようとして、彼女の手を強く握った。

「だから、心を捨てたいなんて言わないでくれ」

氷面鏡のきらめきを映した月華の瞳がかすかに揺らいだ。

「たしかに心はそなたを苦しめることが多いかもしれない。でも、氷嬉《スケート》をして楽しいと思うのも心があるせいだ。人の心を持たない人形になってしまったら、そなたは氷嬉を楽しめなくなる。楽しいと思えなければ、氷上で朱雀《すざく》のように舞うこともできなくなる。そんなふうになってほしくないんだ。人形の舞にはなんの価値もない。そなたが心のままに舞っていたからこそ、俺は見惚《みと》れた。そなたに心がなければ、あの舞はあんなに美しくなかった」

なぜ彼女の舞が幻とみまがうほどに美しかったのか、やっと合点《がてん》がいった。

抑圧され、鬱屈《うっくつ》とした日々を送る月華が、己に課せられたつとめのくびきから解き放たれ、束の間の自由を謳歌《おうか》していたからだ。なにものにも邪魔されず、思いのままに羽をのばし、嘘偽りのないほんとうの自分を解放していたから、胸に迫るほどにきれいだったのだ。

「そなたが身にまとっていたのは、人形のような、がらんどうの美しさじゃなかった。いまにも飛びたちそうな朱雀を、赤々と燃えるなにかを、その身に宿していた」

闇に照らしだされた朱雀の羽ばたき。緋色《ひいろ》の外套《がいとう》をひるがえし、夜に波紋を立てた赤き神《しん》鳥《ちょう》の舞は、あざやかな感情の律動によって、まばゆい光を放っていた。

「心はそなたを苦しめるが、心はそなたを輝かせる。どんなにつらくても、捨ててはいけない。どんなに恨めしくても、殺してはいけない。心は命の別名だ。なくしてしまったら、そなたは骸《むくろ》になってしまう。骸は苦しみを感じないが、苦しみのない世界には喜びもない」

だれもがなにかの役を割りふられており、なにがしかの責任を負っている。己に課せられたつとめから逃げだすことはできないが――だからこそ、ほんのひととき、なにもかもを忘れて羽をやすめる止まり木が必要なのだと思う。

「俺がそなたの止まり木になろう。喜びのある世界にそなたを引きとめるために」

勇烈は月華だけを見つめていた。月も風も暗がりも、視界に入ってこなかった。

「……まるで、恋を語っているみたいね」

朝焼けの色をした唇が淡い笑みのために震えた。

「こっ、恋だと⁉　断じてそんなつもりはないぞ！　俺はいたって真面目《まじめ》にそなたを案じて」

「わかってるわ。……ありがとう」

月華は勇烈の手を握りかえした。絹のようにやわらかな手のひらはほんのりあたたかい。

「さっそくだけど、止まり木さんにもう少し話を聞いてもらいたいわ。愚痴がたまってるの」

「いいとも。いくらでも聞くぞ」

「どこから話せばいいかしら。旦那《だんな》さまについて言いたいことが山ほどあるのよ。ほんとうにいやな人なんだから。あっ、待って。いやな人といえば、お義母《かあ》さまが……」

幼いころの彼女はお転婆《てんば》娘《しゆうとめ》で、あたたかい家族に囲まれ、幸せに暮らしていたらしい。しかし、あるとき、のちに姑となる名門の夫人に見出《みいだ》されてから窮屈《きゆうくつ》な生活になり……。

勇烈は熱心に話を聞いた。月華が悲しむときには悲しみ、彼女が怒るときにはおなじように腹の底から怒る。話の種は尽きず、しだいに空がしらじらと明るみはじめた。

「まあ、大変。もうじき朝だわ」

夫について滔々《とうとう》と不平不満を語っていた月華は、空を見て声をあげた。

「つい調子にのってしゃべりすぎちゃった。ごめんなさいね。私、普段は口数が少ないふりをしているけど、ほんとうはあきれるほどおしゃべりなの」

「そなたのおしゃべりは好きだぞ。聞けば聞くほど、不届きな夫には腹が立ってくるが」

月華を蔑《ないがし》ろにする蛆虫《うじむし》野郎の面《つら》を拝んでみたいものだ。

「これからも鬱憤がたまったら俺に話してくれ。むしゃくしゃした気持ちは人に話すだけでも楽になるものだから、少しくらいは役に立てるはずだ」

「少しどころじゃないわ。話を聞いてもらって、とってもすっきりした」

月華は思いっきり背伸びをした。玉のかんばせが暁《あかつき》の光に照り映えている。

「すっきりしたら体を動かしたくなったわ。帰るまえに、あと一回だけ双飛燕《そうひえん》をしない？」

「そうだな！　そろそろ氷も終わりの時期だし、いまのうちに楽しんでおこう」

今日は朝議に出席しない日だ。朝の時間に少しばかり余裕がある。

月華が一足先に氷面鏡へおりていくので、勇烈は彼女を追いかけた。昨夜は一睡もしていないのに、ちっとも眠くなかった。月華が自分だけに打ちあけ話をしてくれたという事実に酔いしれ、体がふわふわしている。朝焼け空を映す氷面を滑っていくと、まるで背中に翼が生えたかのように、全身がふうわりと浮きあがってきそうな心地さえした。

それは甘ったるい高揚《こうよう》感ではなく、しのびよる危機への警戒感のせいかもしれなかった。

「月華！　危ない！」

やっと追いついて、彼女の手を握ろうとしたときだ。月華の足元に亀裂が走り、氷面に大きなひびが入った。月華の体が不安定に揺れ、足が氷嬉靴ごと暗い水の中へのみこまれそうになる。勇烈はとっさに彼女の腕をつかみ、荒っぽくこちらへ引きよせた。

「怪我《けが》はないか?」

「ええ、靴がちょっと濡れただけ」

「氷がもろくなってるみたいだ。これじゃあ氷嬉はできないな」

危ないので岸辺まで移動しようとした瞬間。月華が体を強張《こわば》らせた。

「……池の中に、なにか見えるわ」

割れた氷の隙間《すきま》から、黒い藻《も》がのぞいていた。衝撃の名残《なごり》で池の水がゆらゆらと揺れ、黒々とした藻は妖魔の舌のようにぬらぬらと不気味に蠢《うごめ》いている。

「あれは……ただの藻? それとも、なにかの生きものかしら……」

よくよく目を凝《こ》らし、勇烈は氷の下からあらわれたそれの正体を悟った。

「見ないほうがいい」

月華の視界を手のひらで覆《おお》い、注意深くあとずさる。

「……あれは死体だ」

手のひらの下で、ふたつの瞳がひきつれるように戦慄《わなな》いた。

「池から見つかった遺体は、行方《ゆくえ》知れずになっていた楊美人のものでした」

宮正司の長官、宮正《きゅうせい》をつとめる女官が神妙な面持《おもも》ちで報告した。

「骸をあらためたところ、どうやら紐で首を絞められて殺されたようです」

「いつごろの話じゃ」

「昨年の末ごろかと。ちょうどそのころ、行方がわからなくなっていますので。下手人《げしゅにん》は楊美人を絞殺《こうさつ》したあと、池が凍りつくまえに死体を捨てたのでしょう」

「楊美人はまちがいなく懐妊《かいにん》していたのだろうな？」

「太医《たいい》が調べましたので、まちがいありません」

よどみない返答を聞くなり、共太后は頭を抱えるようにして肘かけにもたれた。

「なんたる悲劇よ。侍妾《じしょう》だけならまだしも、主上の御子までもが殺《あや》められるとは」

「くわしいことは捜査中ですが、行方知れずになっている侍妾はあと二人おりますので……」

「あと二体、骸が出るということかえ」

「もし残りの骸が出れば、侍妾たちは懐妊していたがゆえに狙われた可能性が高くなります」

「十中八九、そうであろう。問題はだれが下手人かということじゃ」

共太后は棘《とげ》をふくんだ視線で、かたわらの宝麟を見下ろした。

「まさかとは思うが、汝《なれ》のしわざではないだろうな？」

「滅相《めっそう》もないことでございます、皇太后さま」

宝麟はひざまずいた。うなだれると、鳳冠の垂れ飾りが雨垂《あまだ》れのように騒ぐ。

「私は皇子の誕生を心待ちにしております。侍妾に危害をくわえるなど、考えもしません」

「皇子の誕生を待ちわびておるのは、わらわもおなじじゃ。それゆえに憤《いきどお》りをおぼえておる」

共太后が肘かけを強く握ると、指甲套《つめかざり》の切っ先が紫檀《したん》の彫刻をぎりっと引っかいた。

「宮正よ、一日も早く下手人を見つけだせ。彼奴《きやつ》は侍妾を殺めたのではない。主上の御子を、貴《とうと》き皇族を殺めたのじゃ。皇族殺しは謀反《むほん》にひとしい大罪。下手人一族は皆殺しぞ」

皇族殺しに対する罰は族滅《ぞくめつ》と凱の国法がさだめている。

「ただし、捜査は内々に行え。事件の詳細は秘匿《ひとく》せよ。騒ぎを大きくしてはならぬ」

宮正が「御意《ぎょい》」と答えると、共太后は冷めた眼差《まなざ》しをこちらに投げた。

「皇后よ、汝は哀美人から目を離すな。下手人の狙いが懐妊中の侍妾なら、つぎの獲物は哀美人じゃ。かの女になにごとかあったときは、汝に責任をとらせるゆえ、心せよ」

宝麟は深く頭《こうべ》を垂れる。いまのところは自分の持ちものである鳳冠が、ひどく重かった。


「皇太后さまったら、あんまりですわ。皇后さまをお疑いになるなんて」

秋恩宮の門を出るなり、花雀がぷりぷりと怒りをあらわにした。

「あなたは私を疑わないのね」

「わたくしは七つのころより皇后さまにお仕えしておりますもの。皇后さまのご気性はようく存じておりますわ。人を害するようなことは、決してなさいません」

昔から、花雀は無邪気に宝麟を信頼してくれている。入宮してからもそれは変わらず、悪意と敵意の巷《ちまた》たる後宮においては、彼女だけが宝麟の味方だ。

（いいえ……花雀だけじゃないわ。盗星も私の味方よ）

盗星のことを考えれば、蠟燭《ろうそく》の光が闇を照らすように、じんわりと胸が熱くなる。

氷の下から女の遺体が見つかったあと、宝麟はうろたえて、もしかしたら息があるかもしれないと水から彼女を引きあげようとした。盗星は「この女人《にょにん》は氷が割れるまえから池の中にいた。息があるはずはない」と冷静に宝麟をなだめ、自分から上官に知らせると言った。

彼にうながされて宝麟が恒春宮に帰るころには宮正司の捜査がはじまっていたが、上官に報告する際、盗星は月華の名を出さなかったようだ。月華が宮正司に呼びだされることはなかったので、宝麟は胸をなでおろした。彼の配慮《はいりょ》のおかげで、正体をあばかれずにすんだ。

『俺がそなたの味方になる。決してそなたの敵にはならない』

まっすぐな眼差しが、曇りのない言葉が、宝麟の心にわだかまっていた澱《おり》を焼き滅ぼした。

あの瞬間、なにかが体をつつんだのだ。暗く陰鬱《いんうつ》な道に明けがたの光がさしたような、空《から》っぽの器《うつわ》にあたたかい湯が満ちていくような感覚が、冷え切った四肢《しし》に行きわたった。

夢かと思った。盗星という人物自体、つらい現実が見せたやさしい幻影ではないかと。

盗星の手は人のぬくもりをおびていた。彼は紛《まぎ》れもなくこの世に生きていて、宝麟の味方になると言ってくれたのだ。その事実に、どれほど胸が震えたか。

入宮してから、我慢することばかりおぼえさせられた。だれになにを言われても、感情に任せて言いかえさず、こちらに非がなくても謝って、相手を気遣わなければならなかった。じわじわと心を削《そ》ぎ落とされ、いく度《たび》となく自分を殺すにつれて、現世に喜びが存在するということを信じられなくなっていた。だが、盗星の手から伝わる体温のたしかさは、疑いようのないものだった。それゆえに、彼の言葉を信じてみようという気持ちになったのだ。

「わたくし、下手人が憎くてたまりませんわ」

花雀は恨めしげにまなじりをつりあげた。

「ええ、楊美人はさぞかし無念でしょうから、下手人が早く見つかればいいわね」

「そういう意味ではなくて！　下手人のせいで皇后さまがあらぬ疑いをかけられてしまっているから、怒りを禁じえませんの。まったく、腸《はらわた》が煮えくりかえる思いですわ」

宝麟は花雀ほど怒りを感じなかった。それよりも非業の死を遂《と》げた楊美人が不憫《ふびん》だった。ある日突然、悪人に命を奪われたのだ。どれほど恐ろしく、無念だったことだろう。

（下手人が処罰されなければ、楊美人が浮かばれないわ）

なにか、宝麟にもできることはないだろうか。宮正司が捜査しているのだから、余計な手出しはしないほうがいいだろうか。盗星に相談してみようと思いたち、その夜も彼に会いにいくことにした。支度《したく》をすませ、花雀を連れて部屋からこっそり出る。

「どちらへお出かけですか、皇后さま」

暗がりからあらわれた醜刀に声をかけられ、宝麟と花雀は飛びあがった。

「え、ええと、ちょっと散歩にいくのよ。眠れないから」

「夜な夜なお散歩なさっていたのですか。氷嬉靴《スケートぐつ》をお持ちになって」

「……知っていたの」

「たびたび恒春宮をぬけだしていらっしゃることは、存じあげておりましたよ」

「気づいていないふりをしていてくれたの？」

「花雀をお連れになっていましたし、ご指摘するほどのことではないと思いましたので」

「あなたって意外に話がわかる人なのね。もっと堅苦しい人かと思っていたわ」

毎日のように顔をあわせているのに、醜刀のことはいまだによくわからない。

人づてに聞いて知っているのは、官家《かんけ》出身であること、かつては科挙《かきょ》の勉強をしており、官吏《かんり》を志《こころざ》す前途洋々たる青年だったこと、賛武帝の御代、伯父《おじ》の罪に連座され、十九歳で宮刑《きゅうけい》に処されたことくらいだ。仕事ぶりにはそつがないが、寡黙《かもく》な宦官《かんがん》で、あまり自分のことを話さないので、三年のつきあいになるのに、いまもって打ちとけた間柄とはいえない。

「話がわかるというか、興味がないだけですよ。私には関係ないことですから」

「興味がないだの、関係ないだの、皇后さまに対して無礼ですわよ」

「では、皇后さまの行状を皇太后さまにご注進したほうがよろしいので？」

花雀が睨《にら》んだが、醜刀は退屈そうにあくびを噛《か》み殺しただけだった。

「それはそうと、宮正がお目にかかりたいそうですよ」

「こんな時間に？　用件はなにかしら」

「行方知れずになっていた二人の侍妾の遺体が出たらしいです」

どちらも楊美人同様、首を絞められて殺され、古井戸や廃園に捨てられていたという。

「宮正司によれば、殺されたのはやはり行方知れずになった直後だとか」

「楊美人が見つかってから、たてつづけに見つかったわね」

「ああ、それは密告があったからだそうですよ。宮正司にある密書がとどいたらしいんですが、その文書に遺体の捨て場所が示されていたとか。そうでもないとこんなに短期間で見つかりはしないでしょう。後宮には死体の捨て場所なんて山ほどありますからね」

「妙だわ。密書の差出人はなぜ遺体の捨て場所を知っているの？」

「捨てた張本人《ちょうほんにん》だからではございませんか」

億劫《おっくう》そうな答えに、思わず背筋が粟立《あわだ》つ。

「どうして遺体の隠し場所を自分から明かしたのかしら……」

下手《へた》をすれば、密書から足がつくかもしれないのに、なぜそんな行動を起こしたのか。

「罪の重さにたえられなくなったのかしら」

「だったら、密書なんか送らずにさっさと出頭するでしょう」

「出頭するのは怖いのかもしれないわ。罪を暴かれれば、族滅はまぬかれないから」

「それならなおさら、密書を送るのは悪手《あくしゅ》ですよ。罰が恐ろしいなら、口をつぐんでおくよりほかない。あえて遺体をさらしたということは、なにか目的があるのでしょう」


「宮正司は李皇后を疑っている」

盗星が棍《こん》をたくみに打ちこんでくるので、宝麟はすかさず防いだ。

「疑っているって、皇后さまが侍妾を殺したということ？」

棍は堅い木を丸く削《けず》った武器だ。先端部を棍梢《こんしょう》、中間部を棍身《こんしん》、末端部を棍把《こんは》と呼ぶ。矛《ほこ》や槍などの柄よりも太くて堅く、長さは人の身長をゆうにこえる。鉄棍《てっこん》のように金属製のものもあるが、いま二人が使っているのは武術の鍛錬で使われる木棍だ。

今日の昼間、盗星から恒春宮に文がとどいた。とりついだのが醜刀だったからよかったものの、ほかの者が読んでいたら危ないところだった。盗星が会いたいと言うので、口が暮れてから指定された場所に行くと、棍を持った彼が待っていた。

『棍の手合わせをしないか？』

宝麟は喜んで棍をうけとった。棍の対戦は花雀とよくやっていたが、最近は棍を調達するのにも苦労するので、なかなかできなかった。手合わせしてみると、盗星は花雀よりも数段上の使い手だった。いろんな技を器用に使いこなすので、相手に不足はない。

「李皇后がいちばん怪しいんだ。侍妾を殺す動機もあるし」

「皇后さまは人殺しを命じたりしないわ！」

宝麟は盗星がくりだした技をはねかえした。

「皇后さまは侍妾の懐妊をほんとうに喜んでいらっしゃったのよ。行方不明になったときには
とても心配なさっていたし、捜索だって熱心になさっていたわ」

「でも、遺体の隠し場所を教える密告があったんだ。あれは李皇后の犯行を見た者、つまりは
共犯者のしわざじゃないかって、宮正司では話してるぞ」

「共犯者がどうして密告するのよ？」

「考えられるのは裏切りだ。罪の重さにたえかねたか、李皇后を見限ったか」

「あなたは皇后さまが犯人であってほしいの？」

「そういうわけじゃないが……李皇后には動機があるから」

「動機って、自分よりさきに侍妾が身籠《みごも》ったことを怨《うら》んで、ということ？　だったら、妃嬪《ひひん》も、
身籠っていない侍妾も、全員があてはまるじゃない」

宝麟は大きく踏みだして攻撃を仕掛けた。盗星はすんでのところで棍梢を避ける。

「殺されたのは高位の妃嬪ではなく、一介《いっかい》の侍妾よ。殺すのが難しい相手ではないわ」

位が上がれば上がるほど、警戒は厳重になる。しかし、位が下がればその逆だ。

「だれにだってできることだわ。はじめから皇后さまを疑うのはおかしいわよ」

「そうだな。共犯になりうる使用人は、侍妾にもつけられているし」

高位の妃嬪ともなれば十名以上の使用人がつくが、侍妾には数名の使用人がつく。

「誓ってもいい。皇后さまは犯人じゃないわ」

「どうして断言できる？」

「私は皇后さまのことをよく存じあげているの。もし、皇后さまが身籠った侍妾を怨《うら》んで殺したいとお思いになったら、まず私にお命じになるわ」

「そなたは李皇后に信頼されているんだな」

かちあう棍の音が楽しげに薄闇を弾く。

「もし命じられたら、そなたは侍妾を殺すか？」

「いいえ」

足もとにのびてきた棍梢をひらりと飛びこえ、覆《おお》いかぶせるようにして盗星の肩に一撃を見舞う。すかさず防がれ、いったん重心をうしろに移して、ふたたびふりかぶる。

「皇后さまはそんなことお命じにならないもの」

「李皇后にずいぶん思い入れがあるみたいだな」

「あるわよ、当然。だって、私――」

私が皇后だから、とうっかり口走りそうになり、あわててごまかす。

「皇后さまはだれかの死を願うような御方じゃないわ。それだけは信じて」

「そなたを信じよう」

「皇后さまではなく？」

「李皇后のことはよく知らない。でも、そなたのことは知ってる。信頼できる相手だと」

盗星が上体を後方に倒した。棍を体の上で一周させて宝麟の攻撃をかわす。彼の踊るような動きにあわせ、宝麟は棍を回転させて背中につけ、左の手のひらを押しだした。

間合いをとり、目線を交わらせながら呼吸をととのえる。

心が蝶のように羽ばたいていた。上気した頰《ほお》に笑みがしみわたるのを感じる。

「私を信じてくれるなら、じきに皇后さまのことも信じるようになるわ」

「だといいんだが」

「心配しないで。きっとそうなるから」

棍で半円を描き、ぐっと足をひらいてかまえをとる。

「まだつづけられそう？」

「そなたこそ、疲れていないか？」

「全然。あなたとなら、朝まで対戦しても飽《あ》きそうにないわ」

「一晩中やっても勝負がつかないだろうな！」

棍を右肩に担いでいた盗星がすばやく攻勢に転じた。即座に棍身で防御し、盗星の棍梢をはらう。膝に弾みをつけて重心を移し、すくいあげるように下から棍をふるった。

盗星の言うとおりだ。こんなに息がぴったりなら、いつまでたっても勝敗は決まらない。

「今日もすっきりしたな！　いい夢を見られそうだ」

寝殿へ向かう輿《こし》に揺られながら、勇烈は上機嫌でにこにこしていた。

月華とは園林《ていえん》で別れた。ほんとうは恒春宮まで送っていきたいが、あのあたりをうろついていると正体がばれそうなので、そうするしかなかった。

「あれだけ棍をふりまわしたら、くたくたになりそうなものですけど、お元気そうですねえ」

凶餓はあきれ気味に包子《まんじゆう》をかじっている。

「元気だとも！　月華はなかなかの使い手だからな、夢中で打ちあっていると時間を忘れてしまう。夜明けまで対戦できないのが残念だ」

さわやかな興奮が冷めやらぬまま、勇烈は懐《ふところ》から女物の手巾《しゆきん》をとりだした。

「おや？　主上はいつから女物の手巾をお好みになるようになったので？」

「余《よ》のものではない。これは月華の落としものだ」

紅梅の枝に羽根をやすめる流鶯《うぐいす》が刺繡《ししゆう》された絹の手巾。つぎに会うときにかえさなければ。

「んー？　その模様どこかで見たような……」

手巾の模様をのぞきこみ、凶餓がしきりに首をひねった。

「あっ、思い出した。それ、皇后さまにお贈りした手巾ですよ」

「は？　これが？」

「主上が皇后さまに礼物を贈っておけとおっしゃったので、ご婦人が好みそうなものを見繕《みつくろ》って恒春宮におとどけしたんですよ。その中に、この手巾がありました」

「似ているだけだろう」

「いやいや、まちがいなくこれですよ。僕、ちゃんと何度も確認したんですから」

「……なぜ皇后の手巾を月華が持っているんだ？」

「皇后さまが下賜《かし》なさったか、月華という女官が盗んだか」

「月華が盗みを働くはずはない。皇后が下賜したんだろう」

皇后は月華を重用しているらしいから、褒美《ほうび》として下げわたしたのかもしれない。

「だとしたら、ちょっとひどいですね。主上からの贈りものですのに」

「皇后に贈ったものなんだ。皇后が好きに使えばいい」

腹は立たない。むしろ、喜ばしく思った。皇帝からの贈りものを褒美として下賜されるほど、月華は李皇后に信頼されているのだ。

（月華が慕う婦人なら、李皇后は無実なのかもしれない）

李皇后を疑う気持ちが少しだけ薄れた。

「おかしいわね……。このあたりにあるはずだけど」

宝麟は黒漆塗《くろうるし》りの寝椅子《ねいす》のまわりをぐるぐる回っていた。

「帰ってきて、くたくただったから寝椅子に座って、手巾を出して……」

昨夜、持っていった手巾が見つからない。

「だれかが片付けたのかしら。花雀、知らない？」

「わたくしは見ておりませんわ。掃除の者が洗濯にまわしたのかもしれません」

「確認してきてちょうだい。主上にいただいたものだから、なくなっていたら大変だわ」

まさか、盗星と会った場所で落としたのではないかと背筋が寒くなる。

皇帝から下賜された手巾を持っていってはいけなかったのだ。出かけるときにはかの手巾とまちがえて持ちだしたのがうかつだった。粗忽《そこつ》な自分にあきれてため息をつく。

「皇后さま、お支度《したく》をお急ぎになってください」

醜刀が入室してきた。相変わらず、玉のような美貌《びぼう》に退屈そうな表情を刻んでいる。

「まだ朝礼の時間には余裕があるはずよ」

「そのまえに、宮正がお目どおりを願いたいと申しております。ついさきごろ、冥美人が流産したので、皇后さまにお話をうかがいたいそうです」

「まあ……哀美人が……。残念だわ」

痛ましさが宝麟のおもてを曇らせた。哀美人の悲しみはいかばかりであろうか。

「残念どころの話ではございませんよ。宮正司は哀美人の流産が皇后さまのご指示ではないかと申しているのですから」

「なんですって？　私の指示？」

「乱影《らんえい》が哀美人を襲ったそうです。流産はそのせいだとか」

乱影は醜刀の弟子の若手宦官《かんがん》である。宝麟の命令で哀美人に付き添っていた。

「襲ったって……なにをしたの？」

「さあ。詳しいことは宮正にお尋ねください」


宮正が語った事件のあらましはこうである。

今朝がた、哀美人付きの宦官が女主人の身支度のために部屋に向かうと、室内から甲高《かんだか》い悲鳴が聞こえてきた。あわてて奥の間に入ると、乱影が哀美人にのしかかって披帛《ひはく》で首を絞《し》めていた。哀美人付きの宦官は乱影をとめようとしてもみあいになった。

騒ぎを聞きつけたほかの宦官たちが集まり、暴れる乱影をなんとかとりおさえたが、その直後、哀美人がうめき声をあげて倒れ、ひどく出血した。急いで太医《たいい》を呼び、治療をほどこそうとしたものの、時すでに遅し。哀美人は子を流してしまっていた。

にわかには信じがたい話を聞かされながら、宝麟は冷静にふるまおうとつとめた。

「乱影がそんなことをするはずがないわ」

哀美人を恒春宮にほど近い朱柳閣《しゅりゅうかく》で保護する際、宝麟は優秀な使用人をつけた。美人にはほんの数名の使用人しかつかないので、人手が足りないのではないかと心配したのだ。

朱柳閣に送った者の中には恒春宮の宦官と女官もいて、乱影は彼らのまとめ役だった。

乱影には出産まで哀美人を守れと命じた。主に忠実な彼が命令にそむくとは思えない。

「そもそも、乱影が哀美人を襲う理由がないわよ」

「恐れながら……皇后さまのご命令に従ったのでは？」

「無礼な！　皇后さまが主上の御子を殺《あや》めたと申すか！」

宝座のそばから花雀が叱責《しっせき》を放つ。宮正はわざとらしく恐縮したふうを装った。

「お許しを。言葉足らずでございました。国母《こくぼ》たる皇后さまが主上の御子を殺めよとお命じになるはずがございません。ただ……魯内監《ろないかん》がそのように曲解した恐れはあるかと」

魯とは乱影の姓。内監は高級宦官の位で、太監の下にあたる。

「たとえば、皇后さまの日ごろのお言葉などから……」

花雀が睨《にら》みつけたせいか、宮正はそれ以上なにも言わなかった。

（私が暗に乱影をそそのかして、哀美人に子を流させるよう仕向けたと言いたいのね）

宝麟が哀美人の懐妊《かいにん》を喜ばず、彼女の流産を望んでいたので、乱影がそれを察して独断で凶行におよんだのではないかというのが、宮正司の見解らしい。

ありえない、と声を荒らげそうになる自分を必死に抑えこんだ。不様に取り乱せば、疑いを深めるだけだ。無実であればこそ、理性的にふるまわなければ。

「乱影に会わせてちょうだい。どういうつもりなのか本人から弁解を聞きたいわ」

「わたくしめの立ちあいをお許しいただけるのであれば」

「もちろん、立ちあってもらうわよ。密談をするつもりはないのだから」

宝麟の保護下で哀美人が流産したのだ。共太后の譴責《けんせき》はまぬかれない。譴責ですめばいいほうで、廃后《はいこう》され、後宮の外にある冷宮《れいきゅう》に生涯幽閉《しょうがいゆうへい》されることもありうる。冷宮は后妃の墓場。使用人は減らされ、暮らしぶりは貧しくなり、親族との連絡が制限され、死ぬまで飼い殺しにされる。生きる喜びも、未来への希望も存在しない場所だ。

(でも、きっと、いまよりは気楽でしょうね)

鳳冠の重圧から解放されるのなら、廃后も悪くないと思いはじめている。

気がかりなのは李一族の今後と花雀の処遇、そして……盗星のことだ。冷宮入りすれば、彼には会えなくなってしまう。彼に会えないなら、どこであれ、そこは地獄にひとしい。

接見は恒春宮の広間で行われた。

「私は哀美人を襲っていません！」

宮正司の獄舎《ごくしゃ》から連行されてきた乱影が縄を打たれた痛ましい姿で宝麟をふりあおいだ。

「ほんとうです！　なにもしていません！　哀美人に危害をくわえるなんて考えたことも――」

「あわてないで。話を聞くから、落ちついて」

宝麟が自分に言い聞かせるように言うと、乱影の細面《ほそおもて》にわずかな安堵《あんど》がひろがった。

「朱柳閣でなにがあったのか、順を追って話しなさい」

「包み隠さず申しあげます、皇后さま。今朝がた、私はいつものように哀美人のお支度をお手伝いするため、お部屋へ向かいました。扉のまえで、室内で不寝番《ふしんばん》をしている病少監《びょうしょうかん》に呼びかけようとしたときです。哀美人の悲鳴が聞こえてきました」

病少監は哀美人付きの主席宦官だ。少監は内監よりも下の位である。

「私が急いで部屋の中に駆けこむと、病少監が被帛で哀美人の首を絞めあげていたのです」

乱影は病少監を哀美人から引き離そうとした。ふたりがもみあっているると、騒ぎを聞きつけたほかの宦官たちが集まってきた。そのとき、病少監が叫んだ。

『魯内監をとめてください！』

ほかの宦官たちは乱影が暴れているものと思いこんで、彼をとりおさえた。

「私はみなに状況を説明しました。病少監が哀美人を殺そうとしていたから、とめようとしたのだと。ところが、だれも私の言うことを信じないのです」

「哀美人は自分を襲ったのが病少監だと気づいていなかったの？」

「気づいていたはずです。部屋には朝日が差しこんでいましたから」

　哀美人は自分を襲った者の顔を見たはずだ。にもかかわらず、こう叫んだ。

『魯内監が……魯内監があたしを殺そうとしたのよ……！』

「私がちがいますと申しあげたあと、哀美人はひどく出血なさって……」

　太医が駆けつけると同時に、乱影は宮正司に連行された。

「哀美人を襲っていたのは、私ではありません。それなのに、哀美人はなぜか、私に襲われたと言い張ったのです。いったいどういうことなのか、さっぱりわかりません……」

　血の気がなくなるほど青ざめ、力なくうなだれる。

「哀美人側の主張と乱影の主張がずいぶん食いちがっているけれど、どういうことかしら？」

「どちらかが嘘をついているのでしょうね」

　自分の弟子に皇族殺しの疑いがかかっているのに、醜刀の口ぶりはそっけない。

「宮正司は、乱影が嘘をついていると見ているようね？」

「哀美人と病少監がともに魯内監に襲われたと証言しておりますゆえ」

　宮正は乱影の主張を端《はな》から嘘と決めつけている。

「結論を急ぎすぎるのは、賢明ではないわ。もっとよく調べてみるべきでしょう。嘘をついているわけでなくても、なにか勘違いしているということもありうるわよ」

「哀美人を召見《しょうけん》なさいますか」

「いいえ、私が朱柳閣へ出向くわ。こんなときに呼びつけるのは心苦しいから」

宝麟は花雀の手をとって宝座からおりた。

「皇后さま、ご出御《しゅつぎょ》」

玻璃《はり》と氷がふれあうような醜刀の美声がひびきわたった。


朱柳閣は陽化帝の生母である光粛《こうしゅく》皇后・湖氏が侍妾時代《じしょう》に暮らしていた殿舎だ。陽光に照り映える朱赤の甍《いらか》で覆《おお》われたこの殿舎は、凱の太祖《たいそ》が最愛の百花夫人《ひゃっかふじん》のためにつくらせたもので、皇帝の寵愛《ちょうあい》の篤《あつ》い侍妾に与えられるのが常である。

（混乱していたせいで、哀美人は乱影と病少監をまちがえたのではないかしら）

そうであってほしいと心ひそかに願う。

乱影の話を聞く限り、彼は真実を語っている。もし宝麟の推測が正しければ、嘘をついているのは、哀美人側ということになる。問題はなぜ嘘をつくのかということだが――。

「あなたたちは下がっていなさい。大勢でおしかけたら、哀美人を驚かせてしまうわ」

使用人たちを下がらせ、宝麟は花雀と醜刀、宮正をしたがえて哀美人の臥室《しんしつ》に入った。

まず目に飛びこんできたのは、藍色の地に花卉《かき》文が描金《びょうきん》された紫檀《したん》の衝立《ついたて》。日差しをうけてきらめくと、さながら黄金《きん》の薔薇《ばら》が咲いているかのようだ。そしてつぎに、蓮唐草《はすからくさ》が浮き彫りにされた黄花梨《おうかりん》の衣桁《いこう》。白貂《しろてん》の毛皮で縁取られた黒蝶模様の外套《がいとう》がかけられている。

極彩色《ごくさいしき》の掛屛《かいへい》（壁にかける装飾品）には雄弁な春の絵筆で描いたような花鳥が戯《たわむ》れ、青く澄んだ翡翠釉《ひすいゆう》の花瓶《かびん》は今朝がた手折《たお》ったばかりの緋桃《ひとう》でいっぱいだった。

「いつ来ても派手な部屋ですわね」

花雀が憎たらしそうに宝麟に耳打ちした。たしかに、一侍妾にしては華美な内装だ。どちらかといえば、妃嬪《ひひん》の部屋に見える。

哀美人を朱柳閣に住まわせるにあたって、宝麟は乱影に部屋の支度を任せた。

出来上がった内装は侍妾の身分をわきまえ、質素だが十分に機能的であり、妊婦が過ごしやすいよう随所《ずいしょ》に工夫《くふう》が凝《こ》らされていた。しかし、哀美人は気に入らなかった。

『なんて暗いお部屋なのでしょう。気が滅入《めい》ってしまいそうだわ』

哀美人の感想を聞いて、宝麟は乱影にもう一度やりなおさせた。今度は哀美人の意見をとりいれ、華やかな内装になったが、いささか派手好みのきらいがあった。

『身のほど知らずですわ。侍妾の分際で妃嬪並みの部屋に住むなんて』

花雀はかんかんに怒っていたが、哀美人が出産まで居心地よく過ごせることがいちばん大事なのだからと、宝麟は彼女のやりたいようにやらせておいた。

純粋な親切心でそうしたとは自分でも思っていない。こちらの意向を無理にとおせば、李皇后は哀美人をしいたげているとあらぬ噂《うわさ》がたつ恐れがある。だが、皮肉なことに、哀美人の望みどおりにさせた結果、「李皇后は侍妾の言いなりだ」と妃嬪たちに嘲笑《あざわら》われている。

つまるところ、なにをしても非難されるのだ。皇后とはつくづく損な役回りである。

「哀美人の具合はどう？　話ができるかしら？」

室内には、老齢の太医と病少監がひかえていた。

「手短にお願いいたします。お疲れのご様子ですので」

病少監の物言いはやや尊大だった。柳眉《りゅうび》を逆立てた花雀を視線でなだめ、花吹雪《はなふぶき》で織りあげたような翠帳《とばり》を醜刀に開けさせて、奥の間へ進む。

翠帳の向こうへ入ると、むせかえるような芳香に迎えられた。蓮の花をかたどった白玉の香炉が仙女の住まいにたなびく霞のような香気をたちのぼらせている。

「まあ、幻蝶香《げんちょうこう》ですわよ。侍妾のくせに、生意気な」

花雀が非難したくなるのも無理はない。幻蝶香はたいそう高価な香なのだ。

千金の香りに包まれた寝間の主役は、朱漆《しゅうるし》塗りの架子牀《かししょう》だった。架子牀は天蓋《てんがい》つきの寝台である。六本の柱が天蓋をささえるので六柱牀《りくちゅうしょう》ともいう。柱は波濤文《はとうもん》で覆われ、囲子《いし》（囲い）の部分は透かし彫りの春爛漫《はるらんまん》が彩りをそえている。これはかの百花夫人が愛用していたといわれる架子牀だ。哀美人たっての願いで、とくべつに宝物庫からはこびこませた。

哀美人は珊瑚《さんご》朱色の緞子《どんす》布団に横たわっていた。

絹の夜着に包まれた肢体は夕霞《ゆうがすみ》を練《ね》りかためて形をなしたかのように頼りなげだ。枕にゆだねられた首は白鷺《しらさぎ》のそれを思わせ、つややかな長い髪が黒い清水のように褥《しとね》を濡らしている。

芙蓉《ふよう》のかんばせにはいかなる化粧《けしよう》もほどこされていないが、砕いた水晶のような紅涙《なみだ》のせいで、不用意に一指ふれようものなら、たちまち儚《はかな》く壊れてしまう硝子《ガラス》細工のように見えた。

（いたわしいこと……）

哀美人は宝麟より二つ年下の十六。侍妾は朝礼に出ることが許されていないので、人となりなどはくわしく知らないが、瑞々《みずみず》しい艶《つや》をまとった美姫《びき》だ。一度だけ龍床《りゅうしょう》に侍《はべ》り、天運に恵まれて懐妊した。部屋の内装にうるさく口を出したのは、帝胤《ていいん》を宿したことがよほどうれしく、誇らしく、天にものぼる心地でいたからだろう。

突如として幸福の階《きざはし》を転げ落ちてしまったのだ。さぞかし胸を痛めているにちがいない。宝麟は身籠ったことがないから、彼女の胸をえぐる悲しみを自分のものとして感じとることはできないけれども、涙に濡れた花顔《かがん》を見れば、断腸《だんちょう》の思いが胸に迫ってきた。

「……だれにも会いたくないわ。追いかえして」

哀美人は白いまぶたをぎゅっと閉じたまま、涙声で言い放った。

「皇后さまがいらっしゃっています。ごあいさつをなさいませ」

「……皇后さま……!?」

病少監に耳打ちされ、哀美人は弾かれたようにまぶたを開けた。

「無理して起きあがらなくていいわよ。横になっていなさい」

宝麟は架子牀に腰かけた。

「大変な目に遭《あ》ったわね。とてもつらかったでしょう。いまはなにを言っても虚《むな》しく聞こえるでしょうけど、どうか気を落とさないで。あなたの責任ではないのだから」

　哀美人の傷心をやわらかく包もうとして、慎重に言葉をえらぶ。

「もし、さしつかえなければ、事件が起きたときの状況をくわしく話してちょうだい。宮正司からあらましは聴いているけれど、当事者であるあなたの口からあらためて聴きたいの」

　哀美人は答えなかった。血の気のない唇を小刻みに震わせている。

「話す気になれないということはわかっているわ。思い出したくもないでしょう。でも、真相を明らかにしたいの。ここでいったいなにが起きたのか、話せる範囲でいいから――」

　突然、甲高《かんだか》い悲鳴が耳をつんざいた。

「出てって！　こっちに来ないで……！」

　細い喉《のど》から絶叫をほとばしらせ、哀美人は架子牀の隅まであとずさった。

「かわいそうに。混乱しているのね。無理もないわ」

　首を絞められるなんて、どれほどおぞましいことだろうか。考えるだけで鳥肌が立つ。

「もう安全よ、哀美人。なにも怖いことはないわ」

　宝麟がなだめようとしてそばに寄ると、涙まじりの金切り声が飛んできた。

「殺さないでっ……！　お願いだから、なんでもするから、死ぬのだけはいや……！」

　髪をふり乱し、芙蓉のかんばせをいびつにゆがめて泣き叫ぶ。

「大丈夫よ。ひどいことはなにも起こらないわ」

「うそっ、うそよっ！　皇后さまはあたしを憎んでいらっしゃるんだわ！」

「憎んでいるはずがないでしょう。あなたは主上の御子を宿した身よ。残念な結果になってしまったけれど……希望が途絶えたわけではないわ。今後また龍床に召されれば、きっと」

「そんなことを皇后さまがお許しになるはずないわ！　だって皇后さまはあたしを殺そうとなさったんだから！　魯内監にお命じになったのよ！　あたしを……いいえ、あたしだけじゃない、主上の御子ともども殺してしまえって……！」

「私はあなたが無事に出産の日を迎えられるように乱影を遣わしたのよ」

「うそをおっしゃらないでっ！　あたしのことが憎くてたまらないくせに！　あたしが主上の御子を身籠《みごも》ったから、ご自分は素腹《すばら》でいらっしゃるから、あたしが妬《ねた》ましいのでしょう！」

言葉が刃物のように宝麟の喉を引き裂いた。

（素腹かどうかさえ、わからないわ。いまだに夫と契《ちぎ》りを結んでいないのだから）

三月おきに一度、冷たい褥に皇帝とならんで体を横たえるとき、みじめな思いがあふれて涙がこぼれそうになる。たった一度の契りを交わすことすら厭《いと》うほどに、私をきらっているのかと。おなじ臥所《ふしど》にいても、ほんの少しでもふれてみようという気さえ起きないほど、私には女《にょ》人《にん》として値打ちがないのかと。

妻として愛せないなら、それでもいい。愛してくれなくていいから、恋人のようにあつかってほしいとわがままを言うつもりはないから、妻として認めてくれるだけでいいのに、まるで存在しないもののようにあつかわれて、彫像のように無言で横たわっているだけ。

めそめそしたところで状況は好転しない。唇を嚙《か》んで涙を殺すけれど、いっそ思いっきり泣き叫んでみたいと思うことがある。胸の中に抑えこんでいる感情を吐きだしてしまえば、気持ちだけでも楽になれるかもしれない。

けれど、実際には心のままにわめき散らすことなどできない。少なくとも鳳冠《ほうかん》をいただいているあいだは、賢明な皇后を演じなければならないのだ。

「つらいときにおしかけてしまって、無神経だったわね」

宝麟は喉から飛びだしそうになる本心を微笑で押し隠した。

「具合がよくないようだから、つづきはまた今度にしましょう。今日はゆっくりやすんで。なにか欲しいものがあったら、側仕《そばづか》えに申しつけてちょうだい。できる限りのことをさせるわ」

花雀に手をとられ、架子牀から立ちあがったときだ。

「主上のご臨幸《りんこう》にございます」

扉のほうから皇帝の来駕《らいが》を告げる宦官《かんがん》の声が聞こえてきた。宝麟は袖《そで》を払ってその場にひざまずいた。花雀たちがそれにならうと、あわただしい衣擦《きぬず》れの音が近づいてくる。

「主上に拝謁《はいえつ》いたします」

「……主上……！」

宝麟の声にかぶせるようにして叫び、哀美人は架子牀から飛びだした。

「どうか、お助けくださいませ！　このままではあたし、皇后さまに殺されてしまいます！」

「皇后に殺されるだと？　どういうことだ？」

「皇后さまが宦官に命じてあたしを亡き者にしようとなさったんです！　あたし、必死で抵抗しましたわ。主上の御子を守ろうとして、無我夢中で……」

哀美人は皇帝にすがりついてすすり泣いた。

「けれど、けれど……御子を守りきれませんでした。主上の、大切な御子を……」

「事情は聴いている。そなたに非はない。気に病むな」

皇帝は哀美人の肩を抱いた。宝麟にはついぞ見せたことのない、いたわりの色をそえて。

「いいえ、あたしのせいです。もっと注意するべきでした。皇后さまの手先がつねにそばにひそんでいたんですから、油断するべきではなかったんです」

「魯内監のことか」

「ええ、そうですわ。あの者は皇后さまの密旨《みつし》をおびていて、虎視眈々《こしたんたん》とあたしを殺す好機を狙っていたんです。楊美人や蘭貴人や歩良人のように、あたしを紐で縊《くび》り殺そうと……。そのことに気づいていながら、あたし、隙《すき》を見せてしまいましたわ。あの子は……主上の御子は、あたしのせいで死んでしまったも同然です……」

哀美人はくずおれるようにして皇帝の足もとにひざまずいた。

「どうかお願いします、主上。あたしを罰してくださいませ」

「ばかなことを言うな。そなたはなにも悪くないではないか」

「あたしが悪いんです。あたしが御子を殺めたも同然なんですから。罰をうけなければ、死んでしまったあの子が浮かばれませんわ」

哀美人は泣き崩れた。悲しみの淵に沈むわが身を見せつけるように体を戦慄《わなな》かせ、「あたしのせいで」と涙で焼けただれた声をしぼりだす。

「いっそ死をお命じください。御子を守れなかったあたしに、生きる値打ちはありません」

「そう思いつめるな。いまは体を厭《いと》うことだけ考えよ」

皇帝は病少監に哀美人を任せ、ひざまずいたままの宝麟に視線を投げた。

「魯内監が哀美人を襲ったと聞いたが」

「乱影は病少監が哀美人を襲っていたのでとめに入ったと申しておりました」

「主上、皇后さまの嘘に騙《だま》されないでください！　あたしを襲ったのは魯内監です！　魯内監があたしの首を絞めたんです！　この目で見たんですから、まちがいありません！」

「哀美人さま、どうかお気を静められませ。お体に障《さわ》りますゆえ」

太医《たいい》が哀美人に駆けよった。また出血しているようで、あわてて彼女を褥《しとね》に寝かせる。

皇帝は哀美人にいたわりの言葉をかけて臥室を出た。宝麟もあとにつづく。

（……主上は私を疑っていらっしゃるでしょうね）

懐妊《かいにん》中の侍妾《じしょう》の事件とあわせれば、今回で四度目の不幸。宝麟をきらっている皇帝がこちらの言い分に耳をかたむけてくれるとは思えない。乱影の濡れ衣を晴らすためにも、できる限りのことはするつもりでいるが、皇帝の機嫌しだいでは乱影の命どころか、宝麟の身も危うい。かねてから宝麟に失望している共太后が味方になってくれる見込みもない。

すでになにもかも徒労に終わったような脱力感が肩にのしかかってくる。

哀美人の流産事件はじきに後宮中に知れわたるだろうから、だれもが宝麟のしわざだと噂《うわさ》するだろう。ここには落とし穴しかない。宝麟を陥《おとし》れようとする悪意のねぐらがそこかしこで口を開けている。身におぼえのない非難にさらされるたび、心が虚《うつ》ろに毒される。もはや、一日も早く、鳳冠から解放されることを願うばかりだ。たとえそれが死を意味しようとも、生き身を蝕《むしば》みつづける、綺羅《きら》をまとった緩慢《かんまん》な死よりは、いくらかましだろう。

「わが問いに答えよ、皇后」

臥室から出たところで、皇帝は宝麟を待っていた。

「哀美人の命を狙ったのは、そなたなのか？」

綸言《りんげん》が怒鳴り声でなかったことに、少なからず面食らった。

「いいえ、私ではございません」

宝麟はひざまずいて答えた。正午の日差しが皇帝の長靴《ちょうか》を黒く輝かせている。

「その言葉に嘘偽りはあるまいな？」

「私は真実しか申しあげておりません」

力をこめて言ったが、信じてもらえると期待してはいなかった。

「それならいい。恒春宮へもどれ」

「……私を、信じてくださるのですか」

「信じたわけではない。ただ、そなたのしわざと決めつけるつもりもない」

淡々とした口ぶりには情愛がこもっていない代わりに、むきだしの敵意もなかった。

「そなたが潔白であれば、いずれ疑いは晴れるであろう。捜査が終わるまで恒春宮でおとなしくしていろ。ここへは顔を出さないほうがいい。哀美人はそなたを疑っている。そなたが見舞いに来れば混乱させてしまう。魯内監以外の恒春宮の使用人も下がらせておけ」

「仰《おお》せのとおりにいたします、主上」

頭《こう》を垂《べ》れた宝麟に、ふうわりと龍涎香《りゅうぜんこう》のにおいが近づいてきた。

皇帝に手を握られた瞬間、あっと声をあげそうになった。

予想もしない出来事だったからだ。皇帝に手をとられるのは、そうしなければならない儀式のときだけである。普段はまったくふれられない。閨《ねや》にいるときでさえ。

また、べつの驚きもあった。重なった手のぬくもりがだれかのものと酷似《こくじ》していたから。

「物騒なことがつづいている。そなたも疲れているだろう。早くもどってやすめ」

入宮してはじめて聞いた。こんな気づかわしげな言葉は。

「……お心遣いに感謝いたします」

反射的に顔をあげそうになったが、すんでのところで堪《こら》えた。龍顔《りゅうがん》をみだりに見つめるのは、はしたない行為だと、礼儀作法の師に教えられたことを思い出した。

皇帝を見送ったあと、宝麟は輿《こし》に揺られて恒春宮へもどった。

「哀美人ったら、ほんとにいやな女ですわ！」

部屋に入るなり、花雀はふつふつと滾《たぎ》っていた怒りをぶちまけた。

「なんの証拠もないのに、皇后さまが魯内監をそそのかしたと決めつけて！　恩を仇《あだ》でかえすとは、まさにこのことですわよ。ああもう、憎たらしい！」

「哀美人は御子を亡くして錯乱《さくらん》していたのよ。失言は聞き流してあげなさい」

「聞き捨てならない暴言ばかりでしたわ！　主上がさほど真にうけていらっしゃらなかったのが幸いでしたけれど、宮正司が結論を出すまで油断なりませんわ」

「そうね。主上は哀美人の言うことをうのみにしていらっしゃるわけじゃないみたい」

四人目の子を喪《うしな》ったのだ。皇帝は当然、宝麟に対して激怒するだろうと身がまえていたが、恐れていたことは起きず、終始冷静にふるまい、宝麟を気遣ってくれた。

（盗星の手にそっくりだったわ）

宝麟は自分の手を見下ろした。手のひらに残ったぬくもりは盗星のそれとよく似ていた。たしかに皇帝の容姿や声の感じは彼と似ているけれど、手の感触までおなじというのはおかしい。

めずらしくやさしくしてくれたから、そんなふうに勘違いしたのだろうか。

「哀美人は魯内監に襲われたと嘘をついているんです。皇后さまを陥れようとして」

「そのために流産までしたというの？　せっかく主上の御子を身籠ったのに？」

「流産は予定外だったのでしょう。ちょっとやりすぎてしまったのかも」

考えにくいことだ。後宮の女人《にょにん》たちは、皇子の母となることを夢見ている。己に栄光をもたらしてくれるかもしれないわが子を、進んで危険にさらすわけがない。

「なんにせよ、哀美人の策略に決まってますわ。あの性悪女《しょうわるおんな》のやりそうなことです」

花雀は自分の袖《そで》のにおいを嗅《か》いで、憎たらしそうに顔をしかめた。

「ああ、くさいくさい！　幻蝶香《げんちょうこう》のにおいが衣に染みついてしまいましたわ。花薫《かくん》をおそばにお持ちいたしますわね。沈丁花の香りで女狐《めぎつね》の残り香を消さなければ」

花薫は花を入れて香りを楽しむ、香炉型の容器だ。花雀がはこんできたのは牡丹《ぼたん》が透かし彫りにされた白玉製の逸品である。今日は気品高く香る沈丁花が閉じこめられている。

花雀が沈丁花のにおいを移そうとして絹団扇《きぬうちわ》であおぐ。その甘ったるい風に吹かれながら、宝麟は椅子《いす》の背にもたれて考えをめぐらせた。

（幻蝶香には、麝香《じゃこう》が入っているわ）

胡蝶を惑わすと名づけられた幻蝶香は、微量ではあるが、麝香をふくんでいる。麝香は流産を引きおこす恐れがあるので、懐妊中の婦人は遠ざけなければならない。

したがって、流産した婦人の寝間でもうもうと焚《た》くのにふさわしい香ではない。子を亡くして悲嘆《ひたん》に暮れている女人が麝香のにおいに心癒《いや》されるはずはないのだ。

(幻蝶香に麝香が入っていることを、哀美人が知らないとは思えない。現に、懐妊中は香りの弱い香しか焚いていなかったんだから)

たとえ哀美人自身がそれを知らなくても、女主の健康に注意するよう教育されている使用人が指摘すればすむこと。なぜ病少監は幻蝶香を所望《しょもう》した主を諫《いさ》めなかったのか。諫めても、哀美人が無視したのか。どうして哀美人は幻蝶香を欲しがったのか。

(……わが子を、危険にさらすはずがない……)

ふと思いつくことがあって、宝麟は花雀に向き直った。

「いまって、ちょうど験花《けんか》の時期よね？」

「ええ。つい先日、恒春宮からも蘭室注《らんしつちゅう》を敬事房《けいじぼう》に提出いたしましたわ」

蘭室注とは、后妃侍妾の月のものの記録である。毎月の障りは各殿舎でつぶさに記録され、三月に一度、敬事房に提出される。敬事房はそれらを精査し、月事《げつじ》の乱れや不調があれば、太《た》医《い》を遣わして治療をさせる。密通の疑いがあれば、宮正司にその旨《むね》を報告する。これを験花という、ちょうど今月はじめが今年最初の験花にあたる。

「敬事房から朱柳閣の蘭室注を借りてきてちょうだい。確認したいことがあるの」

部屋を出ていこうとした花雀をあわてて呼びとめる。

「それから朱柳閣の屑物《くずもの》を持ってきて。できればここ数日分、欲しいわ。くれぐれも哀美人には気づかれないように、こっそり持ってきてね」

「どうして女狐の屑物が必要なんです？」

理由は言わずに遣いにやる。もどってきた花雀から蘭室注をうけとり、文面を丁寧《ていねい》に読んだ。

哀美人の月事に乱れはない。毎月のはじめころにきっちり七日間ある。

二月前、すなわち昨年の十二月から途絶えている。彤記によれば、哀美人は昨年の十一月に夜伽《よとぎ》をしている。そのときに身籠ったのなら、月事が途絶えたことも帳尻があう。

「こ、皇后さま！　汚らわしい屑物に御手をふれてはいけませんわ！」

「大丈夫よ。手袋をしてさわるから」

宝麟は口もとを布で覆《おお》い、両手に麻布の手袋をした。気楽な部屋着に着替えているので、皇后の豪華な衣装が汚れる心配はない。

「走太監！　宦官《かんがん》の出番ですわよ。汚れ仕事はお手のものでしょう」

「屑物あさりなど、太監の職分ではございません。女官どのがおやりになっては？」

「わたくしは上級女官ですわよ⁉　こんな汚物にさわるわけが……ああっ、皇后さまっ！」

花雀と醜刀が言い争っているうちに、宝麟は昨日の屑物から目当てのものを見つけだした。

「まあっ、汚い！　荷葉帯《かようたい》ではありませんか！」

荷葉帯は月の障りのときに身につける内衣《したぎ》だ。市井《しせい》の婦人は洗って何度も使うが、后妃侍妾は使い捨てにする。捨てかたにも決まりがあり、とくべつな袋に入れて敬事房に提出しなければならない。たしかに月事があり、懐妊可能な体であることを証明するためだ。

「あら？　どうして荷葉帯が？　哀美人は今朝まで身籠っていたのに……」

「流産の後始末というわけではなさそうですね。汚れた布は太医院が回収していますし」

子が流れたことによって汚れた衣服や褥などの布類は、太医院が回収して記録をとる。まちがいなく流産したということを確認するためである。

「一昨日の屑物にも、荷葉帯がいくつか入っているわ」

各殿舎の屑物はある一定の日数分まとめて焼却される。暑い時期は期間が短くなり、寒い時期は長くなる。現在は後者なので、一昨日の屑物がまだ残っていた。

「一昨日？　あっ、わかりましたわ！　哀美人が流産したのは一昨日でしたのね！　それなのに、今朝がた、子を流したかのように見せかけたのですわ」

「だったら、一昨日に事件を起こせばよかったのではなくて？」

宝麟が口もとの布と手袋をはずして手を洗っているあいだ、花雀は小首をかしげていた。

「今日の屑物には荷葉帯がなく、昨日と一昨日のものには複数入っているって、どういうこと？　そもそも荷葉帯は屑物とはべつにまとめるものだし……。ひょっとして、女官のもの？　いいえ、ありえないわ。女官が自分と主の屑物を一緒にしたら、それだけで懲罰《ちょうばつ》ものよ。朱柳閣には恒春宮の女官もつとめているから、そんな不手際はないはずで……」

「花雀、幻蝶香はどんなときに焚く香かしら？」

「室内を高級な香りで満たしたいときでしょう。なにせ、値千金《あたいせんきん》の香りですもの。高価な調度には幻蝶香が似合います。あと、気持ちがふさいでいるときですわね。幻蝶香のにおいに包まれれば、憂鬱《ゆううつ》が遠ざかりますわ。それから、気が立っているときにもよいといわれています。ささくれだっている心を穏やかにする効果がありますから」

「基本的に女人向きの香なのよ。殿方《とのがた》の部屋で焚くものではないわ」

「妊婦には厳禁ですけれどね。懐妊していない婦人にとっては、天女の薬といってもいいでしょう。心を安らかにして、血の道をととのえ、美容にも効果がありますもの。ただし、ほんのりと香るように焚くのがこつですわ。それがなかなか難しいのですけれど。哀美人の部屋のようにもうもうと焚いていたのでは、値千金の香りも安物の香と少しも変わ……」

宝麟の言わんとすることに気づいたらしく、花雀は大きく目を見開いた。

「月事の苦痛をやわらげたいときにも焚きますね」

涼しい声音《こわね》で言って、醜刀が朱柳閣の蘭室注をぱらぱらとめくった。

「哀美人の月事は、はじまってから三日目がとくに月水《げっすい》の量が多い。それにともなう痛みもひどいと記されています。昨年までは春容香《しゅんようこう》を使ってしのいでいたようですが」

春容香も婦人向けの香だ。血の道をととのえる効果があるので、月事の苦痛をやわらげるために侍妾たちがよく使っているが、幻蝶香にくらべれば金と砂ほどに値段も効果もちがう。

「今回は、春容香ではだめだったのだと思うわ。効き目が弱いからというより、血の道の不調に勘づかれてしまう恐れがあるから」

侍妾が幻蝶香を使っていたら、花雀のように「分不相応な」と眉《まゆ》をひそめるものだ。生意気にも妃嬪《ひひん》を気取りたいのだろうと不快に感じる一方で、血の道の不調にまでは考えがおよばない。逆に春容香は危険だ。侍妾と春容香は即座に月事の苦痛を連想させてしまう。

「じゃあ……今朝がた、哀美人が出血したのって、流産じゃなくて……」

「おそらく、月水よ」

蘭室注に記された月事の周期から推測すると、今日が三日目。もっとも月水が重い日だ。

「月水を流産と偽ったんですか⁉　太医はまんまと騙《だま》されたと⁉」

「さすがに太医までは騙せないでしょうが、駆けつけた宦官たちを騙すには十分ですよ。女主人に仕えて日の浅い宦官には、流産と月水のちがいはわかりませんから」

「太医は買収したのでしょうね。そして嘘の診断をさせた」

「金銭での買収は、哀美人には難しいでしょう。あのかたは豪家の出身ではないので、金子《きんす》以外の賄賂《わいろ》を使ったんでしょうね。太医はわれわれとちがって男ですから」

「えっ⁉　まさか、哀美人が太医と密通したというんですか⁉」

「噂《うわさ》好きの女官どのがご存じないとは意外《めかけ》ですね。哀美人の主治医は好色なことで有名ですよ。齢《よわい》六十四にして、正妻のほかに七人の妾がいます。狒々爺《ひひじじい》にしては少ないですが、これにはからくりがありまして、妾が二十一をこえると離縁するんです。妾の年齢はつねに十五から二十に保たれているとか。哀美人は十六ですから、ちょうど好みの年齢ですね」

醜刀は淡々と語ったが、宝麟はぞっとした。

「密通のことは置いておくとして、今日の朝、哀美人が流産していないのだとしたら、乱影が哀美人を殺そうとしたという事件自体が疑わしいものになるわ」

今回の事件は、哀美人の自作自演ではないのか？

「さっきからじーっと御手をご覧になっていますけど、どうかしましたかー？」

凶餓ののんきな声が耳朶《じだ》を打つ。勇烈はわれにかえった。

やっと侍講《じこう》の説教くさい講釈から解放され、居室でやすんでいるところだ。よほど長いあいだぼんやりしていたのか、かぐわしい香りを放っていた茶がすっかり冷めている。

「女人の手のひらというのは、どれもおなじような感触がするのかな」

「はい？」

「さっき、皇后の手にふれただろう？　あのとき、妙だと思ったんだ。月華の手のひらとおなじ感触だったから。似ている、なんてものじゃない。まるきりおなじだ」

李皇后と月華は似ても似つかないのに、奇怪なことがあるものだ。

（似ても似つかない……？　ほんとうにそうか？）

人形のような李皇后と、明るく快活な月華。ふたりは正反対だと思ってきたが、ここにきていままで明確だった印象がぼやけてきた。否《いな》、月華のほうははっきりしている。彼女は朗《ほが》らかに笑い、かわいらしく怒る、感情の豊かな女人だ。しかし、李皇后は氷でできた花のように冷たい。容貌《ようぼう》は美しいが、具体的にどういう顔立ちなのか、全然思い出せない。

勇烈は李皇后の花顔をまともに見たことがないのだ。彼女はいつも伏し目がちだから、勇烈の目線から見れば、白磁《はくじ》のようなひたいでちらちら揺れている鳳冠《ほうかん》の垂れ飾りしか見えない。かといって、腕ずくでおもてをあげさせるほど、彼女の顔立ちに興味はなかった。

「皇后はどういう顔をしている？」

「どういうって、お美しいかたですよ。いつもご覧になっているじゃありませんか」

「見てないから訊いているんだ。月華に似ているか？」

「ご自分でたしかめればよろしいでしょう。これから後宮へ向かいますか？」

凶餓は勇烈に出された菓子をぱくついている。毒見と称しているが、ただの盗み食いだ。

「哀美人の事件が起きたばかりだ。しばらく後宮には行きたくない」

勇烈は哀美人に対してこれといった感情を持たない。ほかの侍妾《じしょう》たちに対してもそうだ。夜《よ》伽《とぎ》の相手は適当に選んだだけであって、とくに色めいた理由はない。

十五になったころから、共太后に「早く世《せ》継ぎを」と急かされるようになった。

色事方面にまったく関心がない勇烈は、世継ぎ世継ぎと催促されるのにうんざりしたが、より多くの子をもうけるのは、たしかに天子の責務である。女人など、面倒なばかりで、積極的にかかわりたいとも思わないけれども、これも皇帝のつとめと割りきって侍妾に夜伽を命じることにした。龍床《りゅうしょう》に召されたのが侍妾であったことに、共太后は難色を示した。

『ものには順序というものがある。侍妾よりもさきに皇后をお召しになるべきじゃ』

共太后の苦言には耳を貸さず、勇烈はその後も侍妾に進御《しんぎょ》させた。

どの侍妾にも恋情めいたものは抱かなかった。彼女たちは顔つきも、声色も、性格も、それぞれだったが、だれもがおなじに見えた。懐妊《かいにん》がわかったときには喜ばしく思ったし、行方知れずになったときには心配したし、遺体が見つかったときには哀れみを感じたが、どの感情も皇帝の立場をこえるものではない。哀美人に対してもおおむね、似たような印象しかなかったが、朱柳閣に移ってからの彼女は、高慢さが鼻につく感じがした。

まず、部屋が侍妾にしては豪華すぎる。使用人への尊大な態度も、さながら狗《いぬ》をしつけているようで、見ていて胸が悪くなった。後宮において、懐妊したとたんに肩をそびやかしはじめる女人はめずらしくないので、哀美人もそのたぐいなのだと思われるが、勇烈にしがみついて李皇后の命令で殺されかかったと泣き叫ぶのには閉口した。

子を亡くして悲しむ気持ちはわかる。なにものかに首を絞められたのだ、さぞかし恐ろしかっただろう。しかし、人前で李皇后を口汚くののしれば、李皇后の面目は丸つぶれだ。後宮では位階がすべてである。皇后も、妃嬪も、侍妾も、女官も、だれもが序列に縛《しば》られ、分相応なふるまいを求められている。哀美人には、その自覚がないようだ。

皇帝の御前ですら皇后を立てられないようでは、皇族の母となるにふさわしいとはいえない。懐妊しただけでここまで驕慢《きょうまん》になるのだ。まかりまちがって皇子を産もうものなら、たちまち皇后を気取りはじめるだろう。今回は残念な結果になってしまったが――こんなことを考えるのは冷酷《れいこく》だとも思うが――ある意味では、これでよかったのかもしれない。

「如雷、ちょうどよいところに来たな！」

提督太監の非如雷が謁見を求めてきたので、居室にとおした。

「頭の中がごちゃごちゃしていて居心地が悪いから、剣の手合わせでもしよう！」

「そのまえに主上、お届けものがございます」

如雷が浅黒い手で一通の文をさしだした。

「面倒だ。読みあげてくれ」

「よろしいのですか？　月華という女官からの文ですが」

「月華から⁉　早くよこせっ！」

今日はもう文字なんか読みたくないとあくびをしていた勇烈は、あわてて如雷の手から文をもぎとった。短い文面だった。今夜会いたいから、このあいだ棍《こん》の打ちあいをした場所に来てくれないかという。奥ゆかしく愛らしい手跡が月華の面差《おもざ》しを偲《しの》ばせた。

「……月華からだと知っていたということは、そなたも読んだんだな？」

「それが仕事ですので」

　提督太監率《ひき》いる東廠《とうしょう》の主な任務は、国内外の密偵である。

「盗星という宦官《かんがん》にわたしてほしいと、宮正司にとどけられたそうです。しかし、宮正司にそのような名の宦官はいないので、困っていたとか。先刻、所用で宮正司を訪ねたところ相談をうけましたので、私からとどけると言って引きとってまいりました」

「……なんでそなたが〈盗星〉のことを知っているんだ？」

　はいそれ僕ですー、と凶餓が口をもぐもぐさせながら手をあげた。

「僕がしゃべっちゃいました」

「は⁉　なんだと⁉」

「こないだ、酒楼《しゅろう》でひとりさびしく晩ごはん食べてたら、提督太監がいらっしゃいましてね。酢のきいた焼き蛤《はまぐり》やら、殻《から》付き海老《えび》の塩炒めやら、カラッと揚がった海蟹《わたりがに》やら、海の美食を肴に酒盛りしてたら、話が盛りあがっちゃって。あの夜は楽しかったですねー、非太監」

「主の秘密で盛りあがるな‼」

「あ、でも、肝心《かんじん》かなめのところはしゃべってませんよ」

「肝心かなめのところ？」

「ほら、主上が月華どのに一目惚《ひとめぼ》れなさったことですよ」

「一目惚れなんかしてない‼」

　勇烈はだんと机をこぶしで叩いた。

「一目惚れなどという、ちゃらちゃらした気持ちじゃないんだ！　だ、第一、彼女とはまだ出会ったばかりだし、お互いのことをもっとよく知ってから……」

　はっとして黙る。ひとつ咳払《せきばら》いして、如雷に顔を向けた。

「他言無用だぞ！　このいやしんぼみたいにだれかに話したら承知しないからな！」

「心得ております」

　引きしまった凜々《りり》しい面輪《おもわ》に、かすかなやわらぎがひろがった。

「しかし、感慨深い。即位なさったころにはあんなにお小さかった主上が、意中の女人と逢瀬《おうせ》の約束をなさる年頃におなりになったとは。私が年をとるはずですね」

「年寄りくさいことを言うな。そなたは少しも老けていないではないか」

　如雷は亡き父・賛武帝より一つ年上だ。幼き日、演武場で父帝と剣戟《けんげき》をふるっていた彼は、宦官であることを忘れさせるほどに雄々《おお》しく、飛鋼とならぶあこがれの存在だった。

「いくら若作りしようとも、青春のただなかにいらっしゃる主上にはかないません。年寄りは年寄りらしく若者の恋を応援しましょう。まずは今宵《こよい》の逢瀬が成功することを祈りますよ」

「せ、成功ってなんだ⁉　ただ会って話すだけだ。ほかにはなにもしない」

「ほかにはなにもぉ？　いつもおふたりで激しい運動をなさってますけど？」

「誤解するな！　氷嬉《スケート》とか、棍とか、体操とか！　健全な運動だからな！」

勇烈が真っ赤になって言うと、如雷はからからと笑った。

「おふたりで運動とは、まるで先帝と湖麗妃《れいひ》さまのようですね」

「あーたしかに。光粛《こうしゅく》皇后も氷嬉が得意でいらっしゃいましたねー。あっ、わかった。主上が一目惚れなさったのは、月華どのに光粛皇后の面影をご覧になったからでしょー？」

「ちがう！　月華は月華、母上は母上だ！」

勇烈の生母・湖氏は活発な女人で、よく父帝と氷嬉や蹴鞠《しゅうきく》を楽しんでいた。きれいな衣服を着ておとなしく座っているときよりも、男装して馬を走らせたり、力強く的《まと》を射《い》たり、武官顔負けの剣技を披露したりしているときのほうがずっと美しかった。

しかし、母はもう亡《な》い。この世では二度と会えないのだ。

「主上に恋しい女人ができたことを、湖麗妃さまも九泉《きゅうせん》で喜んでいらっしゃいますよ」

如雷はいまだに母のことを諡号《しごう》ではなく、生前の呼び名で呼ぶ。長年皇宮に仕えているから、そちらのほうがなじみ深いのだろう。

（……余《よ》は、たった八年しか、母上のおそばにいられなかった）

最後に会ったとき、母は「ごめんなさい」と言った。その声が耳にこびりついている。

約束の時刻、例の場所に行くと、すでに月華が待っていた。

「盗星！　文を読んでくれたのね！」

飛ぶように駆けよってきた月華を、勇烈はまじまじと見た。

(母上に似ているかな？)

母は美しい人だった。しかし、その美しさは雨に打たれて枝垂《しだ》れた花海棠《はなかいどう》のそれだった。父帝とならんで馬を駆り、矢を放ち、剣をふるっていても、どこかさびしげな陰があった。

月華の美しさは夜陰を灯すように咲く紅梅の輝きだ。あざやかな色彩と清艶《せいえん》な香りで暗がりをはね飛ばし、朗《ほが》らかに夜を染めあげてしまう、ふしぎな明るさがあった。

日差しのなかにいても涙雨にさらされてうなだれている母と、夜の底にいても日差しを浴びて輝いている月華とでは、冬と春ほどにかけ離れた存在に思われた。

「どうしたの？　私、どこか変かしら？」

「あ、いや、見惚《みと》れてたんだ。ひさしぶりに会ったから」

あながち嘘でもないことを言うと、星明かりで化粧《けしょう》したような彼女の頰《ほお》に朱が散った。

「今日は真面目《まじめ》な話をしにきたのよ。変なことは言わないで」

「変なことなんか言ってないが……真面目な話ってなんだ？」

「哀美人の事件についてよ。捜査は進んでいる？」

「たいして進んでない。宮正司はやはり李皇后を疑ってるよ。俺はちがうと思うけどな」

「ほんと⁉　ほんとうにそう思う⁉」

月華がぐっと顔を近づけてくるので、勇烈はどぎまぎした。

「しゅ、朱柳閣を手配したのは李皇后だ。朱柳閣で事件が起きれば、真っ先に李皇后が疑われる。そんな状況で魯内監に哀美人を殺させようとするなど、愚かにもほどがある。李皇后に邪心があるなら、朱柳閣の外で哀美人を手にかけるだろう」

ただでさえ、三人の侍妾《じしょう》の死は李皇后のしわざではないかと噂《うわさ》されている。こんなときに朱柳閣で事件を起こすのは、自分が下手人《げしゅにん》だと名乗り出るようなものだ。

「私もそう思うわ。今回の事件は皇后さまを陥《おとしい》れるために仕組まれたものよ」

「仕組んだやつに心当たりがありそうだな?」

「ええ、実は……」

月華が語る話は決して妄言ではなく、でたらめな憶測でもなく、事実に基づいた推察だった。

「哀美人は身籠っていなかったんだな?　それはよかった」

「よかったって?」

「身籠っていなかったのなら、喪《うしな》われた命はなかったということだろう。幸いなことだ」

騙《だま》されていたのは癪《しゃく》だが、流産にくらべれば些末事《さまつごと》だ。

「哀美人は主上の御前で言ったわ。魯内監が『楊美人や蘭貴人や歩良人のように、あたしを紐で縊《くび》り殺そうと』したって。あの言葉がずっと頭に引っかかっていたの。哀美人は被帛《ひはく》で首を絞められたはず。魯内監は病少監がやったと言い、哀美人と病少監は魯内監がやったと言ったけど、どちらも被帛を使って首を絞めたことはおなじだった。なのになぜか、哀美人は『紐で縊り殺そうと』したって言ったのよ。三人の侍妾たちはたしかに紐で縊り殺されているわ。だけど、そのことはごく一部の者しか知らないはずでしょう。皇太后さまが事件の詳細は秘密にするようにご下命なさったし、皇后さまは懐妊中の哀美人を気遣って、恐ろしい事件のことは朱柳閣にはふせておくようお命じになったのよ。朱柳閣で守られ、目も耳もふさがれている哀美人がどうやって侍妾たちが紐で縊り殺されたという事実を知ったの？　こんなことは言いたくないけど……哀美人が事件にかかわっていなければ、ありえないことだわ」

月華は自分の考えを話しだすと止まらない癖《くせ》がある。勇烈が口をはさむ隙《すき》もなかった。

「そなたは三人の侍妾を手にかけたのが哀美人だとにらんでいるんだな？」

「少なくとも、なにかしらかかわっていると思う。……証拠はないけれど」

人を疑うことが万死に値する大罪だとでもいうように、月華はきまり悪そうにうなだれた。

「よし、そなたの推測が正しいかどうか、たしかめてみよう」

「宮正司で取り調べをするの？　宮正司はひどい拷問《ごうもん》をするって聞くけど、大丈夫かしら」

心配そうに遠山《えんざん》の眉《まゆ》を曇らせる。勇烈は月華の手を握ってにかっと笑った。

「拷問よりもっといい手があるぞ！」

その文を信用したわけではない。なにせ文の末尾には、とっくに鬼籍《きせき》に入っている女の名が記されていたのだ。死人が文を書いてよこす？　そんなばかなことが起こるはずがない。

「『おまえがわたくしを殺したことを主上に訴える』ですって？　ばかばかしい」

一笑にふしながらも、私の女主人はその不気味な文を無視できなかった。

「だれがやったにしても、あたしたちの秘密を知っているやつのしわざだわ。亡霊の名をかりて、ずうずうしくもあたしたちを強請《ゆす》ろうとしているのよ」

女主人は恨めしげに文を破りすてた。文は死体が出た池に悪事の証拠が残っていると語っていた。遠からずそれが明るみになり、女主人の罪が白日のもとにさらされるとも。

「あんた、あの池に行って様子を見てきなさい。証拠とやらを見つけて処分するのよ」

「はい、明日の朝まいります」

私が女主人の髪を梳《くしけず》る手をとめて頭を下げると、銀の指甲套《つめかざり》が飛んできた。

「この愚図！　明日じゃ遅いのよ！　いますぐ行って！」

「い、いまからですか……？　夜が更けてまいりましたし、明朝のほうが……」

「ぐずぐずしていると手遅れになるじゃない！　そんなこともわからないの、役立たず！」

耳を引き裂く罵声《ばせい》とともに鼈甲《べっこう》の櫛《くし》や、眉刷毛《まゆはけ》や、白粉合子《おしろいいれ》がつぎつぎに投げつけられた。

女主人は苛立《いらだ》っている。昨日、あのような事件が起きたのに、李皇后が禁足《きんそく》すら言いわたされていないからだ。女主人の予想では、事件を知った皇帝が激怒して、李皇后に罰を下すはずだった。少なくとも、恒春宮に禁足されると見込んでいた。

予想に反して、李皇后にはなんの罰も下っていない。今朝も通常どおりに朝礼をこなし、園《てい》林《えん》を散策して、恒春宮で普段と変わらぬ一日を過ごしたそうだ。

なお悪いことに、宮正司は魯内監を一晩取り調べただけで恒春宮へ帰してしまった。これは勅命《ちょくめい》だという。皇帝は李皇后を疑ってはいないらしいのだ。

早くも、事件はうやむやのうちに終わりそうな気配がしていた。後宮ではよくあることだ。そもそも流産がめずらしくないうえに、皇帝が関心を示さない事件はたいして値打ちがない。そのうえ女主人は妃嬪《ひひん》ではないから、宮正司もさほど力を入れて捜査しない。

三人の侍妾たちの死と、自分の流産事件をまとめて李皇后のしわざに見せかけようとした女主人はすっかり当てが外れてしまい、鬱憤《うっぷん》を募《つの》らせていた。

おかげで私は怒鳴られ、叩かれ、ものを投げつけられ、さんざんな目に遭《あ》っている。

女主人の非道はいまにはじまったことではない。女主人は主上の登極《とうきょく》にしたがって入宮したので、かれこれ三年は仕えている計算になるが、罵声を浴びなかった日は片手で数えられる程度だ。私がとくだんに不幸なのではない。侍妾付き宦官の境遇はどれも似たりよったりだ。女主人の八つ当たりにつきあうのも仕事のうちである。

（仕方ない。これも出世のためだ）

宦官には細々と生きていければそれでいいという世捨て人のような連中もいるが、私には人並みの出世欲があった。男の体を捨ててまで宮中に入ったのは、冷や飯を食って今日を生きながらえるためではない。さすがに全宦官の頂点に立ちたいとまではいわないが、せめて太監になって賄賂《わいろ》で懐《ふところ》をずっしりと満たしてみたいと平凡な野心を燃やしていた。

女主人が栄華をつかめば、使用人も華やぐことができる。反対に女主人が凋落《ちょうらく》すれば、使用人の末路も悲惨《ひさん》だ。女主人を守ることが自分を守ることにつながるのだ。

自分にそう言い聞かせつつ、私は疲れた足どりで件《くだん》の場所へ向かった。

月が夜空にどんよりとおぼめいていた。ねばつく闇が、夜風に乱される官服の裾《すそ》を無数の黒い手のようにつかんでくる。事情が事情なので、ともは連れていけない。ひとりで進む園林の小道は暗く不気味で、すがるように握りしめた提灯《ちょうちん》がかたかたと不様に震えた。

正直言って、そこへは二度と行きたくなかった。いったいどこのだれが、死体が上がった池に近寄りたがるというのだろうか。ましてや、その死体をつくった張本人《ちょうほんにん》が。

死体というのは、昨年の暮れに行方《ゆくえ》知れずになった楊美人である。もっとも、私自身が楊美人に恨みを抱いていたのではない。女主人に殺せと命じられたので、従っただけだ。

女主人はいつも熱く滾《たぎ》る夢を見ていた。龍床《りゅうしょう》に侍《はべ》り、帝胤《ていいん》を宿して、輝かしい世継ぎを産むことを。要するに彼女も野心家であったのだ。騾馬《らば》に身を落とした私とおなじように。

だれかが夜伽《よとぎ》を命じられたと聞くと、女主人は鬼女のごとく怒りくるった。寵姫になるために入宮したと豪語する彼女は、自分よりもさきに他人が寵愛《ちょうあい》を賜《たまわ》ることが我慢ならなかった。

女主人に言わせれば、幸運をうけるのは彼女でなければならなかった。彼女以外のだれかが運よく栄誉にあずかることは、女主人自身が塵芥《ちりあくた》のように踏みつけられ、腐臭を放つ汚物のように蔑《さげす》まれ、年老いた醜業婦《しゅうぎょうふ》のように嘲笑《あざわら》われることと同義なのだ。

夜伽よりもさらに彼女を憤《いきどお》らせるのは、いうまでもなく懐妊《かいにん》である。だれそれという侍妾が身籠《みご》ったという凶報が耳に入ろうものなら、女主人の瞳はおぞましいほどに血走り、柔肌《やわはだ》は熱した鉄のような色に染まって、喉《のど》からは悪罵とも悲鳴ともつかぬ奇声が炸裂《さくれつ》した。怒りの矛先《ほこさき》は使用人に向かうが、女主人は宦官や女官を打擲《ちょうちゃく》するだけでは満足しなかった。

『あの女を殺して!!』

私は命じられたとおりのことをした。歩良人を殺し、蘭貴人を殺した。

殺人に手を染めることにはさして抵抗がなかった。後宮で起きる不審死は、ほとんどが殺人だ。そしてほとんどが闇から闇に葬《ほうむ》られる。私は賛武帝の御代に入宮したから、血なまぐさい事件にはすっかり馴《な》らされていた。先帝の後宮《おうし》では、あまりにも多くの女人《にょにん》たちが――ときには宦官が――非業の死を遂《と》げたために、横死は日常の一部だった。

それになにより、人殺しのひとつもできないようでは栄達できないのが宦官の世界である。清潔な太監などいない。彼らはだれかを騙し、だれかから奪い、だれかを踏み台にし、だれかの息の根をとめたからこそ、この醜悪《しゅうあく》な体で得られる最大の名誉を勝ちとったのだ。

かく言う私も、人を殺したことがある。女主人に仕えるようになるまえのことだ。相手は私の同輩の宦官。私の不始末を上官に告げ口しようとしたので縊り殺した。

　なにしろはじめてのことなので気が動転してしまい、死体を隠すことさえしなかった。骸《むくろ》はすぐに発見された。宮正司が捜査をしていると聞いたときは、全身から冷や汗が噴き出した。いまに悪事を暴かれるのではと生きた心地もしなかった。

　結論からいえば杞憂《きゆう》だった。宮正司は死人の身元を確認したあと、即座に屍《しかばね》を浄楽堂《じょうらくどう》へはこばせた。浄楽堂は宦官の葬儀場である。死体は深い穴に放りこまれ、下級宦官の手によってぞんざいに燃やされた。後宮における殺人はかくも簡便だった。よほどの重要人物でない限り、殺されてもだれも気にとめない。捜査は形ばかりで、骸は事務的に処理される。

　この経験のおかげで、歩良人と蘭貴人を殺すのは容易《たやす》かった。楊美人も難なく始末できるはずだったが、思いのほか手こずった。楊美人はほかの二人とはくらべものにならないほど抵抗した。渾身《こんしん》の力でもがき、足をばたつかせ、刃物じみた爪で私の顔を引っかいた。苦労のすえに出来上がった死体は、両眼をかっと見開き、恨めしげに私を睨《にら》みつけていた。

　私は死体に重石《おもし》をつけて池に沈めた。あまり人の出入りがない園林だから、当分のあいだは見つからないと踏んでいた。おりしも冬の最中。池はじきに凍りついて死者を覆《おお》い隠してくれるだろうと。私は手抜かりなく仕事をこなした。証拠になるようなものなど、落とした記憶はない。身分を証明するものは身につけていかなかったのだから、落としようもない。

　池が近づくにつれて、心臓のいななきがうるさくなってくる。人殺しには抵抗がないくせに、私は豎子《じゅし》のように怨霊《おんりょう》のたぐいを恐れていた。人に言えば笑われるからだれにも言わないが、夜のひとり歩きは寿命が縮むほどに恐ろしい。後宮のそこかしこにひそんでいるであろう死霊がいましもぬっと飛びだしてきて、私の足に食らいついてきそうな心地がする。

木々をざわつかせる夜風にびくつきつつ、やっとの思いで池にたどりついた。ここだけ春の訪《おとな》いが遅れているらしい。池の氷の大部分がとけ残っていた。池のほとりの楊美人の死体が見つかった場所にはいびつな穴が口を開けており、真っ黒な水をたたえている。

悪事の証拠が残っているとしたら、このあたりだろう。私は目を凝《こ》らした。提灯の明かりを頼りに身をかがめて、見覚えのあるものがないか、呼吸を殺して探す。

そのときだ。かすかな物音が聞こえてきた。獣の歯ぎしりのような不快な音だ。それは張りつめた暗い冷気を引っかきながら、か細い衣擦《きぬず》れの吐息を連れて近づいてくる。

背筋が凍りついた。女だと直感した。さもなければ、私のひたいを真正面から叩く夜風に脂粉《しふん》のにおいがまじっているはずはない。全身が拒《こば》んでいるにもかかわらず、私はおそるおそる顔をあげた。煮つめられた暗がりに薄紅《うすべに》色の人影がぼうっと浮かんでいる。そうだ、まぎれもなく浮かんでいた。喪服《もふく》をひろげたような白い池の面に、女がひとり、立っている。

私はひっと悲鳴をあげて尻餅《しりもち》をついた。印金模様がきらめく薄紅の裙《くん》に、白梅の花びらを散らした上襦《じょうじゅ》。若い娘らしいその装いは、楊美人が死ぬ間際に着ていたものと瓜《うり》ふたつだ。

女は押し黙っていた。青白い花顔をうつむけ、柳眉《りゅうび》に苦悶《くもん》をにじませて、私をじっと睨んでいた。事切れた直後に見せたあの、怨念《おんねん》が凝固したような双眸《そうぼう》で。

悲鳴をのみこみ、私は立ちあがって逃げようとした。その瞬間、なにかに足を払われて地面に転がった。提灯を手放してしまい、それがなんなのかたしかめる術《すべ》をなくした。左右の膝頭が痙攣《けいれん》するようにぶつかった。池のおもてをたゆたう女が耳障《みみざわ》りな音を引きずりながら私に迫ってくる。ゆらりゆらりと不安定に体を揺らす動作が女の乱れ髪をいっそう乱した。

「……しっ、仕方なかったんだ……っ！」

私は無我夢中で叫んだ。

「しゅ、主人に命じられたんだっ！　あなたを、赤子もろとも殺してしまえと……！」

脂粉のにおいがしだいに強くなる。それは毒のように私の肺腑《はいふ》を侵し、呼吸を麻痺《まひ》させた。

「私はただの遣い走りだ！　怨《うら》みを晴らすなら、哀美人を……」

気づけば、女は――楊美人の怨霊は私の目のまえまで来ていた。

「……た、頼む……許してくれ……なっ、なんでもするから、ど、どうか――」

むんずと胸ぐらをつかまれ、私は踏みつけられた蛙《かえる》のように情けない声をあげた。

「あなたが哀美人の命令で楊美人を殺したのね？」

怨霊が口をきいた。私はなにも言えない。骨がきしむほど震えるよりほかは。

「答えなさい。哀美人に命じられて楊美人を殺したのは――病少監、あなたなの？」

矢のような眼差《まなざ》しが眉間《みけん》を貫く。全身を戦慄《わなな》かせながら、こくこくとうなずいた。

「……み、見逃してくれ……頼むから、いっ、命だけは」

「痴《し》れ者《もの》！」

鋭い一喝《いっかつ》に頭を叩かれ、私は鞭《むち》打《う》たれたように縮みあがった。

「あなたは主上の御子を殺《あや》めたのです。皇族殺しの罪、己が命で贖《あがな》いなさい」

苛烈《かれつ》な怒りを放つその双眸《そうぼう》。それは天厲《てんれい》五残《ござん》をつかさどる西王母《せいおうぼ》のまなこにちがいなかった。


「名演だったな、月華！」

病少監を宮正司の宦官《かんがん》に引きわたしたあと、盗星が宝麟に駆けよってきた。

「うまくできた？　途中で偽者だって見抜かれないかとひやひやしたわ」

「本物みたいだった！　池の上を滑るそなたは亡霊そっくりだったぞ！」

病少監が見た怨霊はむろん宝麟の変装である。楊美人の服装をまねて氷の上を滑っていただけだ。亡霊らしく見えるように化粧《けしょう》や髪型に工夫《くふう》を凝《こ》らしていたが、今夜は曇りがちな空模様なので、いっそうそれらしく見えたのだろう。

ちなみに暗がりにひそんで、棍《こん》で病少監の足を払ったのは盗星である。

「まあ、俺はちっとも怖くなかったけどな！」

盗星がやけに胸を張るので、宝麟は氷嬉靴を脱ぎながら笑った。

「当然でしょう。あなたは怨霊の正体が私だって知っていたんだもの」

「たとえ知らなくても怖がらなかったと思うぞ」

「どうして？」

「そなたは亡霊にしては美しすぎるからだ。見惚《みと》れるばかりで、全然怖くない」

「……あなたはやっぱり女たらしよ。そういうこと、さらりと言うんだから」

「女たらしなんかじゃないぞ！　こういうことは、そなたにしか言わない」

真面目《まじめ》な表情で見つめられると、頰《ほお》が火照《ほて》ってくる。恥ずかしさをごまかすため、鞋子《くつ》を履《は》きかえることに集中しようとしたときだ。あわてすぎてよろけてしまった。

「手伝おうか？」

とっさに盗星がささえてくれる。抱かれた肩が熱くて、のぼせたみたいに頭がふらふらした。

「ありがとう。でも、自分で履けるから大丈夫よ」

肩にふれられるだけでも心臓が口から飛びだしそうになっているのだ。絹襪《くつした》ごしとはいえ、足にふれられたら、どうなってしまうのだろう。想像すると顔が火をおびそうになる。

(事件は解決したけれど……やりきれないわ)

病少監を呼びだして楊美人の怨霊で脅《おど》かし、罪を自白させる策は盗星の発案によるものだ。

『哀美人のことだから自分では手を汚さず、側仕《そばづか》えにやらせているだろう』

また遺体をはこぶのは女人の力では難しいから、宦官を使ったのだろうと盗星は言った。乱影が哀美人を襲っていたという証言をしたことから考えれば、哀美人の共犯が病少監であることは容易に推測できたので、楊美人の名を騙《かた》った文でここへおびきだしたのだ。

病少監は哀美人ともども投獄《とうごく》され、宮正司の取り調べをうけることになる。二人には歩良人、蘭貴人、楊美人殺害の嫌疑のみならず、懐妊を装い、皇帝を騙《だま》した疑いもかかっている。きびしい沙汰《さた》がくだることになるが、同情はしない。……してはいけない。皇族殺しは謀反《むほん》にもひとしい大罪なのだから。そうわかっていても、苦く重い気持ちを無視できなかった。

皇族殺しの報いは九族《きゅうぞく》におよぶ。罪人の縁者というだけで無辜《むこ》の民も刑場へ引ったてられ、奴婢《ぬひ》に身を落とし、宮刑をうける。これから流されるであろうおびただしい血と涙に想いをはせると、自分にかけられていた疑いが晴れたことを単純に喜ぶ気にはなれない。

「ああ、そうだ。そなたにかえしそびれていた」

盗星は紅梅と流鶯が刺繍《ししゅう》された絹の手巾をさしだした。

「まあ、なくしたと思っていたわ。盗星が拾ってくれていたのね」

皇帝から賜《たまわ》った手巾だ。宝麟はありがたくうけとった。

「そなたに訊きたいことがあるんだが」

「なあに?」

「恒春宮の使用人を調べたら、月華という女官はいなかった」

星のようなきらめきを映す瞳に射貫《いぬ》かれ、宝麟は立ちすくんだ。とうとう来るべきときが来てしまった。言い訳を探す。焦燥《しょうそう》と混乱がからからと虚《むな》しい音を立てて空転する。

「月華……そなたは、なにものなんだ？」

髻《もとどり》の金歩揺《きんほよう》がほの暗い夜風にもてあそばれる。そのさざめきが沈黙を冷ややかに彩った。

盗星から逃げるようにして、宝麟は恒春宮に駆けもどった。

臥室《しんしつ》に入り、花雀に手伝ってもらって寝支度《ねじたく》をととのえる。髪を梳《す》いてもらいながら、化粧台に置かれた小ぶりの花瓶《かびん》を眺めた。さわやかな天青色《てんせいしょく》の花瓶にいけてあるのは、盗星からもらった紅梅の一枝だ。とっくに花は散り落ち、さびしげな枝しか残っていない。

（……もう、潮時だわ）

いつまでもこんなことはつづけられない。ふたりの関係が明るみになったら、大変なことになってしまう。たとえ互いのあいだには友情以外なにもないと宝麟が訴えても、だれも耳をかさない。密通したと決めつけられ、盗星は命を奪われるにちがいない。彼と会うこと自体が危険なのだ。盗星は宦官、宝麟は皇后。住む世界がちがう。おのおのの日常にもどり、見ず知らずの他人として暮らすほうが互いのためだ。

冷静な自分の警告に耳をかたむけると、まるで尖った爪の先端で意地悪く引っかかれているみたいに、胸がちくちく痛む。盗星に会えなくなるのがいやだ。彼の笑い声を聞けなくなるのがいやだ。彼の顔を見られなくなるのがいやだ。それがなぜなのかはわからないけれど、盗星と縁が切れてしまうことが、ひどく恐ろしい。

憂鬱《ゆううつ》な心を引きずりながら寝床に入ろうとしたとき、醜刀がやってきた。

「皇后さま、主上が内院でお待ちになっています」

宝麟は花雀と顔を見合わせた。形ばかりの夫婦の共寝は三月おきに一度。皇帝が来たのはつい先月のことだから、つぎの共寝は五月であるはずだ。

「お召しかえは結構だそうです。すぐに出てくるようにおっしゃっています」

醜刀が急《せ》かすので、外衣《うわぎ》を一枚羽織《はお》って内院へ急ぐ。

予告のない夜更けの訪《おとな》いがはじめてなら、内院に呼びだされるのもはじめてだ。いったいなんの用件だろうか。どくどく脈打つ心臓が夜着の下でひっきりなしに不安を吐きだした。

もし、盗星との仲を疑われたら、彼のことは知らないと言わなければならない。下手《へた》に親しくしていたなどと言えば、火に油を注ぐことになる。彼の身の安全を第一に考えれば、徹底して素知らぬふりをするよりほかない。

内院におりたとき、雲が破れて月影が闇に染みた。ふっくらとした月が満開の枝垂《しだ》れ梅をしらじらと濡らし、鳳凰《ほうおう》文の鋪地《ほち》がしかれた地面は雨上がりのように輝いている。

（……盗星？）

枝垂れ梅をふりあおぐ人物が視界に飛びこんできた刹那《せつな》、とくんと胸が鳴った。月明かりに照らされる凜々《りり》しい姿は、いつか見た盗星のそれによく似ていた。力を持てあました若竹のような体躯《たいく》も、青く翳《かげ》った端整な横顔も、光の滴《したた》りを注ぎこんだような瞳も。彼が着ているのは明黄色《めいこうしょく》の龍袍《りゅうほう》で、宦官服とはまるきりちがうのに、盗星の立ち姿と重なって見えた。

「皇后」

　こちらに気づいた皇帝がなにか投げてよこした。それは打ちよせる月光に白波を立てながら空中を回転し、宝麟のほうへ飛んでくる。考える暇はなかった。宝麟は反射的に頭上でつかみとった。棍《こん》だ。感触も重さも、盗星と対戦したときのものと寸分も違《たが》わない。

「主上！　な、なにをなさるのです！」

　皇帝が棍をふりかざして襲いかかってきたので、あわててよけた。

「勝負だ！」

　尋ねかえす間もなく、棍梢《こんしょう》がひゅっと虚空を切る。

「手加減はせぬゆえ、覚悟せよ！」

　宝麟は打ちおろされる棍梢から逃れようと身をよじった。

「おやめください、主上！　皇后さまは棍などお使いになりません！」

　花雀が叫んだが、皇帝は聞く耳を持たない。つぎつぎに攻撃をくりだしてくる。わけがわからぬまま、宝麟は内院を逃げまどった。

「逃げてばかりではいつまでも勝負がつかぬぞ！」

　棍梢が地面すれすれの位置で弧を描き、危うく宝麟の足を払おうとする。手加減しないという宣言は嘘ではない。正確に狙いをさだめた一撃一撃が間断なく襲いかかってくる。

「さあ、打ちかえしてこい！」

皇帝は踊るように棍を操り、高ぶった声を飛ばした。

「走太監、主上をおとめになって！　皇后さまがお怪我《けが》をなさいますわ！」

「主上をおとめするのは、皇帝付き宦官の職分です。私の仕事ではございません」

「杓子定規《しゃくしじょうぎ》なことをおっしゃっている場合ではないでしょう！」

「私は俸禄《ほうろく》以上の仕事はしない主義なんです」

「役に立たない人ですわね！　こうなったら、わたくしがなんとかします！」

「あなたは下がっていなさい！」

駆けてこようとした花雀を鋭く制すと同時に、宝麟は両手で棍をかかげた。上からの打撃を棍身でうけとめる。衝撃がずっしりと肩にかかり、火に出会ったように全身がかっと熱くなった。つぎの動きを考えるより速く手足が動く。のしかかってくる力を難なく払いのけ、すぐさま軽やかに持ち手をかえ、重心をぐっと落として攻勢に転じた。

（この感じ……もしかして――）

攻めれば防がれる。引けば押される。払えばかわされる。

互いの呼吸の深ささえぴったりと重なりそうな絶妙な攻防。さながらふたりでひとつの舞を織りあげていくような瑞々《みずみず》しい感覚が、体中の血潮《ちしお》を騒がせる。

「やっと見つけたぞ！」

棍を体のまえで回転させて宝麟の攻めを防ぎつつ、皇帝は目を輝かせた。

「そなたが月華だったんだな！」

明るく夜陰を弾く声。その朗々としたひびきは、盗星のものにちがいない。

「やっぱり盗星なの……!?　どうりでそっくりだと思ったら……ちょっと待って、なんで龍袍を着てるのよ!?　あっ、まさか主上に変装してもぐりこんできたんじゃないでしょうね!?　もしそうなら対戦してる場合じゃないわ！　早く逃げなきゃ！　ほら、こっちよ！」

宝麟は棍を投げ捨てて盗星の手をつかんだ。門へ連れていこうとして引っ張るが、盗星は突っ立ったままだ。棍を杖《つえ》のように地面につき、肩を揺らして笑っている。

「のんきに笑ってる暇はないわよ！　急がないと、変装がばれたら」

「いまは変装してないんだ」

「してるじゃない！　龍袍なんか着て！　あなたがこんなばかなことをする人だとは思わなかったわ。命知らずにもほどがあるわよ。どこで盗んできたのか知らないけど、主上の御衣に袖《そで》をとおすなんて、それだけで何千回も首が飛ぶ大罪よ？　ああもう、どうしたらいいの。この恰好《かっこう》で入ってきたということは、恒春宮に主上がお見えになったということになっているわけよね。だったら、下手に宦官服に着替えるより、主上のふりをしたまま出ていったほうが自然よね。よし、それだわ。いいわね、盗星。主上みたいに偉そうな顔をして門から出ていくのよ。

笑っちゃだめ。思いっきり不機嫌そうな表情をして。そのほうが主上らしく見えるから」

「そんなに余《よ》は不機嫌そうな顔をしているか？」

「以前、話したでしょ。夫は——主上は私のまえではいつもむすっとしてるって」

「すまない。余はそなたに無礼な態度をとっていた」

「どうしてあなたが謝るの？　無礼なのは主上よ。あなたじゃないわ」

「いや、余なんだ。そなたを苦しめていたのは」

彼の腕をつかんだ宝麟の手に、大きな手のひらが重ねられた。

「盗星は余だ、皇后」

混乱が頭をつんざく。言葉を発しようとするが、唇は夜気を食《は》むばかり。

「園林《ていえん》でそなたと別れたあと、こっそりつけてきた。そなたが恒春宮の皇后の臥室《しんしつ》に入っていくのを見たから、月華は李宝麟ではないかと思ったんだ」

推測の是非《ぜひ》をたしかめるために、棍の対戦を持ちかけたのだという。

「手合わせをしてみて確信した。そなたが月華なのだと」

心まで射貫《いぬ》きそうな、まっすぐな瞳。われ知らず見惚《みと》れて、まばたきを忘れる。

「月華……いや、宝麟。余を殴《なぐ》ってくれ」

「えっ？」

「余の横っ面《つら》をはたいてやりたいと言っていただろう？　余はろくでなしの夫だから、そうさ

れてしかるべきだ。いままでの鬱憤《うっぷん》をぶつけるつもりで、力いっぱいやってくれ」

「……あ、あなたが本物の主上なら、そんなことできないわ」

「身分は関係ない。余はそなたを苦しめた。その報いをうけなければ」

頼むから殴ってくれ、と真摯《しんし》にうながされれば、むげに断れなくなる。

「わかったわ。殴るわよ。覚悟はいいわね？」

「ああ、いつでもいいぞ」

皇帝がうなずいた直後、宝麟はぎゅっと握りしめたこぶしを放った。鉄拳は見事に命中する。ちょっとやりすぎだったかもしれない。皇帝はよろめいて、前かがみになった。

「大丈夫⁉　痛かった⁉」

あわてて駆けよる。怪我をさせてしまったかと青くなったとき、笑い声が爆《は》ぜた。

「横っ面をはたきたいと言っていたから平手打ちだろうと思っていたが、まさか鉄拳とはな！」

「平手がよかったの？　じゃあ、平手でやりなおすわ」

「えっ⁉　い、いや、それは結構だ！　さっきのでそなたの気持ちは十分伝わってきた」

「そうかしら。私は物足りないけど。あと四、五発はお見舞いしたいところね」

「四、五発⁉　かんべんしてくれ！」

皇帝がぎょっとしてあとずさる。とたんに堪えきれなくなって、宝麟は噴きだした。唇から
まろび落ちた笑声《しょうせい》が鞠《まり》のように跳ねまわり、目尻に愉快な涙がにじむ。

「いまだに信じられない。月華が余の后だったとは」

「私こそ驚いたわ。あなたの愚痴《ぐち》をあなたにこぼしていたなんて」

「余は自分のことを人間の屑《くず》とこきおろした」

「蛆虫《うじむし》野郎とも言っていたわよ」

ふたりの笑い声につられたのか、薄紅《うすべに》色の雪解雫《ゆきげしずく》でしなう枝も楽しげにさんざめいた。

「勝敗がまだ決まっていなかったな。蛆虫野郎の挑戦をうけてたつか？」

「あなたをこてんぱんにやっつけてもいいなら」

宝麟はさきほど地面に捨てた棍を拾いあげ、手首を使ってくるりとまわした。

「宦官《かんがん》のふりをして私を騙《だま》した罰よ。五十回は負かすわ」

「そなたこそよくも女官のふりをして余を騙したな。懲《こ》らしめてやる」

互いに得物《えもの》をかまえ、しばし睨《にら》みあった。寸刻もせぬうちに、緊張の糸はほどけてしまう。

「だめだ！　笑えてしょうがない。余はとんだ取りこし苦労を――うわっ、ずるいぞ！」

「あなたが隙《すき》だらけなのがいけないのよ」

「よーし、そなたが非情な敵に徹するのなら、余もとことん攻めるからな！」

皇帝がやりかえしてくるので、宝麟は棍を水平に回転させて応戦した。

棍と棍のぶつかりあう音が空高く舞いあがる。ときおりもれる笑みは甘い夜風に弾かれた。

三

ふたつの紅灯《こうとう》

春宵《しゅんしょう》が花ひらくころ、敬事房太監《けいじぼうたいかん》・怪白隷《かいはくれい》は愛妾《あいしょう》たちをかわいがっていた。

「お楽しみのところ邪魔するぞ」

ずかずかと執務室に入ってきた非如雷《ひじょらい》が酒壺《さかつぼ》を小卓《つくえ》に置いた。筋肉の鎧《よろい》をまとったような体で、わが家にでも帰ってきたかのようにどっかりと羅漢牀《ながいす》に腰をおろす。

「邪魔だとわかっているなら遠慮《えんりょ》してほしいものだね」

「そう邪険にするな。おまえの好きな瓊花露《けいかろ》を持ってきてやったんだから」

瓊花露は嫦娥《じょうが》の涙とも呼ばれる千金の名酒である。白隷を心変わりさせるには十分だった。

「毎日毎日よく飽《あ》きもせず銀子《ぎんす》ばかり数えていられるな」

あきれ顔で言い、如雷はぞんざいに瑪瑙《めのう》の杯を満たした。

「銀子と呼ばないでほしいな。彼女たちは私のかわいい愛妾だよ」

白隷は机上《きじょう》にひろげていた銀子をひとつひとつ丁寧《ていねい》に箱にしまう。

「まさか銀子に女の名をつけているんじゃないだろうな。さすがに気色悪いぞ」

「名をつけようとしたこともあるけど、結局つけなかったよ。情が移ると別れがつらいから」

「別れるときなんかあるのかよ。おまえほどの吝嗇家《ドケチ》が」

「そりゃあ、あるさ。心苦しいことにね。ときどき思うよ。天下のすべての銀子が永遠に私のもとにとどまってくれたら、どんなに素晴らしいだろうと」

　箱いっぱいにおさまった銀子を眺め、白隷はうっとりとため息をついた。

　この銀子は今日一日分の賄《まいない》である。敬事房太監ほどおいしい官職はない。なにせ、后妃侍妾《こうひじしょう》という恒久的な財源があるのだ。自分を皇帝に推薦《すいせん》してほしいという下心をしのばせながら、彼女たちは白隷にせっせと賄賂《わいろ》を贈る。白隷はふたつ返事でそれをうけるものの、実際に推薦するのはほんの一握り。あとは適当にあしらっているが、賄賂が減ることはない。

「銀子のなにがそんなにいいんだ？　たんなる銀の塊《かたまり》だぞ？」

「美の塊といってほしいね。銀子にはありとあらゆる美がつまっているのさ。なよやかな曲線、魅惑的なくぼみ、牡丹《ぼたん》を濡らす月影のような艶《なま》めかしい光沢……燎《りょう》の恭帝《きょうてい》は雪《せつ》姉妹の柔肌《やわはだ》に溺《おぼ》れて死にたいと言ったそうだが、私は銀子の腕《かいな》に抱かれて息絶えたいよ」

「おまえの銀子病は重症だな。そのうち銀子と心中するんじゃないかと心配だよ」

「心中するなら、もっと稼《かせ》いでからじゃないと。さてさて、タダ酒をいただこうか」

　羅漢牀に腰かけ、白隷は瑪瑙の杯に瓊花露をなみなみと注いだ。

　如雷は南方の小国・蒼骨《そうこつ》の王族。白隷は北方の小国・荒燭《こうしょく》の奴隷《どれい》。生まれも育ちも異なる二人の少年が、十二のときに凱《がい》の俘虜《ふりよ》になって宮刑《きゆうけい》をうけ、異国の宮廷でめぐり会った。おなじ色目人《しきもくじん》として親しみがわくせいだろうか、陰謀渦巻《いんぼううずま》く皇宮における数少ない朋友《ほうゆう》である。

「今日も主上《しゆじよう》のお楽しみにつきあってきたのかい」

「ああ、宵《よい》の口《くち》までな。途中から摂政王《せつしようおう》殿下と呂守王《ろしゆおう》殿下も参戦なさり、大熱戦になった」

「へえ、呂守王のご帰京は今日だったのか。ずいぶん遅かったんだね」

「登原王《とうげんおう》殿下と連れだってご帰京なさる途中、豪雨に見舞われて足止めされていたそうだ」

呂守王・高祥基《こうしようき》は摂政王・高飛鋼《ひこう》の同母弟、登原王・高継争《けいそう》は皇帝の異母兄である。二人はおのおの任国《にんごく》に赴《おもむ》いていたが、このたび皇帝の降誕祭のために帰京を許されていた。

「呂守王は皇后さまに味方なさったんだろう」

「摂政王殿下がおとめになった。馬上で皇后さまを口説《くど》くつもりだろうとおっしゃってな」

「たしかに呂守王ならやりかねない。あの人は人妻に目がないから」

呂守王は御年三十六の美丈夫《びじようふ》だ。数ある武功以上に艶名《えんめい》をとどろかせ、王妃のほかに十数名の側妃《そくひ》がいる。側妃の半数は呂守王に見初《みそ》められたとき、すでに夫を持つ身だった。

「主上の組には呂守王殿下が、皇后さまの組には摂政王殿下が加勢なさったんだ。俺は両方の組をいったりきたりさせられて難儀《なんぎ》した。若いころは一日中、馬を走らせていてもまだ足りないくらいだったが、さすがにこの年になると打毬《ポロ》を数試合もこなせばへとへとになるな」

「球転がしのなにが楽しいんだか知らないが、主上はほんとうに打毬がお好きだねぇ」

「皇后さまもお好きだぞ。あの細腕で鞠杖《きくじょう》を自在に操り、球を毬門《きゅうもん》に叩きこまれる。馬術もたいしたものだ。深窓のご令嬢だと思っていたが、いままでは猫をかぶっていらっしゃったんだな。体当たりせんばかりの勢いで駆けていらっしゃるから、俺のほうが気《け》おされた」

「そうはいっても、球を奪われはしなかっただろう？」

「情けないことに何度も奪われたさ。言い訳するようだが、主上もだぞ」

「あの打毬ぐるいの主上から球を奪うとは、相当な腕前だねぇ」

打毬は撃球《げききゅう》ともいう。はるか昔、西域《さいいき》から伝わった競技だ。

数十人がそれぞれ馬や驢馬《ろば》に乗って二組に分かれ、先端が弓張月《ゆみはりづき》の形をした長さ数尺の鞠杖を操って、毬場《きゅうじょう》を転げまわるこぶし大の球を相手がたの毬門に打ち入れる。

「打毬は軍中の常戯《じょうぎ》」といわれるほど荒々しい競技だが、古い時代には女人《にょにん》もさかんに楽しんだそうである。もっとも、当世において女人が打毬を行うことは一般的ではない。

「で、どっちが勝ったんだい？」

「五勝五敗だ。主上と皇后さまがとくに白熱なさってな、どうしても決着をつけたいとおっしゃって困った。宦官たちが疲れ果てているのでご容赦《ようしゃ》くださいと懇願《こんがん》してやっと解放してもらえたんだ。しかし、明日も試合をすると約束させられてしまった。明日で七日連続だぞ。俺は主上と皇后さまに恨まれているのかと、本気で悩んでいる」

武芸にたけた宦官たちを二組に分け、各組の主将を主上と李《り》皇后がつとめて激戦をくりひろげたそうだ。途中で摂政王と呂守王が加わったというから、さぞかし見ものだったろう。

「どういうわけか急に仲睦《なかむつ》まじくおなりだね、主上と皇后さまは」

「めでたいことじゃないか。お世継ぎの誕生も近いな」

「いや、それは当分さきのことじゃないかな」

白綠は煙草盆《たばこぼん》を引きよせて紫煙《しえん》をくゆらせた。煙草も煙草盆も煙管《きせる》も、他人から譲《ゆず》られたものなので一銭もかかっていない。身のまわりの品はもらいものですませる主義である。

「おふたりは昼の運動には熱心だが、夜の運動にはご興味がないようだよ」

「そうか？　主上は毎晩、恒春宮《こうしゅんきゅう》に通っていらっしゃるはずだが」

ある夜から、皇帝は一日も欠かさず李皇后を訪ねるようになった。

「あれほど足しげく通っていらっしゃるのに、閨《ねや》では淡泊《たんぱく》なのか？」

「淡泊どころか、なにもなさっていないよ。剣術談義だの医療体操だの以外は」

彤記《とうき》には敬事房太監も目をとおす。昨夜も皇帝と李皇后は共寝した。夫婦仲の睦《むつ》まじさは会話の記録からもわかる。が、ふたりは議論をかわしたり体操したりしているだけなのだ。

「おふたりは相思相愛のように見えるが、なにゆえ結ばれない？」

「こっちが訊きたいよ。主上は何度も侍妾に進御《しんぎょ》させていらっしゃるから、なにも問題ないはずだけどね。侍妾の夜伽《よとぎ》はさっさとすんだのに、皇后さまとはさっぱりだ」

「皇后さまになにか問題があるんだろうか」

「ないね。秘瑩《ひえい》には私も立ちあったから、まちがいない」

入宮前の身体検査を秘瑩という。宮女は――后妃に封じられることが内定している名門令嬢も、入宮直後の身分はおしなべて〈宮女〉である――かならず秘瑩をうけねばならない。

秘瑩を主管するのは敬事房で、髪質からはじまって、肩・腰・臀部《でんぶ》のひろさ、手・足・指の長さ、持病やほくろの有無、骨・肉・皮膚《ひふ》・爪にいたるまで詳細に検査する。実際に娘たちにふれるのは女官と太医《たいい》だが、名門令嬢の秘瑩には敬事房太監が立ちあう決まりだ。

「私が皇后さまの玉体を拝見したのは三年前だけど、きれいなものだったよ。まあ、銀子にはおよばないとしても、まともな男ならふるいつきたくなるような玉肌の持ち主だね」

「主上だってまともな男だろうに。なにがおふたりを隔《へだ》てているというんだ?」

「さあね。色恋のことはわれわれ騾馬《らば》にはわからないよ」

宦官には星の数ほど蔑称《べっしょう》があるが、騾馬はそのひとつである。

――あるいは、君にはわかるのかな?

意地悪く尋ねようとしてやめた。気のいい朋友をいたずらに苦しめたくはない。

「おふたりが相思相愛なら、じきに閨でも打毬をなさるようになるだろうさ」

「妙なことを言うな。不敬《ふけい》だぞ」

「うまくたとえたつもりなんだけどね。蹴鞠《しゅうきく》のほうがよかったかな。じゃなきゃ、捶丸《すいがん》、投壺《とうこ》、舞踊……ああ、相撲《すもう》がいいな！　夜の相撲でどうだい」

「おまえみたいなふざけたやつが太監を名乗っているとは、つくづくこの世はでたらめだ」

「なにをいまさら。この濁世《じょくせ》にでたらめじゃないものなんかありはしないだろう」

笑い飛ばして杯を干し、ふたたび忘憂《ぼうゆう》のもので満たす。

「微力ながら祈りを捧げようじゃないか。今夜こそ、おふたりが結ばれるように」

「一日も早くお世継ぎがお生まれになるように」

ともに杯をかかげ、二人の騾馬は嫦娥の涙に酔いしれた。


太監たちが酒盛りをしているころ、恒春宮の紅閨では皇帝と皇后が相撲に興じていた。

鈴を転がすような声が勇烈のひたいを叩いた。

視界を照らす宮灯《きゅうとう》。背中をうけとめる絨毯《じゅうたん》。無邪気にのしかかってくる、たおやかな肢体《したい》。

花の香《か》をまとった豊かな髪が激しい格闘のすえに乱れ、つややかな絹のように勇烈《ゆうれつ》の両頬をつつんでいた。こちらを見下ろす黒目は窯変《ようへん》したかのようなきらめきを映し、けぶるようなまつげとあいまって、ほんのり上気した白肌をいっとう美しく見せている。

「また私の勝ちね」

紅をさしていないのに、彼女の唇は炎の色をしている。ほとばしる呼気は火の粉をふくむように熱く、蜜を煮つめたように甘い。呼吸にあわせて上下する胸もとを見た瞬間、かっと頬が焼けた。両肩を押さえつけてくる手のひらのやわらかさにもどぎまぎしてしまう。

「……そ、そなたは相撲がうまいんだな」

「あなたが下手《へた》なのよ。さっきから負けどおしじゃない。もしかして手加減してる？」

「してない。本気でやっても負けるんだ」

半ば嘘で、半ばほんとうだ。何度やっても彼女に勝てない。

相撲をしようと言いだしたのは勇烈である。床に入るまえに話をしていると、宝麟《ほうりん》が「私は相撲が得意で小さいころは兄さまたちとよく対戦したのよ」と言うから、それなら試しに勝負してみようともちかけたのだ。なんの下心も思惑もなかった。純粋な気持ちで相撲をしてみようと言った。うかつなことを口走ったばかりに、こうして宝麟に組みしかれている。両肩をおさえられているのは、両肩が床にふれることで負けとなるからだ。

かれこれ五回は負けている。五試合やって五回の負けだ。ものの見事に惨敗したのは、相撲が苦手だからではない。如雷と対戦するときは引き分けに持っていけるし、武官たちと戦って勝つことも多い。それなのに一度も宝麟に勝てないのには理由がある。

「そなたがふにゃふにゃしているせいだぞ」

「ふにゃふにゃ？」

「うん。どこもかしこもふにゃふにゃしているから、戦いづらいんだ」

これ以上、赤面すまいとして、勇烈は精いっぱい怒った表情をつくる。

「……私が太っていると言いたいの？」

「ちがう、そうじゃない。なんというか……その……言いにくいことなんだが」

「はっきり言って。もやもやした言いかたはきらいよ」

宝麟に睨《にら》まれると、ますます動悸《どうき》が激しくなった。

「や、やわらかすぎるんだっ」

羞恥《しゅうち》が湯気となって肌という肌から噴きだすかのように、全身が熱をおびる。

「そなたは骨がないみたいにやわらかいから、壊してしまいそうで……強くさわれない」

組みあうとき、夜着ごしに彼女の柔肌《やわはだ》を感じるとたちまち力が抜けてしまう。如雷のような屈強な相手なら遠慮《えんりょ》なく力をふるえるが、宝麟の体は腕力をぶつけるにはやわらかすぎる。

「……ばかね、さわったくらいで壊れるわけないじゃない」

勇烈の頬を焼く色がうつったのだろうか。宝麟も顔が赤い。

「壊れそうな気がする。そなたの体はとても繊細《せんさい》にできているみたいだから」

宝麟は弱々しい美人ではない。氷嬉《スケート》も蹴鞠も体力がなければできないし、棍《こん》の腕前は相当なものだ。打毬《ポロ》をやらせれば弦音を轟《とどろ》かせて放たれた矢のように風を切って駆けていき、自分よりもはるかにたくましい敵から球を奪いとる。

決してか弱い女人ではないのだから、多少荒っぽいことにも耐えられるだろうと頭ではわかっているのだが、いざふれてみると、そのなよやかな腰まわりや、ほっそりとした背中、微妙な線でかたちづくられた腕、柔肌からたちのぼる甘い香りに出鼻をくじかれる。

彼女が女人であることをありありと思い知らされて、力加減がわからなくなるのだ。

「そなたはずるいぞ。余《よ》は相撲では絶対そなたに勝てない」

何度挑戦しても負けだ。宝麟を押し倒すことなど、できるはずがない。

「ずるいと言われても困るけど……絶対勝てないと言っている人を負かしても楽しくないから、相撲はこれくらいにしておきましょう。そろそろやすまないと」

宝麟が離れたせいで、視界が異様に明るくなった。甘やかな重さが去ったことにわれ知らずがっかりしてしまい、勇烈は気恥ずかしさをごまかすために勢いよく立ちあがった。

「そうだな。もう遅いし、寝よう」

ふたりして架子牀《かししょう》にあがる。皇后の架子牀は皇帝のものとおなじく紫檀《したん》製で、龍や鳳凰《ほうおう》、麒《き》麟《りん》や雉《きじ》などの瑞獣《ずいじゅう》、瑞鳥が透かし彫りにされ、それぞれの目に珊瑚《さんご》が象嵌《ぞうがん》されている。極彩色《ごくさいしき》の帳《とばり》に縫《ぬ》いとられているのは、幸福な結婚を象徴する鸞鳳和鳴《らんぽうわめい》の文様。天蓋《てんがい》から垂らされた絹には、翼をひろげた鳳凰と妖麗に咲き誇る牡丹《ぼたん》が艶《あで》やかに刺繍《ししゅう》されている。

錦の布団も枕も敷布も、五爪《ごそう》の龍と七彩の鳳凰が戯《たわむ》れる模様で飾られていた。これは夫婦和合をあらわしており、前者は皇帝を、後者は皇后を意味する。

色彩に溺《おぼ》れる絢爛豪華《けんらんごうか》な寝床に宝麟とならんで体を横たえ、勇烈は押し黙った。全然、眠気がわいてこない。眠ろうとすればするほど、目が冴えてくる。

「質問してもいい？」

突然、琴音《きんおん》のようなきれいな声が聞こえて、びくっとしてしまった。そうだ、宝麟がとなりに寝ているのだ。いまさらながらその事実を意識し、いっそう肩に力が入る。

「私ではだめなの？」

「だめとは？」

「……毎晩なにもないから、そういうことなのかしらって……」

言葉尻が薄闇に溶けていく。互いの鼓動が耳をつんざきそうだった。

「べつに責めてるわけじゃないのよ。だれにだって好みはあるし……殿方《とのがた》にとってはとくに重要な問題よね。あなたが私を好みじゃないというのなら、それは仕方ないことだと思う。だけど、ある程度の欠点は努力すれば改善できるはずだわ。た、たとえば……私の体がふにゃふにゃしているのがいやなら、体を鍛えて、筋肉質な体型になるわ。やわらかすぎない、がっしりした体つきになって……そうだわ、提督太監《ていとくたいかん》みたいな」

「えっ、そ、それはやめてくれっ！」

勇烈はがばと起きあがり、宝麟を見下ろした。

「あんな筋肉の塊《かたまり》みたいな体型はそなたには似合わぬぞ！」

「でも、あなたはああいう感じが好きなんじゃないの？」

「なんでそうなる⁉」

「だって、ふにゃふにゃしているのはきらいなんでしょう？」

「き、きらいじゃないぞ」

「じゃあ、私がふにゃふにゃしててもいいのね？」

「もちろんだとも！　そなたにはずっとふにゃふにゃしていてほしい」

「それって、ふにゃふにゃしてる私が好きということかしら」

「うん、好きだ」

力いっぱいうなずくなり、髪の毛まで真っ赤になるほど頬《ほお》が熱くなった。

「好きなら……どうしてふれてこないの？」

宝麟は鴛枕《えんちん》（鴛鴦文が刺繍された枕）に頭をゆだねたまま、勇烈を見上げてきた。暗がりをふくんで潤んだ瞳が艶《つや》っぽくまたたくたび、長いまつげが黒蝶のように羽ばたく。

「こんなことを言うと変に思われるかもしれないが……やりかたがわからないんだ」

「え？　でも、あなたは侍妾《じしょう》たちには進御《しんぎょ》させていたでしょう？」

「あれは皇帝の義務だったから、手順どおりにやればよかった」

「……私とは、義務じゃないの？」

「そうだ。そなたは余の、好きな女人だから」

視線をどこに置くべきか迷ったすえ、勇烈は枕の模様を見ていた。

「好きな女人と床入りするのは、はじめてで……ふれかたがわからない。どこからはじめればいいのか、どういう手順を踏めばいいのか、頭がこんがらがって、結局なにもできない」

まちがった方法でふれてしまうかもしれない。宝麟がきらいな手順で進めてしまうかもしれない。まずいやりかたをしてしまい、彼女にうんざりされるかもしれない。

いろんな不安があとからあとからわいてくるせいで、行動を起こせないのだ。

「われながら情けない。そなたもあきれているだろうが……」

こういうときこそ男らしくふるまって宝麟を惚《ほ》れ惚《ぼ》れさせたいのに、肝心《かんじん》なときに恰好《かっこう》がつかない自分があまりにも不甲斐《ふがい》ない。

「あきれたりしないわよ」

宝麟が布団で口もとを隠してやんわりと微笑《ほほえ》んでいる。

「あなたって、かわいいわ」

「かわいい？　どういう意味だ？」

「そのままの意味よ。さわりかたがわからないなんて、かわいい」

金鈴がふれあうような笑みがほのかな闇をやさしく震わせた。

「余はそなたの夫だぞ。弟じゃない」

「夫をかわいいと言ってはいけないの？」

「だめだ。男はかわいくない」

勇烈はむっとして口をねじ曲げた。どうも弟あつかいされているようだ。宝麟より二つ年下とはいえ、冠礼をすませた壮丁《おとな》なのだから、弟のようにあしらわれるのは癪《しゃく》である。

「弟あつかいしてるわけじゃないけど、あなたがいやがるなら、もう言わないわ」

宝麟はそろりと起きあがった。黒髪が滝のように肩を流れ、春のにおいがたちこめた。

「その代わり、あなたをかわいいと思ったときにはこうするわね」

絹のような手のひらが勇烈の手をふうわりと包んだ。彼女の手にふれるのがはじめてというわけではないのに、まろやかなぬくもりを感じると、鼓動が速まってしまう。

左手の薬指に光っている銀の指輪は、いつでも夜伽《よとぎ》できるという証《あかし》。翌朝にはおなじ指輪を右手につけかえる。これは昨夜、寵愛《ちょうあい》をうけたという印だ。

このところ、宝麟は毎日そうしているが、実際には契《ちぎ》りを結んでいないので、相変わらず共《きょう》太后に責められている。それを心苦しいと思うのなら、いままで経験してきた型どおりの方法でもいいから、早くすませてしまうべきなのだが、なかなか決心がつかない。

「ねえ、少しずつ進めていかない？」

「少しずつ？」

「いきなり進展するのは、ちょっと怖いわ。私は……こういうことがはじめてだから。お互いがお互いに慣れるように、少しずつ進めていくほうが安心できるわ」

「ああ、なるほど。今日は余がそなたを押し倒すところまで、とか？」

「押し倒すのは早すぎるわよ。今夜は手にふれるだけ。明日は髪にふれてみる。明後日は頬にさわる。そのつぎは……なんでもいいわ。ふたりで相談して決めるの」

宝麟の頬は咲きそめの牡丹のような色に染まっていた。

「お互いのおなじところや、ちがうところを、ひとつひとつ学んでいくのよ。しだいにあなたは私に慣れていくし、私はあなたに慣れていく。相手のことをよく知らない状態で契りを結ぶより、相手のことをよく知ったうえでそうしたほうが心まで満たされると思う」

まどかな声音《こわね》が胸のうちでわだかまる澱《おり》をみるみるとかしていくのを感じる。

「よし、それがいいな！　さっそく七日分くらい決めておこう」

「な、七日分も？」

「あらかじめ、その夜の予定がわかっていたほうが、張りあいがあるからな。えーと、今日は手だったな。明日は髪で、明後日は頬で、明々後日は……そうだ、足だ！」

「足っていろんな場所があるわよ？　足の甲？　足首？　くるぶし？　かかと？　足の裏？」

「うーん、膝はどうかな？」

「いいわよ。じゃあ、五日目は二の腕にしましょう」

「六日目は耳がいいな。そなたの耳たぶは雲みたいにやわらかそうだ」

宝麟がころころ笑うと、さきほどまでの重苦しい気分は霧散《むさん》してしまった。

「ありがとう、宝麟」

勇烈は彼女の手をそっと握りかえした。

「そなたのおかげで気が楽になった」

宝麟が妙案を出してくれたから、自分を情けなく思う気持ちが幾分やわらいだ。

「お礼を言われるようなことじゃないわ。ふたりのことだもの。どちらかひとりが悩むのではなくて、ふたりで知恵をしぼって、解決の道を探っていくべきよ」

しっかりとうなずき、宝麟の手をくまなくさわる。白い花びらのような手の甲、練り絹《ねぎぬ》のたなごころ、しなやかに整った指、緋梅《ひばい》からしたたった夜露のような爪。その感触や、色形や、あたたかさに魅了され、一晩中ふれていたいような心地さえしてくる。

「くすぐったいわ」

宝麟は笑って、恥ずかしそうに手を引っこめた。

「つぎは私がさわる番ね。さあ、手を出して」

言われたとおりにすると、白魚の指が勇烈の手の甲や、指と指のあいだを滑った。おとなしくされるままになっている。すでにじんわりと熱かった手のひらがなおさら滾《たぎ》ってきた。

「手が熱いわ。大丈夫？　熱があるんじゃない？」

宝麟が顔を近づけてきた。あっと息をのんだときには、ひたいとひたいが重なっている。

「熱はないみたいだけど、どこか具合が悪いのかしら？　心配だわ。太医《たいい》を呼びましょうか」

「いや、大丈夫だ。どこも悪くないから」

ひたいの交わりが終わるころには、めまいがしそうなほどに顔が火照《ほて》っていた。

「そ、そなたこそ、顔が真っ赤だぞ。熱があるんじゃないのか？」

「ないわよ。私、体は丈夫だから心配しないで。ただちょっと……暑くて」

「ああ、今夜は蒸し暑いな。まるで真夏の夜みたいだ」

「変よね。まだ春なのに」

ふたりして「暑い暑い」と言いながら、ぱたぱたと手のひらであおぐふりをした。

「今日の契りはこれくらいにして、そろそろ寝よう」

鴛枕にふたつの頭をならべ、龍と鳳凰が戯《たわむ》れる布団をかぶって目を閉じる。

（早く明日の夜にならないかな）

宝麟の髪は絹糸のようにやわらかいのだろうなと思いつつ、睡魔を手繰《たぐ》りよせようとした。


朝。勇烈を見送ったあと、宝麟は身仕舞いをしながら彤記に目をとおす。

「昨夜はずいぶんお楽しみでいらっしゃいましたわね」

遠彤史《えんとうし》が笑みまじりに言った。丸っこい顔立ちをした、おおらかな物腰の佳人《かじん》である。人妻めいた雰囲気《ふんいき》をまとっているが、齢《よわい》三十六にしていまだ未婚らしい。つとめに対しては誠実だが、堅苦しくはないので、気安く話すことのできる数少ない女官の一人だ。

敬事房から派遣されてくる彤史は毎晩変わるが、昨夜は遠彤史が閨中《けいちゅう》のことを記録した。

「皇后さまがあんまりお笑いになるので、わたくしまでつられそうになりましたわ」

「だって、主上が足の裏をくすぐるんだもの。くすぐったくてたまらなかったのよ」

昨夜は七日目、足の裏の日だった。勇烈は興味深そうに宝麟の足の裏にふれてきた。その手つきは慎重で、あたかも貴重な陶磁器《とうじき》をあつかっているみたいだった。

彼が真面目《まじめ》な顔をしているから、必死にくすぐったさを我慢した。しかし、ついには我慢の限界が来てしまい、笑い転げた。すると、勇烈が面白がって、足の裏をくすぐりはじめた。宝麟は褥《しとね》のうえを逃げ惑ったが、勇烈は追いかけてきてくすぐろうとする。

やられっぱなしでは気がすまない。隙《すき》を見てやりかえすと、勇烈も笑いだした。逃げる彼を追いつめてくすぐると、形勢が逆転してやりかえされる。そんなこんなでふたりして腹の皮がよじれるまで笑っているうちに、疲れて寝てしまい、気づくと朝になっていた。

「主上も皇后さまも、閨《ねや》をなんだとお思いになっているのかしら」

髪を結ってくれている花雀《かじゃく》が鏡の中で眉《まゆ》を吊りあげた。

「せっかく、おふたりのわだかまりがとけて夫婦の契りを結ぼうというときに、どうしてくすぐりあいなんかなさるんです？　ほかにすべきことがあるでしょう」

「少しずつ歩みよることにしたのよ。昨夜、さんざんさわったから、主上の足の裏のことがよくわかったわ。今夜は肩の予定なの。主上は体を鍛えていらっしゃるから、きっと惚れ惚れするほどたくましいのでしょうね。楽しみだわ。あ、でも、誤解しないで。さわるときは夜着のうえからって決まりだから。いやらしいことをするわけじゃないのよ」

「なさってくださいませ！　そのための閨なのですから！」

「まあまあ、よいではありませんか。皇后さまが笑顔におなりなのですから」

遠形史がのんびりと言う。微笑《ほほえ》むといっそう目尻が垂れて、柔和《にゅうわ》な色がにじみでた。

「でも、皇太后さまはご不満ですわよ。『こんなありさまでは、身籠《みご》るまで十年はかかりそうじゃ』って、いやみたらしくお笑いになる始末ですもの」

「さすがに十年はかからないわよ。結ばれれば、きっとすぐに身籠ると思うわ」

奇妙な予感が胸に満ちているのは、勇烈と心が近づいているという確信があるせいだろうか。

勇烈は「ふれかたがわからない」と言った。彼は宝麟のことを大切に思ってくれているのだ。宝麟は彼にとってとくべつな存在なのだ。だからこそ、指南書どおりに進められない。とくべつな方法を見つけだそうとするあまり、途方に暮れてしまう。あたたかく真摯《しんし》な想いが肌に染み入って、それまで胸に巣食っていた不安が消えてなくなった。

共太后の小言《こごと》は水音のように聞き流している。なにを言われても暖簾《のれん》に腕押しだ。どんないやみも悪口も、毬《まり》のように飛びはねる心が跳ねかえしてしまう。

「さっきから思っていたんだけど、今日の遠形史の耳飾り、とてもかわいいわね」

鳳冠をかぶりながら、宝麟は微笑んだ。

「蜻蛉《とんぼ》かしら？　簪《かんざし》ならよく見るけれど、耳飾りで蜻蛉形はめずらしいわ」

銀線で細やかに蜻蛉をかたどり、羽根や目玉の部分に藍玉《らんぎょく》が象嵌《ぞうがん》されている。白い耳朶《じだ》でゆらゆらとたゆたうさまは、さながら蜻蛉が花から花へ飛びまわるかのようだ。

「まあ、うっかりしていましたわ。わたくしったら、こんなものをつけてきて……」

遠形史はあわてて耳飾りをはずした。

「どうしてはずすの？　似合っているのに」

「これは私用の耳飾りですの。仕事用のものをつけてくるべきでしたわ」

「そちらを仕事用にしたら？　かわいらしくてよいと思うわ」

「いけませんわ。このような遊びのすぎたものはつとめには向きません」

遠形史があわただしく、けれど、大切そうに耳飾りをしまうので、宝麟はぴんときた。

「ひょっとして、素敵な人からの贈りものなのかしら？」

「素敵な人なんて、わたくしのような年増《としま》には縁がありませんわ」

「嘘おっしゃい。そんなに美しいのだから、艶聞《えんぶん》のひとつやふたつ、あるに決まっているわ。相手はどんな人？　年はいくつくらい？　文官？　武官？　それとも在野《ざいや》の人？」

「皇后さま、質問攻めにしては遠形史がお困りですわよ」

「だって気になるんだもの。遠形史のような美人の心を射止めた殿方《とのがた》なら、きっと好男子でしょうね。婚儀を挙げるときは教えてちょうだい。お祝いを贈るわ」

婚儀に出席できればいいが、皇后という立場上、気軽に出かけられないのが残念だ。

「皇后さまにお祝いしていただくなど、恐れ多いことですわ」

遠彤史は微笑した。やさしげな目尻には刷毛《はけ》で刷《は》いたような淡い切なさがにじんでいた。

「皇后さまに拝謁《はいえつ》いたします」

宝麟が広間に姿をあらわすと、集まっていた妃嬪《ひひん》たちがいっせいに拝礼した。

「楽になさい」

花雀に手をとられて宝座に腰かけ、宝麟は型どおりの返事をする。朝礼のはじまりである。

「班貴妃《はんきひ》さまは今日も遅れていらっしゃいますのね」

点淑儀《てんしゅくぎ》が宝座にほど近いところにある空《から》の椅子《いす》を見やった。そこは班貴妃の席だ。「今日も」と言ったのは、班貴妃がよく遅刻してくるせいだろう。

「班貴妃は風邪《かぜ》をひいているので、朝礼をしばらくやすみたいそうよ。季節の変わり目だから体調を崩したのでしょう。みなも気をつけなさい」

宝麟が妃嬪たちを見わたすと、深刻そうな面持《おもも》ちをしている夢明妃《むめいひ》が口を開いた。

「班貴妃さまはお風邪を召されているということですが……ほんとうでしょうか」

絹団扇《きぬうちわ》で口もとを隠しつつ、心苦しそうにまつげをふせる。

「このところ班貴妃さまは頻繁《ひんぱん》に祝《しゅく》太医をお召しになっています。しかも一度お召しになると、なかなか祝太医をおかえしになりません。美容のために鍼《はり》を打たせているとうかがいましたが、それにしては時間が長すぎますし、一日のうちに二度お召しになることも……」

枝垂《しだ》れ桃が春嵐に出会ったかのように、妃嬪たちがざわめきだした。

「まさか、班貴妃さまは祝太医と……？」

「祝太医は役者のような美男子ですもの」

「それに上品で礼儀正しくておやさしいわ。女ならだれもが一度は憧《あこが》れる殿方よ」

「一日のうちに二度も美容鍼をなさるなんて、ずいぶん熱心でいらっしゃるのね」

「そんなに美貌《びぼう》を磨いて、いったいどなたにお見せになるつもりなのかしら」

「龍床《りゅうしょう》に召されないからって太医ごときに肌身を許すなんて、どうかしているわ」

「おやめなさい」

宝麟の声が妃嬪たちのおしゃべりをぴしゃりと断ち切った。

「憶測でものを言うのは感心しないわ。はしたないまねはおひかえなさい」

「たんなる憶測であればよいのですが……。班貴妃さまは主上のお召しがないことにたいそう苛立《いらだ》っていらっしゃいましたから、ことによると空閨《くうけい》のさびしさに惑わされて……」

夢明妃がもったいぶったふうに言いよどむと、点淑儀があとを引きついだ。

「班貴妃さまなら、ありえないとは言えませんわ。皇后さまがご寵愛《ちょうあい》をうけていらっしゃることにひどく角《つの》を生やして、たびたび愚痴《ぐち》をこぼしていらっしゃいましたもの」

「愚痴ならよいほうですわよ。わたくしは髪型が奇抜すぎるとお小言をちょうだいしましたわ」

「班貴妃さまこそ、奇抜な髪型ばかりなさっていますわ。お化粧《けしょう》も派手すぎますし」

「香のにおいもきつすぎません？　肺腑《はいふ》まで蕩《とろ》けそうな芳香をまとっていらっしゃるわ」

「きっと体臭をごまかしていらっしゃるのよ。母君が胡人《こじん》だからにおいが濃いのでしょう」

「体臭といえば、碧果殿《へきかでん》（班貴妃の殿舎）の女官たちがぼやいているのを耳にしましたわ。班貴妃さまの内衣《したぎ》は洗う回数が多すぎるので、すぐに使えなくなってしまうのですって」

まあ、と妃嬪たちは思い思いに顔をしかめた。

「いくら玉のかんばせをお持ちでも、お体からいやなにおいがするのでは台なしですわね」

「台なしなんて言ってはいけないわ。ご本人は悩んでいらっしゃるのでしょうから」

絹団扇《きぬうちわ》の陰でくすくす笑いながら、夢明妃は媚《こ》びをふくんだ微笑を見せた。

「体のにおいなんて、皇后さまには無縁の悩みですわね。皇后さまはお香をひかえていらっしゃるけれど、牡丹《ぼたん》の吐息をまとっていらっしゃいますもの」

「あら、芍薬《しゃくやく》のにおいではないかしら。とっても華やかで婀娜《あだ》っぽい香りですわ」

「月に咲く桂花《きんもくせい》のような芳《かぐわ》しさですわよ。おそばにいると夢見心地になりますの」

「皇后さまはどのような澡豆《そうず》（洗い粉）をお使いなのです？　お体にはどんな香油を？」

「澡豆や香油で出せるにおいではないと思うわ。きっとなにか秘訣《ひけつ》があるのよ」

「ご教示くださいませ。どうすれば皇后さまのように天女の香りをまとえるのでしょう」

賛美と羨望《せんぼう》の眼差《まなざ》しにさらされ、うすら寒い居心地の悪さに全身を包まれた。

　最近まで宝麟の陰口を叩き、班貴妃のご機嫌取りに終始していた妃嬪たちが、たちまち手のひらをかえして班貴妃を悪《あ》しざまに言い、綺羅で飾りたてた空世辞《からせじ》を宝麟に浴びせる。変わり身の早さにはいっそ感心するが、後宮ではめずらしいことではない。

　妃嬪たちの最大の関心事は寵愛がいずこにあるかということであり、いったいどうすればおこぼれにあずかれるかということだ。寵妃のまわりに集まり、笑顔を貼りつけて阿諛追従《あゆついしょう》するかたわら、彼女からその称号を奪ってやろうと爪を研《と》いでいる。詩人は妃嬪を花にたとえたが、このときばかりは、彼女たちこそ、花蜜に群がる飢えた蜂なのである。

「秘訣というほどではないけれど、私の残り香が不快でないとしたら、運動のせいかしらね」

　妃嬪たちのぎらつく視線をはねのけるように、宝麟はゆったりと微笑んだ。

「毎日、適度に体を動かすようにしているの。いい汗をかいたあとで湯浴みをすると、とてもさっぱりするわ。血行がよくなるせいかしら、肌もつやつやしてくるのよ」

「さすが聡明な皇后さま。美容術にも明るくていらっしゃいますのね」

「ぜひお教えを乞《こ》いたく存じますわ」

「喜んで教えるわよ。さっそく今日からはじめましょう。最初はなににしようかしら。水泳？　相撲《すもう》？　打毬《ポロ》？　拳法？　蹴鞠《しゅうきく》？　みなで綱引きや船漕《こ》ぎをするのも楽しそうね」

　宝麟がたたみかけるように言うと、妃嬪たちはたじろいだ。

「え、ええと……皇后さま、美容体操のようなことをなさるのではなくて？」

「八段錦《はちだんきん》（気功《きこう》の一種）のこと？　もちろん、八段錦も毎日やるわよ」

「ま、毎日⁉」

「今朝も主上と一緒にやったわ。夜も寝るまえにするのよ。そのほうがぐっすり眠れるから。あなたたちにも教えるわね。毎日、朝晩つづけると、疲れ知らずの体になるわ。さて、八段錦は当たりまえのこととして、ほかになにをするかよね。希望があるなら言ってちょうだい。ないの？　だったら、私が勝手に決めるわよ。あなたたち、馬には乗れる？　あら、乗れないの。じゃあ、打毬は後日にしましょう。乗馬をおぼえてからでないとね。水泳はいかが？　そろそろ暑くなってくる時期だし、水に入ると気持ちいいと思うわ。水泳がはしたないですって？　おかしなことを言うのね。ここは後宮よ。男の人はいないわ。女同士で水遊びをすることのどこがはしたないというのかしら。綱引きや船漕ぎは？　したことある？　ないの？　一度も？　まあ、信じられない。あんなに楽しいものを経験したことがないなんて損してるわよ。じゃあ、蹴鞠なら子どものころやったでしょ？　蹋鞠《てききく》は？　まったく？　嘘でしょう」

　宝麟は大げさに目を見開いてみせた。

「あなたたち、ひょっとして日がな一日、部屋にひきこもっているのではなくて？　運動もせずに食べてばかりいたら、ぶくぶく太って、体つきがだらしなくなるわよ。いまはまだ若いからいいかもしれないけれど、十年後、二十年後にその体型を維持できていると思う？　どんな美人も年をとれば容色はあせてくるわ。身籠れば太るし、無事に出産を終えても、体型がもとにもどらないかもしれない。だからこそ、運動の習慣が大事なのよ。若いうちからしっかり体を鍛えておけば、いつまでも引きしまった魅力的な体型を維持できる。健康な体なら御子をさずかりやすくなるでしょうし、出産後、身籠るまえの体つきにもどすのも楽になるわよ」

　妃嬪たちに相づちを打つ暇すら与えず、宝麟はまくしたてた。

「それから一番大切なことだけれど、主上は活動的な女人《にょにん》がお好みなの。部屋の中でひねもす読書したり、刺繍《ししゅう》したり、琴《こと》を爪弾《つまび》いたりするより、部屋の外に出て蹴鞠をしたり、剣や棍《こん》の稽古《けいこ》をしたり、船漕ぎや水泳をしたりするほうが寵愛を得る近道よ」

「わたくしに剣の稽古なんて……」

「はじめるまえから諦めるものではないわ。練習すれば、だれだってできるようになるわよ。鍛錬だけではつまらないから、上達したら剣の試合をしましょうか。優勝者には主上と手合わせする栄誉が与えられるの。どう？　面白そうでしょう？」

　当惑する妃嬪たちに晴れやかな笑顔をふりまく。

「さっそく今日からはじめるわよ。皇太后さまにごあいさつをすませたら、いったん殿舎に帰って胡服《こふく》に着替えてきなさい。あまり上等なものでないほうがいいわ。きっと泥だらけになってしまうから。ああ、そうそう、動きやすいように髪を結いなおしてきてちょうだい。金歩揺《きんほよう》なんてつけてきたら邪魔になるだけよ。おなじ理由で、腕輪や耳飾りもひかえてね。汗をかいたままでいると風邪をひくから、着替えを忘れないで。あ、そうだわ。履物《はきもの》は長靴にしてね。

錦鞋《くつ》だと壊れてしまうかもしれないわ」

「あ、あの、皇后さま……いったいなにをなさるおつもりですの？」

「あなたたちは運動する習慣がないのよね。いきなり剣術に挑戦するのは大変だから、蹴鞠にしましょう。ただ走りまわって鞠を蹴《け》るだけ。簡単だし、楽しいわよ」

妃嬪たちはいつも朝から晩までよからぬ噂話《うわさばなし》をしている。それもこれも、暇を持て余しているせいだ。運動させて疲れさせれば、毒舌《どくぜつ》をふるう元気もなくなるだろう。

「外をごらんなさい。今日は絶好の蹴鞠日和《びより》だわ」

窓越しに朝日がきらきらと光っている。蹴った鞠が蒼天に吸いこまれそうな陽気だ。


「まさかこんな光景を見られる日が来るとはな」

勇烈は楼閣《ろうかく》の露台《ろだい》から身を乗りだして、園林《ていえん》の広場を眺めた。

薄紅《うすべに》色の雲のようにたなびく桃林の向こうに大きくひらけた場所がある。そこに即席の球場をもうけ、宝麟は妃嬪たちとともに蹴鞠をしていた。

蹴鞠にはいろいろな種類があるが、女人たちに好まれるのは蹋鞠である。これは数人で輪になって鞠を蹴りながら回す競技で、おのおのの技術の巧拙《こうせつ》を競う。古い時代から宮廷の遊戯《ゆうぎ》としても好まれ、いまもなお、さかんに行われている。

しかし、勇烈が好きなのは馬に乗らない打毬としての蹴鞠だ。打毬とちがって鞠杖《きくじょう》を使わず、鞠を足で蹴って毬門《きゅうもん》に入れ、得点を競いあう。毬門は数丈の竹を左右に二本立て、その上部に網を張ったものだ。鞠が網にふれれば勝ち点を得られるが、網の下をくぐれば得点にはならない。蹴鞠は打毬同様、武事の鍛錬にも用いられるため、激しい動きが不可欠となる。

宝麟が妃嬪たちにさせているのは蹴鞠だった。ふだんはこれでもかというほど着飾った美姫《びき》たちが質素な胡服をまとい、球場で鞠を追いかけまわしている。何度も転んだのだろう。みながみな泥だらけで、飾り気のない結い髪はすっかり乱れていた。

妃嬪たちに蹴鞠を教えることになったと宝麟から聞いたときは、それはよいことだと賛成した。踢鞠をやるのだろうと思った。毬門を使わない踢鞠なら妃嬪たちの中にもできる者がいるだろうから、さほど抵抗なく互いの交流ができるだろうと踏んだのだ。

勇烈の配慮《はいりょ》が足りなかったせいで、宝麟は皇后として軽んじられてきた。最近になって勇烈が恒春宮に通いつめているので、妃嬪たちはたちまち手のひらをかえして彼女に取り入ろうとしているが、媚《こ》びへつらいでかたちづくられたいびつな関係は喜ばしいものではない。

『いままでは私が自分を偽っていたから、妃嬪たちとうちとけられなかったんだと思う。だけど、今後はやりかたを変えるわ。私が率先してほんとうの自分を見せるの。女訓書《じょくんしょ》から離れて好きなことをする。だれかの役を演じているのではない、ありのままの私を見てもらう。そうすれば妃嬪たちもとりつくろうのをやめて、私に素顔を見せてくれるかもしれないわ』

全員とうちとけるのは不可能だとしても、ほんの数人でもいいから、打算や追従なしでつきあえる相手を得られればうれしい、と彼女は語った。

（宝麟はいずれ後宮の女人たちから慕《した》われる皇后になるだろう）

球場を駆けまわる胡服姿の妃嬪たちを眺めながら、勇烈は熱い確信を抱いていた。

彼女たちが純粋に宝麟を慕って蹴鞠に興じているとは思わない。宝麟に取り入るための手段と割り切っている者もいるだろうし、皇后の誘いを断れずに不承不承《ふしょうぶしょう》に参加している者もいるだろう。いまはまだ宝麟の明るく朗《ほが》らかな気質や、己に課せられたつとめを必死に果たそうとする誠実さや、だれに対してもわけへだてなく温情をかけるやさしさが、彼女たちには見えていないかもしれない。

しかし、そう遠くない未来、妃嬪たちも知るはずだ。ともに駆けまわり、笑いあう中で、李皇后の素顔を知り、彼女に好感を抱かずにはいられなくなるだろう。

「やはり女人に蹴鞠は難しいのかな。さっきから宝麟しか得点してない」

勇烈が武官たちと蹴鞠を楽しむときは、毬門の網はもっと高い位置に設置するが、女人の脚力を考慮してか、網の位置は低く設置されている。妃嬪たちは腰に巻いた赤い布と青い布で組分けされていた。はじめはどちらの組の妃嬪も億劫《おっくう》そうに毬を追いかけていたが、宝麟に発破《はっぱ》をかけられてしだいに興が乗ってきたらしく、動きがすばやくなってきた。

鞠は赤組と青組のあいだを行ったり来たりする。毬門に近づいたと思えば横やりが入り、蹴りあげた鞠はむなしく網の下をくぐってしまう。なかなか鞠が高く飛ばない。宝麟が蹴った毬はしたたかに網を叩くのだが、妃嬪たちが蹴った毬はもどかしいほど低く飛んだ。

宝麟は自分だけが活躍しないように手加減している。妃嬪たちに鞠を蹴らせるために苦心しているが、せっかくまわした鞠が地面を転がっていくばかりでは試合にならない。朝から晩まで室内で過ごすことに慣れた妃嬪たちには、球場を走りまわる蹴鞠は難易度が高すぎるのだろう。試合の体をなすようになるまでには、かなりの鍛錬が必要になりそうだ。

とりあえず最後まで見届けようと欄干《らんかん》に頬杖《ほおづえ》をついたときだ。青い布を腰に巻いた長身の妃嬪が敵方の毬門めがけて力いっぱい鞠を蹴りあげた。思いがけず大きく飛ぶ。虹のようにきれいな弧を描いて高らかに舞いあがった鞠は、毬門の網を叩いて落ちた。

真っ先に歓声をあげたのは宝麟だった。彼女は赤組だが、すぐさま長身の妃嬪に駆けよった。長身の妃嬪はぽかんとして毬門を見上げていたが、宝麟に手放しで称賛されて、仲間たちの黄色い声を浴びせられているうちに、ゆるゆると笑顔になった。

「皇后さまは後宮に新しい風を吹かせてくださるかもしれませんね」

勇烈のそばで試合を眺めていた如雷が太い笑みを浮かべた。

「実は、妃嬪がたに蹴鞠をさせるとうかがって、なんとまあ酔狂《すいきょう》なとあきれました。手弱女《たおやめ》であらせられる妃嬪がたに蹴鞠は無理だろうと。しかし、私がまちがっていたようですな。主上の後宮には手弱女など一人もいらっしゃらない。見事にお転婆《てんば》娘ばかりです」

「まったくだ。こうもお転婆娘が多くては、余《よ》の手に余るな」

蒼穹《そうきゅう》に笑い声を放ったあとで、ふっと重要な件を思い出す。

「そうだ、如雷。そなたに相談したいことがあるんだ」

「私でお役に立てることでしたら、なんなりと」

「そなたなら知っているよな。余が宝麟とまだ、その……」

「契《ちぎ》りを結んでいらっしゃらないことですか？　怪太監よりうかがっております」

「余と宝麟はゆっくり仲を深めていくことにしたんだ」

毎夜、少しずつふれあって距離を縮めているのだと話す。

「お互いにいろんなところにふれて、だいぶ理解が深まったのだが……」

「いろんなところと申しますと、具体的にはどのような？」

「ぐ、具体的？　え、ええと、手や、髪や、頬や、膝や、二の腕、耳たぶ、足の裏、肩……」

だんだん顔が赤くなってきたので、咳払《せきばら》いでごまかした。

「そろそろ、つぎの段階に進もうと思うんだが……どうすればいいだろうか？」

契りを結ぶまえに、もう少し距離を縮めて互いの気持ちを確認したい。

「では、口づけをなさってはいかがです？」

「口づけ？　それはなんだ？」

「愛しあう者同士が互いの唇を重ねあわせる行為です」

「ほう、そんなものがあるのか。興味深い」

皇帝用の閨《ねや》の指南書には、唇と唇を重ねるという行為は記載されていなかった。

「汚らわしい行為ではないだろうな？　女人がきらうような」

「女人にきらわれるような行為ではございませんよ。口づけしてきらわれることがあるとしたら、よほど下手《へた》だったか、もともと好かれていないかのいずれかでしょう」

「ちょっと待て。それほど難しい技なのか？　どうやって上達すればいい？」

「口づけは愛情を伝えるための、あるいは、互いの想いをわかちあうための行為です。手をつなぐよりも深く、体をつなぐよりもやさしく、心を重ねることができます。はじめて経験なさる場合は、巧拙《こうせつ》にこだわって付け焼刃の技を使うよりも、自分の気持ちを素直に伝えることを心がけるほうがよいかと。できるだけ丁寧《ていねい》に、相手を思いやることを忘れずに」

なるほど、とうなずきつつ、周囲をはばかって声をひそめる。

「口づけとやらの概論《がいろん》はわかった。手順を教えよ。微《び》に入《い》り細《さい》に入《い》り」

「恐れながら、主上。私が宦官《かんがん》であることをお忘れでは？」

「そのわりには口づけにくわしそうではないか」

「人から聞いたことをお話ししているだけですよ」

「宦官になるまえに経験していないのか？」

「私は十二で宮刑を受けましたから。当時は口づけなるものの存在すら知りませんでした」

入宮してまもなく、如雷は宦官らしからぬ頑健な肉体と、武術の才能を見出《みいだ》され、皇子時代の賛武帝《さんぶてい》に気に入られた。賛武帝は実直な如雷をいたく信頼していた。自身の護衛を任せ、戦場に随行《ずいこう》させるだけでなく、将軍に任命して蛮族《ばんぞく》を討《う》たせることさえあった。

如雷の軍功を称え、賛武帝は立派な邸やあまたの特権や財宝を下賜《かし》したが、美女は決して与えなかった。宦官の私通《しつう》は大罪である。賛武帝には気に入りの宦官がほかにも大勢いたが、彼らの私通が発覚した場合も、有象無象《うぞうむぞう》の宦官同様に容赦《ようしゃ》なく処刑した。たとえ朋友《ほうゆう》のように酒を酌《く》みかわした仲であっても、太祖《たいそ》がさだめた掟《おきて》を破ることは許さなかった。

「摂政王殿下か、呂守王殿下にお尋ねになっては？　お二人とも経験豊富かと存じます」

「そうしよう。試合が終わったら、叔父上《おじうえ》たちに会いにいくぞ」

ふたたび球場を見やる。青組の妃嬪《ひひん》の成功に励《はげ》まされたのか、試合は活気づいてきた。妃嬪たちは衣服が汚れるのにもかまわず駆けまわり、元気よく鞠を蹴りあげる。

（宮刑をうけていなかったら、如雷はよき父、よき夫になっていただろうな）

勇烈は胸が悪くなるのを感じた。如雷は子をもうけられないだけでなく、愛する女人と手をつなぐことも、抱きあうことも、口づけすることも許されない。だれも愛さず、だれにも愛されず、孤独のうちに生き、孤独のうちに死ななければならないのだ。

幼いころから、数えきれないほどの宦官を見てきた。後宮で生まれ育った勇烈にとって、彼らの存在は空気同然だった。いつもそこにあって当たりまえのもの。いつの間にか顔ぶれが変わっていても、頭数はつねにおなじだ。宦官の代わりはいくらでもいるとよくいわれる。それはある意味では正しいが、ある意味ではまちがっている。彼らは男でも女でもないが、人であることに変わりはない。彼らだって、自分自身の人生を歩んでいる。権力者にとってはいつでもとりかえられる便利な命だけれども、当人にとってはたったひとつの命だ。

やりなおしのきかない一度きりの生涯《しょうがい》を、だれともわかちあえないのは、はなはだ酷《こく》なことに思える。いうなればそれは、二度目の去勢であろう。

班貴妃の不貞疑惑は女官たちのあいだでもまことしやかに囁《ささや》かれていた。すでに宮正司《きゅうせいし》が捜査に入っており、祝太医《たいい》は何度か尋問をうけている。

「密通など犯しておりません」

祝太医は一貫して疑惑を否認した。

「あくまで治療のためにお訪ねしていただけです」

班貴妃は体のあちこちにしみがあることを憂《うれ》えており、それを改善するために祝太医に治療を命じていたのだという。たしかに太医院の記録にはそう書かれている。

「班貴妃さまのお体のしみは、わたくしめが確認いたしました」

宮正は班貴妃に会い、裸にさせて体を調べたのだそうだ。

「美容に血道をあげられるのも無理はないかと。あれほど見苦しい……痛ましいごようすでは」

よほど見るに堪《た》えないものであったらしく、宮正は言葉尻を濁した。

「班貴妃の治療をつづけなさい」

宝麟は太医院院使《いんし》（太医院の長官）に命じた。

「女にとって肌は命にひとしいもの。かならずや玉の肌にもどしてあげなさい」

班貴妃とは良好な関係ではなかったし、彼女が妃嬪たちを陰で束ねて宝麟を中傷していることも知っていたが、だからといって突き放すほど冷淡にはなれなかった。

美女がひしめく後宮において、容色が損《そこ》なわれるということは、死を宣告されるにひとしい。

班貴妃のこれまでの態度は、彼女を苦しめている問題に原因があるのかもしれない。自分に引け目があればこそ、だれかを非難せずにはいられなかったのではないだろうか。

ひとりでずっと悩んできたのだろう。不安や怯《おび》えを周囲にもらさないように、歯を食いしばってきたのだろう。もっと早く気づくべきだった。どこかに兆候があったはずだ。なにかを見落としたはずだ。後宮の女主を名乗っていながら、すぐそばにいた班貴妃の苦しみにすら気づかなかったとは、宝麟はいったいいままでなにをしてきたのだろう。

（……自分のことばかり考えていたわ）

皇帝に見向きもしてもらえない。皇太后に毎日いやみを言われる。妃嬪侍妾《じしょう》に軽んじられている。わが身の不遇を嘆《なげ》くのに忙しく、後宮の女人たちがなにを思い、なにを憂え、なにに胸を痛めているのか、想像することさえ忘れていた。

以前、盗星《とうせい》に「夫が正妻として敬《うやま》ってくれないから、側室《そくしつ》たちが自分を軽んじる」と愚痴《ぐち》をこぼしたことがあったが、果たしてそれは正しいのだろうか。完璧《かんぺき》な正妻を演じているつもりでいたけれども、実際には上《うわ》っ面《つら》をとりつくろっていただけ。見せかけの〈慈悲《じひ》深い皇后〉がどれほど空疎《くうそ》なものか、妃嬪たちは鋭く見抜いていたのではないか。だからこそ宝麟は、皇后として彼女たちに認めてもらえず、軽んじられていたのではないだろうか。

変わらなければ、と思った。そう思うのは二度目だが、一度目より強く決意した。敬われる皇后になるには、自分が敬愛に値する人間であることを自力で証明しなければならない。皇帝が正妻として敬ってくれないからと泣き言をこぼすのではなく、うわべだけをつくろって満足するのではなく、後宮で生きる者たちを真摯《しんし》に思いやらなければ。

「班貴妃の症状は極秘になさい。しみの件を太医院の外にもらしてはなりません」

宝麟は太医院に班貴妃の治療をつづけるよう命じたが、同時に祝太医を主治医から外すよう厳命した。祝太医が碧果殿に通いつめれば、醜聞《しゅうぶん》がますますひどくなってしまう。

また班貴妃ばかりが太医を頻繁《ひんぱん》に呼ぶと不審に思われるので、宝麟もたびたび太医を召すことにした。とくに用事はないが、班貴妃に噂《うわさ》が集中せぬようにするためだ。すると今度は、「李皇后は素腹だから治療をしているのではないか」という流言が飛びかいはじめた。おかげで班貴妃の噂は忘れられてしまったので、かえって好都合だと放っておいた。

「経過はどう？　快方に向かっているかしら」

十日ほどたち、宝麟は班貴妃の新しい主治医を呼んだ。班貴妃に直接尋ねるのは、気位の高い彼女を傷つけるだけなのでひかえている。

「……大変申しあげにくいことでございますが」

壮年の太医はいかめしいおもてを強張《こわば》らせた。

「班貴妃さまの病状が快方に向かうことは……ないかと」

「どうにかすることはできないの？　少しでもしみを薄くすることは」

「しみよりも深刻な問題があるのです、皇后さま」

それはなんなのかと訊くと、壮年の太医は官服の裾《すそ》を払ってひざまずき、深くうなだれた。

「班貴妃さまに口止めされ、今日まで事実をふせておりました。申し訳ございません」

太医は告白した。班貴妃は重篤《じゅうとく》な婦人病であると。

「あそこまで病状が進行していては……もはや、手のほどこしようがないのです」

「班貴妃はまだ十七よ。秘瑩《ひえい》ではなんの問題もなかったと聞いているし、なにより純潔だわ。貞潔な乙女《おとめ》が重い婦人病にかかるものなの？」

「家系を調べたところ、ご母堂《ぼどう》さまと母方の伯母《おば》がおなじ病で亡くなっていらっしゃいます。生まれながらにして病の種をお持ちだったのでしょう」

入宮前の宮女の身辺調査は司礼監《しれいかん》が行う。両親はいうまでもなく、家系をさかのぼって罪人や乱人《らんじん》がいないか調べられ、当人の資質や素行に点数をつけられる。とくに良家令嬢は丹念に調べられるが、調査官が鼻薬をかがされて汚点に目をつぶることもある。

班家が手をまわして、母方の家系の問題を黙殺させたとしてもふしぎはない。

「秘瑩でなんの指摘もなかったのは、太医院があえて目をつぶったということかしら」

「症状が表にあらわれにくい病ですので、ご本人はもちろん、熟練の太医ですら、ごく初期の段階で見抜くことは難しいのです。症状があらわれてきたころには病状は進行しており、いったん病が芽吹《めぶ》いてしまうと、どのような手立てを講じても、せいぜい症状の悪化を遅らせることができるくらいで……完治させることは、残念ながら不可能です」

石をのんだように、宝麟は二の句が継げなくなった。

「祝太医に話を聞きましたが、祝太医が病に気づいた時点でかなり進んだ状態だったそうです。班貴妃さまはもっと早くお気づきになっていたはずですが、気づかぬふりをなさっていたのでしょう。病が進むにつれてお体にしみがあらわれはじめ、しだいにひどくなるばかりなので、祝太医に相談し、ひそかに治療をしていたということです」

祝太医は秘密を守り、班貴妃を蝕《むしば》んでいる婦人病についてはいっさい記録しなかった。

「この病の恐ろしさはしみよりも痛みにあります。はじめは軽い腹痛ですが、病状が進むにつれて疼痛《とうつう》がひどくなり、体を動かすたびに痛むようになります。立ったり歩いたりするだけで骨がきしむように痛むのです。班貴妃さまは、すでにこの段階にさしかかっています」

「でも、今朝も班貴妃は朝礼に来たわよ。つらそうな様子もなかったわ」

いつものように高慢なすまし顔で、棘《とげ》のある言葉をひとつふたつ吐いていた。

『皇后さまったら、近頃たくましくおなりではなくて？　蹴鞠《しゅうきく》のやりすぎではないかしら』

重病人とは思えないしっかりした口ぶりだったし、歩きかたにもおかしな点はなかった。

「疼痛をやわらげるために阿芙蓉《あふよう》（阿片《あへん》）を処方しておりますので、しばらくのあいだでしたら歩くこともできます。ただ、阿芙蓉で痛みがやわらぐとはいっても、まったくなくなるわけではありませんので……班貴妃さまはたいそう忍耐強くていらっしゃいます」

（もしかして、班貴妃がしょっちゅう朝礼に遅刻していたのは……）

横柄《おうへい》な性格のせいだと思っていたが、病患が悪化して床から起きあがるのに難儀《なんぎ》していたからだろうか。恒春宮の門前で輿《こし》からおりて、朝礼が行われる広間まで歩くのが途方もない苦行だったせいだろうか。班貴妃が断固として蹴鞠に参加せず、朝礼がすむなりさっさと碧果殿にひきこもってしまったのも、いま思えば、病ゆえだったのだろうか。

「どうして祝太医は班貴妃の病のことをもっと早く打ちあけなかったの？　早い段階で知らせてくれていれば、朝礼には出席しなくてよいと言いわたしたし、治療に専念して……」

その理由に思い至り、宝麟は口をつぐんだ。

（内安楽堂《ないあんらくどう》送りになってしまうから、あえて隠していたのね……）

重病の妃嬪《ひひん》侍妾および女官、宮女は後宮内の内安楽堂という療養所に収容される。

療養所といえば聞こえはいいが、内安楽堂に医者はいない。薬が届けられることもなく、食事も衣服も住まいも、最低のものしか用意されていない。看護人すら満足に置かれていないのだから、病人は死を待つばかりである。いわば後宮内の墓場だ。

病身になっても宿下がりさせないのは、宮中の機密が外にもれるのを防ぐためだという。

「こんなことを尋ねたくはないけれど……班貴妃の余命はどれくらいなの？」

「もってあと三か月かと」

宝麟は目を閉じた。胸に去来する思いを噛《か》みしめ、まぶたを開ける。

「班貴妃の苦痛がやわらぐように手をつくしなさい。ただし、内々に。碧果殿に何度も太医を遣わすと不審に思われるわ。太医に宦官の衣を着せるなどして周囲の目をごまかす工夫《くふう》をしてちょうだい。本日、私は班貴妃に禁足《きんそく》を命じます。決して内安楽堂送りにはしません。最期まで碧果殿で暮らせるよう取り計らうので、太医院も協力しなさい」

太医を下がらせたあと、宝麟は醜刀《しゅうとう》をそばに呼んだ。

「表向きは班貴妃の度重なる非礼に腹を立てて禁足を命じたことにするわ。今日も朝礼に遅刻してきたから、そのことを咎《とが》めてもいいでしょう。一方で、噂を流してちょうだい。主上が班貴妃にご興味を示されたので、嫉妬《しっと》した私が班貴妃を碧果殿に閉じこめたのだと」

「悪役になるおつもりで？　たかが一妃嬪のために」

「そこまでなさる必要はありませんわよ。班貴妃がいままで皇后さまに従順だったというならまだしも、陰でも表でもしょっちゅう皇后さまを中傷していたんですから。死の病にとりつかれたのだって、日ごろの行いが悪いせいですわ。自業自得《じごうじとく》というものです」

「病はだれにでもとりつくものよ。他人事《ひとごと》だと思わないで」

花雀がいい気味だと言いたげに鼻を鳴らすので、宝麟はたしなめた。

「それに……こうなったのは私のせいでもあるの。私がみなに信頼される皇后だったら、班貴妃は病のことを隠さず相談してくれたはず。もっと早く万全の態勢で治療にあたっていれば、死期を遠ざけることができたかもしれない。班貴妃の命を縮めたのは……私だわ」

皇后は国の母なり。国母《こくぼ》は天下にあまねく恩愛をほどこすべし。

幾度となく唱えてきた教えがまったく身についていないことを思い知らされる。民とは皇宮の外にばかりいるのではない。後宮の中にも慈《いつく》しむべき民はいるのだ。


その日は朝から雨が降りつづいていた。ちょうど黄梅雨《こうばいう》の季節である。蹴鞠の試合も当分のあいだ、中止せざるをえない。宝麟は退屈しのぎに広間で体術の稽古《けいこ》をしていた。

「また女官たちが才深《さいしん》皇子のことを噂していましたわ」

旋風脚《せんぷうきゃく》の練習が一段落したところで、花雀が茶菓を持ってきた。

「近頃よく耳にしますのよ。才深皇子が霜斉国《そうせいこく》に身をひそめているとかなんとか」

「私が聞いた噂は才深皇子が旅芸人になって各地を放浪しているっていう話だったわよ」

「宦官として宮中に入りこんでいるとか、名を変えて錦衣衛《きんいえい》の武官になっているとか、洪列王《こうれつおう》がひそかに才深皇子をかくまっているという噂も」

「どれも作り話よ。もっともらしく話している本人だって、面白がっているだけだわ」

才深皇子は共太后が産んだ賛武帝の皇子である。四歳のとき、痘瘡《とうそう》にかかって薨去《こうきょ》した。生きていれば、勇烈と同年だ。共太后の唯一の御子であるためか、才深皇子にまつわる虚談は枚挙にいとまがない。その最たるものが才深皇子の父は賛武帝ではないというものだ。

当時、貴妃であった共氏はとある親王と慇懃《いんぎん》を通じた。姦通《かんつう》の現場に居合わせた宦官は相手が親王の衣を着ていたところまでは確認したが、人相まではわからなかった。まもなく共貴妃は身籠《みご》もり、才深皇子を産んだ。その後、共貴妃は賛武帝の三人目の皇后に立てられた。立后《りっこう》から二年たつころ、賛武帝は共皇后の不貞を知り、激昂《げっこう》して才深皇子を殺した。皇帝がいとけない皇子を殺《あや》めたとあっては外聞が悪いので、表向きは病死ということになっている。

この手の巷談《こうだん》はさまざまに粉飾され、噂好きの人々を楽しませるものだ。

わけても、不義の子・才深皇子はいまだにどこかで生きているという虚聞《きょぶん》が彼らの好物らしく、密通をあばかれることを恐れた共皇后が本物の才深皇子を市井《しせい》に逃がし、替え玉を病死させただの、父親である親王が才深皇子をかくまっているだの、才深皇子は母に会いたい一心で浄身《じょうしん》（去勢）して入宮しただの、父王と才深皇子は今上帝《きんじょうてい》から玉座を奪う計画をくわだてているだの、小説めいた筋立ての風説がそこかしこから聞こえてくる。

「でも、霜斉国に才深皇子がいるという話はそれらしく聞こえますわよ。霜斉王は摂政王殿下と不仲でいらっしゃるし、謀反《むほん》のために兵馬を集めているともいわれていますわ」

「めったなことを言ってはだめよ。霜斉王と恵兆王《けいちょうおう》が不仲なのは事実だけれど、皇太后さまがあの粗野粗暴な霜斉王と道ならぬ恋に落ちるなんてありえないでしょう」

「ないとはいえませんわよ。たとえば、空閨《くうけい》をかこつ共貴妃は眠れぬ夜をやりすごすために散歩に出て、雨に降られる。近くの楼閣で雨宿りしていたら、霜斉王がやってきて、つれづれ話などしているうちに乱暴者とばかり思ってきた霜斉王のやさしさにふれ……、いいえ、どちらかといえば、摂政王殿下のほうがお似合いですわね。入宮前の皇太后さまは恵兆王殿下と恋に落ちたけれど、のちに先帝が皇太后さまを見初《みそ》めて、愛しあう二人は引き裂かれ……」

　空想にひたりはじめた花雀を横目に茶を飲んでいると、醜刀が入室してきた。

「碧果殿は上を下への大騒ぎでしたよ」

　醜刀は宦官服についた雨のしずくをうっとうしそうに払った。禁足を言いわたしている以上、宝麟自身は見舞いに行けないので、醜刀を碧果殿に遣わしたのだ。

「女官が言うには、班貴妃が大事にしていた蹴鞠の鞠がなくなったそうで。班貴妃はいたく取り乱して、雨の中を探しまわっていますよ」

「病身で雨の中を？」

「よほど大切なものなんでしょうね。衣服の裾《すそ》にほんの少ししわがあるだけで使用人を怒鳴り散らす班貴妃が、襦裙《じゅくん》を泥まみれにして駆けずりまわっているんですから」

　雨の中、鞠を探して駆けずりまわる班貴妃なんて、想像することもできない。

「すぐに碧果殿に行くわ。醜刀、下級宦官の服を用意してちょうだい」

「まさか、宦官の扮装をしていらっしゃるんですか⁉」

「皇后が碧果殿に行くのはまずいのよ。それに下級宦官の服は動きやすいわ」

「動きやすいって……班貴妃の鞠をお探しになるおつもりですの？　この雨の中に？」

「花雀、あなたは太医院《たいいいん》に遣いを出して。ただちに碧果殿に太医を遣わすようにと」

　物言いたげな花雀を追いだし、急いで下級宦官の服に着替える。

「もしかして、私も泥まみれになって鞠探しをしなければならないんですか？」

「無理強《じ》いはしないけど、助けてくれたらうれしいわ」

　髪を結いなおしながら微笑《ほほえ》むと、醜刀は心底いやそうにため息をついた。

「……どうやら着替えたほうがよさそうですね」


　結論からいえば、鞠は見つかった。あとでわかったことだが、班貴妃に叱責されたことを怨《うら》んだ下級女官がささやかな復讐のつもりで鞠を持ちだし、井戸に捨てていたのだった。

　宝麟が駆けつけたとき、班貴妃は幾たびも転んだらしく、頭から泥水をかぶったかのように全身泥だらけだった。あまりのみすぼらしさに、官婢《かんぴ》かと思ったほどだ。

「私が探すから、あなたは部屋でやすんでいなさい」

班貴妃は従わなかった。制止をふりきって危なげな足どりであちこちをさ迷い歩いた。心配なので醜刀と乱影《らんえい》をつきそわせた。宿痾《しゅくあ》のせいか、阿芙蓉《あふよう》のせいか、班貴妃は意識がもうろうとしており、下級宦官の服を着た宝麟が皇后だと気づかなかった。

「見つけた……！　見つけたわ……っ！」

班貴妃が井戸をのぞきこんで叫んだ。そのまま井戸に飛びこみかねない勢いだったので、醜刀と乱影が腕ずくでとめた。宝麟は自分の体に縄をくくりつけ、片方を宦官たちに持たせて、井戸の中におりていった。鞠を拾って地上にもどると、班貴妃が飛びかかってきた。

「……公子《わかさま》……公子……」

泥まみれの貴妃は水をふくんで冷たくなった鞠を胸に抱き、その場にくずおれた。


班貴妃の容態が落ちついたのは、それから三日後のことだった。

「お礼は申しませんわ。助けてくださいとお願いしたおぼえはございませんから」

宝麟が訪ねたとき、班貴妃はふだんどおりに艶《あで》やかな化粧《けしょう》をしていた。芍薬《しゃくやく》と木香薔薇《もっこうばら》が咲き乱れる襦裙《じゅくん》に身を包み、髪を高椎髻《こうついけい》に結って、宝珠がきらめく金歩揺をさしている。

「お礼を言ってほしくてしたことではないわ。気にしないでちょうだい」

いかにも班貴妃らしい口ぶりだったので、宝麟は微笑んで聞き流した。

「それより、ひとつ相談があるのだけれど……あなた、一度、進御《しんぎょ》する気はない？」

「太医からお聞きになっているでしょう。わたくしは死の病にとりつかれている身ですわ。柔《やわ》肌《はだ》にも汚らわしい印があらわれています。龍床《りゅうしょう》に侍《はべ》ることなど、到底許されません」

「もちろん、形だけの夜伽でいいわ。古い記録を調べてみたら、重病にかかっても内安楽堂送りにならずにすんだ妃嬪《ひひん》を見つけたの。彼女は一度だけ龍床に侍っていた。一夜でもお仕えした記録があれば、殿舎での療養を許された前例があるのよ。目下は禁足ということにしているけれど、使用人の行動も制限されるし、太医が秘密裏《り》に診療しなければならないし、いろいろ不便でしょう？　事を公《おおやけ》にして、堂々と碧果殿で療養できるようにしたいの」

勇烈には話してある。彼は班貴妃を哀れんで、宝麟の考えに賛同してくれた。

「彤史《とうし》には通常の夜伽が行われたと記録させるわ。この件は怪太監も承知してくれているの」

当初、怪太監は渋っていたが、銀子を見せると、電光石火の早業《はやわざ》で変心した。

「あなたが承諾《しょうだく》してくれれば、なるべく体調のいい日に――」

「……あなた、どうかしているのではなくて？」

班貴妃は宝麟を睨《にら》んだ。生母は胡人であるにもかかわらず、黒い髪とおなじ色の目、雪を欺《あざむ》く白肌を持つ、典型的な凱人《がいじん》の美姫《びき》だが、険をふくんだ目元には異国の趣《おもむき》が見られる。

「聞きましたわ。わたくしが朝礼に出ずにすむように禁足をお命じになったのに、主上に見初められたわたくしに嫉妬したからだと噂《うわさ》を流したそうですわね。そのうえ、宦官の恰好《かっこう》などをなさって碧果殿にいらっしゃったり、雨に濡れて鞠探しをなさったり、井戸の中までおりてとってきてくださったり……そんなことをして、いったいなんの得があるのです？」

「損得のことは考えていないわ。私は自分がすべきことをしただけよ」

「すべきこと？　自分に歯向かってばかりいる妃嬪をいたわることが？」

「歯向かっているという自覚はあったのね」

宝麟が笑うと、班貴妃はばつが悪そうに目をそらした。

「あなたが私になにをしたかということは、さして問題ではないの。大切なのは、あなたが私の子だということよ」

「……いよいよどうかしていらっしゃいますわね。わたくしが皇后さまの子ですって？」

「ええ、そのとおり。あなたは私の子――私の民よ」

指甲套《つめかざり》をつけた班貴妃の指がかすかに震えている。痛みを堪えているのかもしれない。

「いままでの私は皇后として不足だったわ。皇后のつとめがなんなのか、全然わかっていなかった。見た目だけととのえて、皇后のふりをしていればいいと思っていたの。だから、あなたの苦しみを見抜けなかった。国母として目を開いていなかったから」

「皇后さまのせいではありませんわ。わたくしが完璧《かんぺき》に隠していたのです」

妙に誇らしげな班貴妃に微笑みを禁じえない。

「あなたはお芝居が上手だわ。病のつらさも、心細さも、いっさいおもてに出さなかったわね。

私とちがって、完璧に貴妃を演じていた。だけど、それでも、あなたの苦悩の兆《きざ》しを見過ごしたのは私の落ち度よ。どうか償いをさせて」

「余計なお世話ですわよ。わたくしは皇后さまに気遣っていただきたいなんて——」

「大いに私を頼ってちょうだいね。頼るという言いかたが癪《しゃく》に障《さわ》るなら、〈利用する〉でもいいわ。好きなだけ利用して。あなたの役に立てるなら、なんでもいいの」

「お節介《せっかい》はおやめくださいませ。皇后さまに頼るつもりは——」

「さっそく怪太監や太医と相談して、夜伽の日取りを決めるわね。できるだけ急がないと。ほかにもなにか希望があったら教えてちょうだい。碧果殿で治療に専念できるよう、あらゆる手をつくすつもりでいるわ。そうそう、弟さんとも会えるように手配するわよ」

「いい加減にしてください！　白々しい！」

班貴妃はがたんと椅子《いす》をはねのけるようにして立ちあがった。

「親切そうなお顔の裏でわたくしを嘲笑《あざわら》っていらっしゃるのでしょう？　いい気味だと思っていらっしゃるのでしょう？　わたくしの体が病に冒され、腐っていくと聞いて、小躍りなさったのではありませんの？　ご自分は主上のご寵愛《ちょうあい》をうけていらっしゃるから、死にゆくわたくしを面白がっていらっしゃるんだわ。しょせんは胡人《こじん》の娘よと見下していらっしゃるんだわ。ひとかけらの善意もないくせに、わたくしを哀れむふりなんてなさらないで！」

宝麟は黙って聞いていた。彼女の激情はもっともだ。

「今日だってお見舞いにかこつけて、わたくしの腐った体を見にいらっしゃったのではなくて？　汚らわしい病身をご覧になって、あとで物笑いの種になさるおつもりなのでしょう？　班貴妃の体は見るに堪えないほど醜《みにく》く黒ずんでいて、傷んだ肉のにおいがしたと妃嬪たちに言いふらすんでしょう？　班貴妃は寵愛をうけることもなく生娘《きむすめ》のまま不様に腐っていったと、なんのために入宮したのかわかりはしないと、冷笑なさるんでしょう？」

涙を焼き滅ぼさんばかりに、潤んだ瞳に渾身《こんしん》の力をこめる。

「見たいとおっしゃるなら、お見せしますわよ。隅から隅まで、ご覧に入れますわよ。その代わり、吐き気をもよおしても存じませんから。死にかけた女の素肌のありさまを日に焼きつけて、妃嬪たちと談笑なさればいいわ！　さあ、どうぞご覧に――」

「その必要はないわ」

班貴妃が荒々しく帯をほどこうとするので、宝麟は立ちあがって彼女の手を握った。

「私には医術の心得がないの。見せてもらっても、なにもできないわ」

白蠟《はくろう》で押しかためたような手が宝麟を拒《こば》むように痛々しく強張《こわば》った。

「あなたを笑うつもりはない。あなたを笑える立場にいるとも思わない。婦人病は女ならだれでもかかる恐れがあるわ。他人事《ひとごと》だと笑えるものですか」

「……わたくしの気持ちがわかるとおっしゃるの」

「いいえ、わからない。私はあなたじゃないから。あなたが私でないように。でもね、考えることはできるのよ。もし、私があなたの立場だったら、どう思うだろうって。きっと一人では耐えられない。だれかに助けを求めたくなるって」

「……わたくしはだれの助けも求めません」

班貴妃は宝麟の手をふり払おうとしたが、宝麟はそれをとめた。

「いままでひとりでよく耐えてきたわね」

班貴妃の生母は胡姫《こき》であった。幼いころは母方の姓である石《せき》を名乗り、花街《かがい》で母と弟とともにつつましく暮らしていた。何事もなければ彼女も胡姫となって暮らすはずであったが、七つのとき、母と引き離されて父方の班家に引き取られた。いずれ入宮させようと手塩にかけて育てていた愛娘《まなむすめ》が急死したので、父親が胡姫に産ませた娘を探して手もとに置いたのだ。

石氏は班家の令嬢として教育をほどこされた。身上書によれば、愛娘を失って悲嘆《ひたん》にくれる正夫人は、突然あらわれた継子を手ひどくいじめたという。継母の仕打ちに耐えながら、班家で学んでいるあいだ、生母が病で亡くなった。班氏は母の死に目に会うことも許されなかった。

班氏が父や継母の言いなりになっていたのは、ひとえに弟がいたためであろう。弟は班家の使用人になっていた。ときおり姿を見ることがあったが、姉弟が親しく言葉をかわすことは禁じられていた。弟を人質にとられ、自分に課せられたつとめから逃げられなかったのだ。

美しく成長した班氏は共太后の推薦《すいせん》で今上に嫁《とつ》いだ。艱難辛苦《かんなんしんく》のすえ、貴妃の位にまでのぼったのに、恐ろしい病に蝕《むしば》まれて命を削《けず》られる。胸をかきむしる思いであろう。天を怨《うら》んでも怨み切れない思いであろう。千の言葉を尽くしても語り切れない断腸《だんちょう》の思いが、体中の骨という骨を内側から打ち砕かんばかりに暴れまわっているだろう。

班貴妃を死の病から救うことはできないけれど、せめて彼女に寄り添いたい。互いに望んだ結果ではないにしても、おなじ夫に嫁いだ姉妹である。姉として彼女を気遣いたい。最期までの数か月、彼女をひとりにはしない。それが宝麟にできる精いっぱいの罪滅ぼし。いままで班貴妃をひとりぼっちにしてしまったことへの、未熟な皇后であったことへの償いだ。

「もう十分よ。あなたは十分に頑張ったわ」

ねぎらいの気持ちをこめて、班貴妃の手をそっとさする。

「ここからさきは、ひとりではないわよ。私がそばにいるわ」

「……皇后さま」

「他人行儀《ぎょうぎ》ね。お姉さまと呼んでちょうだい。あなたは私の妹なのだから」

班貴妃はなにも答えない。力なくうなだれ、瘦《や》せた肩を震わせる。宝麟がその片方をやんわりと抱いても、彼女は抗《あらが》わなかった。

「……あの鞠は二の公子にいただいたものですの」

袖時雨《そでしぐれ》も落ちつくころ、班貴妃はぽつりぽつりと話しだした。

「二の公子というのは……」

「知っているわ。呉《ご》家の次男坊、呉冬逸《とういつ》でしょう」

班氏――当時は石氏――は母に連れられてある武官の邸に出入りしていた。母は評判の胡姫だったので、富家の宴席に招かれ、西域の歌舞で宴《うたげ》に華を添えていたのである。ときには石氏が曲芸を披露することもあり、幼いながらに芸達者な彼女は主人たちを楽しませた。

呉家には息子が三人いたが、次男の冬逸がちょうど石氏とおなじ年頃だった。ふたりはすぐに仲良くなった。冬逸は石氏に読み書きを教え、彼女は彼に曲芸を教えた。

「……お調べになりましたの？」

「私が調べさせたわけじゃないわ。入宮前の身辺調査の調書に書かれていたのよ」

「では、わたくしが二の公子と結婚の約束をしていたこともご存じ？」

初耳だった。調書には、ふたりはたいそう仲睦《なかむつ》まじかったとしか記されていない。

「といっても、正式なものではございませんわ。当然ですわね。胡姫の娘が士人《しじん》の家に嫁げるはずもありません。子どもの口約束ですわ。ほんの戯《たわむ》れ事でした」

幼き日の石氏は冬逸にあこがれをよせていた。胡姫は奴婢《ぬひ》同様に蔑《さげす》まれる存在だが、冬逸は石氏を奴婢のようにはあつかわなかった。母が病で苦しんでいるときには薬をとどけてくれ、石氏が曲芸の稽古《けいこ》の最中に怪我《けが》をしたときは見舞いにきてくれた。おとなしく口数は少なかったが、うらうらとした春の日向《ひなた》のようにやさしく、あたたかい少年だった。

『大人になったら、ぼくのお嫁さんになってくれる？』

内院で遊んだあと、冬逸が別れ際に言った。彼は八つで、石氏は七つだった。

『うん、いいわよ』

ふたりともいまを盛りと咲き誇る鳳仙花《ほうせんか》よりも真っ赤になっていた。

冬逸は約束の印だと言って、蹴鞠《てきまく》の鞠を石氏に贈った。

「胡人のあいだでは、婚約の証《あかし》として、殿方《とのがた》が女人《にょにん》に丸いものを贈ることがありますの。公子はどこからかその話をお聞きになったんでしょう」

ふたりはよく蹴鞠をした。鞠はふたりにとってもっとも身近な丸いものだった。

『この鞠には、ぼくの九つの心をこめたよ』

ほどなくして石氏は班家に引き取られた。冬逸とは以後、一度も顔を合わせていない。

「九つの心？　どういう意味かしら」

「たくさんの気持ちをこめたということでしょう。あれ以来、あの鞠はわたくしの宝ですの」

班貴妃は女官に言いつけて鞠を持ってこさせた。班貴妃の両手からあふれる白く丸い表面には、燃えるような鳳仙花が生き生きと描かれている。

「その鞠、実用ではなくて飾り用みたいね」

蹴鞠の鞠は革製で、中空である。しかし、井戸から拾いあげたときにはずっしりと重さを感じた。水のせいかとも思ったが、感触から察すると中につめものがされているようだ。

「仮にも婚約の証《あかし》ですのよ。使い古しの鞠であるはずがないでしょう。公子はわたくしのためにわざわざ新しく鞠を作らせて、きれいな鳳仙花の絵を御自ら描いてくださったのです」

九つの心という言葉が引っかかるので、手にとってふれてみる。表面はすっかり乾いているが、中にしみこんだ水はまだ残っているようだ。さわった感じがやや湿っぽい。

「これ、開いて中を見てみてもいいかしら」

「わたくしの宝を壊すとおっしゃるの」

「あとでもとにもどすわ。ちょっとたしかめたいことがあるのよ」

「たしかめたいこと？」

「九つの心のことよ。古い書物によれば、九人で行う踢鞠は、踢花心《てきかしん》というの」

宝麟は班貴妃の女官に紙と筆を持ってこさせて、踢花心の競技法を図で表してみた。

一人で行う一人場《いちにんじょう》から十人で行う十人場《じゅうにんじょう》まで、各人場の競技法には名がつけられている。一人場は滾弄《こんろう》、二人場は白打《びゃくだ》、三人場は小官場《しょうかんじょう》、四人場は下火《かか》、五人場は小出尖《しょうしゅつせん》、六人場は大出《だいしゅっ》尖《せん》、七人場は落花流水《らっかりゅうすい》、八人場は涼傘児《りょうさんじ》、九人場は踢花心、十人場は全場《ぜんじょう》。

踢花心は中心に立つ一人を八人が取り囲むものだ。最初は中心の一人が鞠を蹴って二人目にわたす。二人目はとなりに立つ三人目に回す。三人目は中心の一人目に鞠をもどす。一人目は三人目のとなりに立つ四人目に鞠を蹴ってわたす。同様の順序で鞠を回していくが、その鞠の動きを線でつなぐと、ちょうど四枚の花びらを持つ花のような形になる。

「この形、なにかを思い出さない？」

四枚の花びらを持つ花。その形は男女の愛情を示す飾り結び、同心結《どうしんけつ》に似ている。

「……もしかして、同心結が鞠の中に……？」

班貴妃の同意を得て鞠を開いてみる。はたして、内側につめられていた綿の中から、赤い紐で結んだ同心結が出てきた。

「あなたが班家に引き取られたあと、彼は何度か班家を訪ねたそうよ。けれど、門前払いされたみたいね。権門の班家にしてみれば、呉家は下級武官の一族にすぎないから」

東廠《とうしょう》の調べによれば、冬逸は班氏宛《あ》てに幾たびも文を送っているが、いずれも班氏の手にはわたっていない。それでも冬逸からの文は班氏が入宮するまで途絶えることがなかった。

「きっといまごろは、だれかほかの人を妻に迎えていらっしゃるでしょうね」

班貴妃は同心結を大事そうに手にとり、涙声でつぶやいた。

「いいえ、彼は結婚していないわ」

話すべきかどうか迷ったが、班貴妃は真実を知りたいだろう。

「昨年、亡くなっているの」

室内に流れる静かな時が砕け散った。班貴妃の頰《ほお》を伝う涙が音を立てて白い手に落ちる。

「川で溺《おぼ》れていた男の子を助けようとしたらしいわ。男の子は助かったけれど、彼は……」

貧民の子どもだった。母親が泣き叫んでいたが、道行く人は見て見ぬふりをした。

「……公子なら、絶対に見過ごさないわ。あのかたはだれに対してもそうなのですもの。相手がどんな身なりをしているかなんて、全然お気になさらなくて……。わたくしは胡人の血をひいていることを引け目に思っていたけれど、公子はおっしゃったのです。わたくしの手を握って、少し恥ずかしそうに微笑《ほほえ》んで……『ほらね、ぼくの手もきみの手もあたたかい。こんなにもぼくたちはおなじなんだ。ちがうのは名前くらいだよ』って……」

泣き崩れる班貴妃に寄り添い、宝麟は彼女の手を握った。呉冬逸が十七で亡くなり、班氏がおなじ十七で鬼籍《きせき》に入る。これは偶然だろうか。あるいは天の計らいであろうか。

いずれにせよ、心から願おう。色あせない幼き日の約束が泉下《せんか》にて果たされることを。

「班貴妃は冥婚《めいこん》を望んでいるわ」

胡服《こふく》の裾《すそ》を軽く払って、宝麟は勇烈のとなりに腰かけた。

見渡す限りの夕映えがきらびやかに湖面を染めあげている。気まぐれに風が駆けぬけると、水のおもてが揺らめいて、さながら金紗《きんしゃ》がひらひらとはためいているかのようだ。

ここは皇城《こうじょう》の遥天池《ようてんち》に浮かぶ人工島だ。冬には武官たちの氷嬉《スケート》が行われる湖面も、五月も末になると渺々《びょうびょう》たる水面が落陽になぶられて、見る者に金色《こんじき》の涼を与えてくれる。

宝麟と勇烈は庭石に座って、きらめく湖を見晴るかしていた。湖面に張りだした船着き場では、ふたりが乗ってきた二艘《そう》の小舟がゆらゆらと眠たそうにたゆたっている。人工島まで船漕《こ》ぎ競争をしたせいで、心音が速い。少しばかり汗ばんだひたいに夕風が吹きつけると、ふたりの頭上に枝を張った石榴《ざくろ》の木が赤々と燃える花を見せびらかすようにざわめいた。

「大婚《たいこん》以来、余《よ》は班貴妃を顧《かえり》みなかった。せめて最後の願いくらいは叶えてやりたい」

勇烈は茜空《あかねぞら》を瞳に映していた。

「冥婚《めいこん》の際は、班貴妃の姓をもとにもどすべきね。呉冬逸が恋したのは石氏だから」

「道士《どうし》を手配しよう。なにもかも秘密裏《り》にはこばねばならぬのがうしろめたいが、どんな形であれ、好きあった者同士は一緒にしてやるのが人情だ」

死者同士ないし死者と生者の婚姻を冥婚という。

道士が経《きょう》をあげてふたりの霊魂を結びつけ、夫婦にする。死者同士の婚姻の場合は、亡骸《なきがら》をおなじ墓に入れてやるか、遺髪《いはつ》や遺品をともに埋葬するか、霊牌《れいはい》をならべて祀《まつ》る。班貴妃の亡骸は陵《みささぎ》に陪葬《ばいそう》されるので、ふたりをおなじ墓には入れてやれない。霊牌をならべて祀るのも難しい。班貴妃の遺髪を呉冬逸の墓に追葬するよりほかないだろう。

「女人は死んでも愛する男と結ばれていたいと願うものなのだな」

独りごとめいた声が茜《あかね》色の風にさらわれた。

「そなたもそう思うか？　余が死んだら、余のあとを追おうと？」

「不吉なことを言わないで」

「不吉でも避けては通れぬことだ。だれであろうと死ぬ。貧しい農夫も、裕福な商人も、忠義に厚い賢臣も、権力を貪《むさぼ》る奸臣《かんしん》も、高飛車《たかびしゃ》な皇族も、天子でさえも死からは逃れられぬ。そなたを不安にさせたいわけではないが……余はときどき思うんだ。余の崩御《ほうぎょ》はいつになるだろうと。十年後か、二十年後か、三十年後か、あるいは明日なのかと」

「あなたの時代はまだこれからなのに、どうしてそんなことを考えるの？」

「父上のご登遐《とうか》（崩御）を思い出すせいだろうな。父上は宝算《ほうさん》三十四の偉丈夫《いじょうふ》であらせられた。風邪《かぜ》ひとつ引いたことがないほど頑健で、若い武官たちをしのぐほど血気盛んで、活力にあふれていらっしゃった。しかし、賛武十五年の九月、痘瘡《とうそう》にかかってしまわれた。余は九つだった。父上のお見舞いに行ったが、宦官《かんがん》たちに追い払われた。その直後だ。勅命《ちょくめい》により余は東宮に軟禁された。病をうつすまいとして、父上が余を遠ざけられたんだ」

痘瘡を発症して一月とたたず、賛武帝は崩御した。登遐までのあいだ、寝所への立ち入りは、勇烈のみならず、湖麗妃《れいひ》も許されなかった。

「後事をたくすおつもりで、父上は飛鋼叔父上《おじうえ》の帰京を待ちわびていらっしゃったそうだ」

そのころ、恵兆王・高飛鋼は北狄《ほくてき》討伐のために都を離れていた。

「だが、叔父上の帰京は間にあわなかった。北狄との戦闘が長引いてしまったせいだ。結局、父上は太医《たいい》や宦官に看取《みと》られてお隠れになった。だれよりも信頼していた叔父上と別れの言葉をかわすこともできず……。余は父上のご登遐を凶餓《きょうが》から知らされたが、信じられなかった。父上はあんなにもお若く、力強く、日輪《にちりん》のように光り輝いていらっしゃったんだ。崩御なさるような年齢ではなかった。病に斃《たお》れるような御方では……」

膝のうえで握りしめた手が震えている。宝麟は彼の手にたなごころをそえた。

「人は儚《はかな》い。天子の命も貧民の命も、玉響《たまゆら》のきらめきにすぎないという点ではおなじだ。天命はいつなんどき途絶えるかわからぬ。世の理《ことわり》を思い入るとき、余は天命のあるうちにいくつかの仕事を成しとげなければならないと考える。その中のひとつが殉葬《じゅんそう》の廃止だ」

皇帝の登遐にともなう妃嬪侍妾《ひひんじしょう》の殉葬は太祖《たいそ》の時代からつづく風習だ。皇后を除き、皇子を産んでいない妃嬪侍妾の大半が殉死を強制される。皇帝が殉死させたい妃嬪侍妾を指名することもある。湖麗妃――光粛《こうしゅく》皇后の場合は、賛武帝の指名による殉葬だった。

「母上の殉葬は十中八九、共太后の差し金だ。病床に近づくなと厳命なさるほど、父上は母上を深く愛していらっしゃったし、余はすでに東宮の主だった。余が即位すれば、母上が皇太后になるのは道理。父上が母上に殉死をお命じになるはずはないんだ。それなのに、共太后は遺《い》詔《しょう》と称して、殉葬妃嬪の名簿に母上の名をつらねた」

勇烈は唇を戦慄《わなな》かせた。怒りとも哀しみともつかぬ情動が手のひらに伝わってくる。

「最後にお目にかかったとき、母上は泣きながら余を抱きしめておっしゃった」

――ごめんなさい、勇烈……。ほんとうに、ごめんなさい。

「何度も何度もおっしゃった。母上が謝るべきことなど、なにもなかったのに……」

湖麗妃は二十七の若さで自死。勇烈の即位後、光粛皇后の諡号《しごう》を贈られた。

「余は共太后を怨《うら》んだ。幾たび共太后を廃してやろうと思ったか知れない。いや、殺そうと思ったことさえある。あの冷酷《れいこく》な女狐《めぎつね》は母上を殺したばかりか、皇太后の宝座にのうのうと腰かけている。余の後宮に自分が見繕《みつくろ》った美人を入れ、余を操ろうとしている。飛鋼叔父上がいらっしゃらなければ、垂簾聴政《すいれんちょうせい》でも行って余を傀儡《かいらい》にしてしまうだろう」

賛武帝が崩御してからしばらく、玉座は空《から》だった。朝廷は皇太子・勇烈いただくべきという一派と、共皇后の養子である継争皇子をいただくべきという一派が相争い、激しく火花を散らした。前者は東宮の主であったし、後者は賛武帝の皇長子《こうちょうし》（第一皇子）であった。どちらも壮《な》丁《おと》に満たぬ年齢だったから、権力争いをくりひろげていたのは当人たちではなく、彼らを担いで栄耀栄華《えいようえいが》を手にしようと野心を燃やしていた者たちである。

べつの言いかたをすれば、皇太子を擁《よう》する湖麗妃と、皇長子を擁する共皇后の政争だった。殉葬妃嬪の中に湖麗妃がふくまれたことで、共皇后が勝利した形となったが、完全な勝利ではなかった。朝廷は恵兆王・高飛鋼が摂政《せっしょう》となり、新帝・高勇烈を輔弼《ほひつ》することを望んだ。

「怨みはいまも消えていない。時がたつにつれ、薄らぐどころか、いや増していく。いつの日か母の仇《かたき》を討《う》つつもりでいる。しかし、そのまえに殉葬を廃さねばならない。余のように、幼くして母を喪《うしな》う子を作らぬためにも、悪《あ》しき風習を断たねばならぬ」

勇烈は湖の果てに身を沈めていく落陽を睨《にら》んでいた。

「殉葬は皇族だけでなく、市井にまで蔓延《まんえん》している。貧家でも豪家でも、夫が死ねば妾が殉死させられる。正妻が気に入らない妾を殉死させるとも聞く。病や罪によってではなく、因習のせいで子が母を喪うなど、あってはならぬことだ。ゆえに、余が率先して殉葬を廃す。余の崩御後、何人も余に殉じてはならぬ。そなたも、ほかの妃嬪侍妾たちもだ。だれもが寿命をまっとうして、民に示すんだ。生きてこそ、死者を悼《いた》むことができるのだということを」

手のひらに伝わる熱がある情動をもたらした。自分は明主に嫁《とつ》いだのだと、高勇烈に嫁いだことはまちがいではなかったのだと、火のような確信に胸を焼かれた。

「陽化帝《ようかてい》の聖恩は、のちのちまで語り継がれるでしょうね」

「聖恩などというたいそうなものじゃない。ただ、不幸は少ないほうがいいと思う。それでなくても、この世には不幸が多すぎる。わざわざ古い悪習にこだわって、不幸に不幸を重ねる必要はない。避けられぬものだからこそ、死は最小限にとどめたい。死の洪水から生まれるのは怨憎《おんぞう》や悲嘆《ひたん》でしかない。余は民に怨《うら》みや悲しみをもたらしたくはないんだ」

朝焼けのような夕空に染められて、彼の瞳は情熱的に輝いていた。

「余は名君と呼ばれたい。のちの歴史家にではなく、いまを生きる民に。彼らに必要なものは山ほどある。たとえば、荒政《こうせい》（福祉政策）。太祖は荒政にご熱心であらせられたが、太祖亡きあとは打ち捨てられる一方だ。ことに父上の御代には外征のため、各地の養済院《ようせいいん》（困窮者《こんきゅうしゃ》の施設）や漏沢院《ろうたくいん》（無縁死者の墓地）や安済坊《あんせいぼう》（貧者の診療所）の官費が大幅に削減され、いくつかの施設は閉鎖に追いこまれた。荒政の官費をもとにもどすために飛鋼叔父上とも相談しているんだが、最近また北狄が騒ぎだしたので――わっ、ななっ、なんだ⁉」

宝麟が抱きつくと、勇烈はひどく狼狽《ろうばい》した。

「べつになんでもないわ。急にあなたを抱きしめたくなっただけ」

「……そ、そうか」

「ずいぶん肩に力が入っているわね。私に抱きしめられるのはいやなの？」

「いやなものか！　ど、どちらかといえば……好きだ」

しどろもどろしている様子なのがかわいい。そう言うと、彼は不機嫌になるけれど。

「じゃあ、抱きしめかえして。まだだったでしょう？　お互いを抱きしめるのは」

勇烈はぎこちなくうなずいた。どこかおそるおそる、宝麟の体に腕をまわす。ためらいがちな、気づかわしげな抱擁《ほうよう》だった。まるで宝麟が消えてしまうのを恐れているような。

「あなたにもしものことがあったら、私は髪を切るわ」

「道観《どうかん》に入るというのか？　それは……」

「いいえ、道観には入らない。私たちに子が生まれたら、子のためにも皇宮を離れられないし、たとえ子がいなくても、私はあなたの后として、次代の後宮を守る義務がある。天命ある限り陽化帝の皇后として生きるつもりよ。だから、一度だけ髪を切るの。うなじのところで切った髪を、あなたの棺《ひつぎ》に入れるわ。九原《きゅうげん》へ行っても、あなたが私を忘れないように」

勇烈より長生きしたいと思う。光粛皇后のように彼を置いて逝《い》きたくはない。

「黄泉路《よみじ》を下るとき、そなたの髪を抱いていればさびしくないな」

「鞠も入れましょうか？　あちらで蹴鞠《しゅうきく》をしたくなるでしょうから」

「氷嬉靴《スケートぐつ》も頼む。壊れたときのために、予備も入れてくれると助かる」

「靴が壊れるまで氷嬉をするつもりなの？」

「九原に行けば日講《じっこう》も政務もないんだ。丸一日だって氷嬉をしていられるぞ」

「毎日、氷嬉三昧《ざんまい》なら、九原もそう悪いところじゃなさそうね」

抱き合ったまま笑う。愉快な振動が互いの体に快《こころよ》く伝染した。

「いつか、あなたが民に名君と呼ばれる日のために、私も自分にできることをするわ」

去年のいまごろは、こんな感情を抱くようになるなんて夢にも思わなかった。勇烈の腕の中があたたかいことも知らずにいた。なにもかもに無知だった。世界に拒《こば》まれていると悲しんでばかりいたけれど、その実、拒んでいたのは宝麟だった。

知ろうとしなかった。歩みよらなかった。つとめつとめと御託をならべ、皇后の宝座からおりもせずに、だれもこちらへ来てくれないと嘆《なげ》いていた。自分から駆けよればよかったのに、だれかが駆けよってきてくれるのをじっと待っていた。

ふりかえればふりかえるほど無為に過ごした時間が惜しく思われるけれど、過去を嘆《なげ》いても得るものはない。未来のことを考えたい。勇烈とともに歩んでいく道程を見晴るかして。

「そなたが助けてくれるなら、かならず成しとげられる。そんな気がする」

おのおのの心に宿った予感が力強く脈打つ。その心地よさに身をゆだねたとき。

「あっ、そうだ！」

勇烈が突然、体を離した。居住まいを正し、やけにかしこまって宝麟を見つめる。

「ものは相談だが、ちょっと目を閉じていてくれないか」

「どうして？」

「理由は言えない。でも、そのうちわかる」

「意味深ね。私が目を閉じているあいだになにかするの？」

「と、とにかく目をつぶっていてほしい。お願いだ」

勇烈は至極真面目《しごくまじめ》な顔で頼んでくる。ふざけているわけではなさそうだ。宝麟を驚かせる仕掛けでも用意しているのだろうか。いぶかしみつつも、おとなしく目を閉じた。

「よし、じゃあ、はじめよう。あっ！『はじめよう』とか言ってはだめだったんだ！」

「どういう意味？」

「こちらの話だ。気にするな。目は閉じたままだぞ」

ごそごそと物音がする。懐《ふところ》からなにか取りだしたようだ。あわただしく紙をぱらぱらとめくっている音が聞こえる。本か帳面でも見ているのだろうか。

「好ましい場所は花が咲いているところ……うん、石榴《ざくろ》が咲いているぞ。美しい景色が見えればなおよし……きれいな夕日が見えているから合格だな。たおやかな風が吹いていれば、いよいよもって素晴らしい……涼しい風が適度に吹いている。雰囲気《ふんいき》は完璧だ」

「なにをぶつぶつ言っているの？」

「えっ⁉　余は声に出してしゃべっていたか⁉」

「石榴が咲いているとか、きれいな夕日が見えているから合格とか、言っていたわよ」

「き、聞かなかったことにしてくれ！　つまらぬ独りごとだ！」

「私に隠しごとがあるのね？」

「かっ、隠しごとなんか……目を開けちゃだめだ！」

宝麟が目を開けると、勇烈はあわてて左手を背中に隠した。ますます怪しい。

「左手になにを持っているの？」

「な、なななにも持ってないぞ」

「嘘をつくのが下手《へた》ね。本か帳面のようなものを見ていたじゃない」

「ああ、こ、これはそのへんで拾ったんだ。だれかの落としものだな」

勇烈はやっぱり左手に帳面を持っていた。宝麟が手にとってみようとすると、急いで隠す。

「そなたは見てはいけない。目の毒だ」

「ふうん。裸の美人でも描かれているのかしら？」

「は、裸の美人だと⁉　とんでもない！」

「じゃあ、なにが書かれているの？　いやらしいことじゃないでしょうね？」

「まさか！　いや待てよ……見かたによってはいやらしいことかも……いやいやそれはないは

ずだ！　飛鋼叔父上は初級の……なら、いやらしくないとおっしゃっていたし。祥基叔父上はいやらしくない……など……じゃないと豪語なさっていたけれども……」

「ねえ、見て！　あちらの木陰になにかいるわよ！」

「えっ、なんだ？　どこだ？　あっ、宝麟！　騙《だま》し打ちとは卑怯《ひきょう》だぞ！」

勇烈が木陰のほうを見やった瞬間、彼の手から帳面を奪い取った。

「さて、なにが書いてあるのかしら？　『口づけについての覚え書《かんよう》き』？」

勇烈らしい大らかな筆跡で、口づけをするには時と場所が肝要であること、女人《にょにん》がうっとりするような美しい雰囲気を演出すること、決して「いまから口づけするぞ」と野暮《やぼ》な宣言はしないこと、自然な流れを作るのが難しい場合は、最初から相手に目を閉じていてもらうこと等々、あたかも口づけの手引書のような記述がつづいている。

「ばれてしまっては仕方がない。正直に告白しよう」

勇烈は気恥ずかしさをごまかすように咳払《せきばら》いした。

「そなたと余の仲も深まってきたから、そろそろつぎの段階に進もうと思っていた。如雷に助言を求めたら、口づけなる方法があると聞いたので、試してみようと考えたんだが……余は口づけなんてしたことがない。経験も知識も技術もないのに、出たとこ勝負で臨《のぞ》むわけにはいかない。細かな手順や注意事項などについて学ぶため、経験豊富な飛鋼叔父上と祥基叔父上に相談して勉強したんだ」

妙に胸を張って言うのがおかしい。宝麟はくすくすと笑った。

「意外ね。あなたが口づけしたことないなんて」

「……そなたはあるのか？」

「ないわよ。小説の中で読んだことはあるけど」

胸がどきどきしている。船漕《こ》ぎ競争をした直後よりもずっと。

「あなたのはじめての口づけは、私のものになるのね」

勇烈が皇帝であり、宝麟が皇后である以上、彼のすべてを独占することは許されない。けれど、勇烈のはじめての口づけは、未来永劫《えいごう》、宝麟のものとなるのだ。未来永劫、私のもの。甘露のようなその言葉を噛《か》みしめ、ぶつかるようにして彼に抱きついた。

「私、うれしいとあなたに抱きつきたくなるみたい」

蹴鞠で目いっぱい汗をかいたあとのような、打毬《ポロ》で勝ち点をとったあとのような、湖の端から端まで泳ぎきったあとのような、体の隅々まで満たされた気持ちがこみあげてくる。

「その癖《くせ》はなおさなくてよいぞ」

勇烈が抱きしめかえしてきた。彼はきっと彼方《かなた》に沈んだ落陽よりも赤くなっている。

「そなたのはじめての口づけは、余のものだな」

誇らかな口ぶりに愛《いと》おしさをかきたてられ、宝麟はあらためて勇烈を見上げた。

「じゃあ……しましょうか。あっ、宣言しちゃいけないんだったわね」

「原則として、口づけは『しよう』と言ってするものではないらしいんだ。飛鋼叔父上曰《いわ》く、見つめあって、言葉が途切れたときに、おのずと互いの唇が惹《ひ》かれあうものらしい」

「難しそうだけど、とにかく試してみましょう」

うなずきあい、ふたりして目を閉じる。じーっと待っていたが、なにも起きない。

「……ねえ、ほんとうに唇がひとりでに惹かれあうものなの？」

「……冷静に考えたら、なにもしないのに唇が勝手に重なるなんてありえないよな」

「もしかして、摂政王殿下は比喩《ひゆ》のつもりでおっしゃったのかも」

「たぶん、そうだろう。どちらかが動かないとだめなんじゃないか」

「あるいはふたり一緒にね」

「でも、目を閉じたままだと、どこにそなたの唇があるかわからないぞ」

「だったら、目を開けましょうよ」

「待て。余が開けるから、そなたは目を閉じていてくれ」

いいわよ、と答えて待つ。高鳴りつづける鼓動が夏の宵《よい》に波紋を作るのが見えるようだ。

両肩に大きな手がそえられた。勇烈の視線を意識すると、頬《ほお》がかあっと熱くなる。頭上で石榴の木がさざめいている。囁《ささや》きごとをもらすような音色の雨に降られ、唇が重ねられるのを感じる。ふたつのぬくもりがおずおずと出会い、やさしい言葉をかわして、ねんごろな暇乞《いとまご》いをしながら、ふたたび、べつべつの場所へ帰っていく。ただそれだけのことなのに、口当たりのいい強い酒を一息に飲みほしたあとみたいに、酔いのきらめきが眼裏《まなうら》を甘く染めあげた。

「うまくいったかな……？」

「ええ、とても素敵だったわ」

宝麟がはにかむと、勇烈は照れくさそうに口の端をあげた。

「今度はあなたが目を閉じる番よ。私から口づけするわ」

彼がまぶたをおろしたのを確認して、宝麟はゆるゆると顔を近づけた。

「主上ぉー！　皇后さまぁー！　お迎えにまいりましたよー！」

ふいに、間のぬけた声が飛んでくる。ふたりがそろってそちらを見ると、一艘の画舫《がぼう》（屋形船）が人工島に向かってきていた。反り返った軒端《のきば》ではおびただしい紅灯《こうとう》がつややかな光を放ち、さながら夕焼けのかけらをちりばめたかのようである。水晶の簾《すだれ》で飾られた窓からは、皇帝付き主席宦官《かんがん》の労《ろう》凶餓がいかにものんきそうに身を乗りだして、陽気に手をふっている。案《あん》の定《じょう》、食べものを頬張っているらしく、口をもぐもぐさせていた。

「おなかすいてませんかー？　ですよねー、ペコペコですよねー。そうだろうと思って、夕餉《ゆうげ》の御膳《ごぜん》をお持ちいたしましたー。画舫に揺られながら食べる山海珍味《さんかいのちんみ》は格別ですよー。あ、いろいろさきにいただいてますけど、これは毒味ですからご心配なくー」

のんびりした声音《こわね》にあてられ、宝麟と勇烈は笑いまじりのため息をついた。

「間の悪いやつだ。せっかく、そなたから口づけしてもらうところだったのに」

「でも、画舫で夕餉をとるというのは楽しそうだわ。労太監は気がきくわね」

「あいつが妙な気を回したおかげで、そなたの口づけがおあずけになった」

勇烈が名残《なごり》惜しそうに宝麟の頬を撫《な》でた。ふれられたところがたちまち臙脂《えんじ》色になる。

「今夜の閨《ねや》まで延期になるだけよ」

「待てないぞ」

「……どうしてもここでしたいの？」

勇烈がこくりとうなずくので、宝麟は彼の両頬に手をあてがった。真っ赤な顔で口づけする。唇を離すと、勇烈も赤面していた。互いの瞳に紅灯みたいな顔が映っている。

「いちゃついていらっしゃるうちに、お料理が全部、僕のおなかの中に入っちゃいますよー」

「うるさいやつだな！　少しは空気を読め！」

「ははあ、じゃあ空気を読んで、ひとりで完食しますので、どうぞごゆるりとー」

「おい！　余と宝麟のぶんまで食べるなよ！　待て凶餓！　まったく、あのいやしんぼめ。宝麟、早く画舫に乗ろう。さもないと、夕餉を食べつくされてしまう」

凶餓が窓から体を引っこめたので、勇烈は宝麟の手をとって立ちあがった。駆け足で船着き場まで行き、おなじ小舟に乗りこむ。それぞれ櫂《かい》を握り、画舫へ向かって漕ぎはじめると、どちらともなく笑い声がもれて、水面に映った紅の灯影《ほかげ》が無邪気に弾け飛んだ。

四　禁城の人びと

油紙傘《ゆしがさ》に咲いた夕顔が銀色の雨に打たれている。さあさあと悲しく歌うようなそのひびきを聞きながら、提灯《ちょうちん》を持つ手に力をこめて、周りに人影がないことを確かめた。

だれにも知られてはならない。この打ち捨てられた殿舎《でんしゃ》で彼と会っていることは、決して。

「お待たせしてしまいましたわね」

駆け足で母屋《もや》に入ると、ひそやかな燭光《しょっこう》の中に愛《いと》しい人の長躯《ちょうく》が浮かびあがった。

「雨脚が強まってきたな。道中、難儀《なんぎ》したろう」

「これしきの雨はなんでもありません。まるで花舞う道を歩いているかのようでしたわ」

十五の小娘のように息が弾んでいた。湿気のせいで結い髪や化粧《けしょう》が乱れていないかどうか心配しつつ、彼に駆けよる。耳飾りが揺れ、金歩揺《きんほよう》の垂れ飾りがさえずった。

「君とこんなふうに会うのは……もうやめなければならない」

長い口づけのあとで、もっとも恐れていた台詞《せりふ》が耳をつんざいた。

「……わたくしに、飽きてしまわれたの？」

ちがう、と彼は囁《ささや》いた。武骨な指先が愛おしげに頰《ほお》を撫《な》でてくれる。

「君を危険にさらすことに耐えられないからだ」

ふたりの恋は禁忌《きんき》である。もし、だれかに秘密を暴かれたら、ふたりとも命はない。

「わたくしは危険なんて怖くありませんわ」

恐れはない。刑場に引ったてられ、衆人環視《しゅうじんかんし》の中で斬首《ざんしゅ》されることさえ怖くない。来世で彼と結ばれることを思えば、あらゆる恐怖は喜びにすりかわる。

「恐れるべきだ。君は俺のために死ぬべき人ではない」

「なにをおっしゃるのです。あなたのために死ぬことがわたくしの幸せですのに」

「そんなことを言ってはいけない。ますます別れがつらくなる」

苦しげに言いよどみ、ふたりの隔《へだ》たりをかき消すように口づける。

「俺たちの道は、どこまで行っても交わりはしないんだ」

蒼海《そうかい》の色をたたえた瞳には、別れの決意が明確に映っていた。彼がそう決めたからには、もはやどうしようもない。湯のような涙が頰を伝い、壊れたように唇が戦慄《わなな》いた。

「どうしても別れるとおっしゃるのでしたら、ここでわたくしを殺してください」

護身用の短刀を彼にわたした。

「あなたとお別れするときは、あなたの腕の中で息絶えるときですわ」

どれほど惹《ひ》かれあっても、くるおしく求めあっても、夫婦にはなれない。ならば、現世《うつしよ》に未練はない。望むらくは、黄泉《よみ》にくだり、だれにはばかることなく、彼を夫と呼びたい。

「さあ、お早く。わたくしの喉《のど》をかき切ってくださいませ」

あふれる涙が頬を覆《おお》う。恋しい人の姿は灯影の中で切なく揺らめいていた。


「とうとうこの日が来てしまったのね……」

勇烈《ゆうれつ》の帯をととのえながら、宝麟《ほうりん》がため息をもらした。

六月末の今日、勇烈は霜斉国《そうせいこく》方面に行幸《ぎょうこう》するため、皇宮を発《た》つ。当初は宝麟も随行《ずいこう》する予定だったが、最後まで班貴妃に付き添いたいからと、彼女は皇宮に残ることを希望した。

「余《よ》が生涯《しょうがい》ではじめて味わう、長い長い三月になりそうだ」

勇烈は部屋着姿の宝麟をまじまじと眺めた。別れ別れになっているあいだ彼女を偲《しの》ぶことができるように、紅裙《こうくん》をまとい、鳳凰《ほうおう》模様の上襦《じょうじゅ》を着た玉《たま》の姿を目に焼きつけておきたい。

「ふしぎだな。つい最近まで、そなたと別れることなどなんともなかったのに、このごろでは毎朝の別れが永訣《えいけつ》のように思えてしまう」

宝麟を氷の人形だと思っていたころが遠い過去のように感じられる。勇烈はなにも見ていなかったのだ。宝麟のことを少しも知らなかったし、知ろうともしなかった。あれほど近くにいながら、彼女の手があたたかいことにも、彼女の声がやさしいことにも、気づかなかった。

唐突《とうとつ》に、ある種の喪失感《そうしつかん》が胸を満たした。宝麟と別れることにいささかの感傷も抱かずにすんだころには二度ともどれないのだと思うと、これからさき、幾たびもくりかえされるであろう別離が重くのしかかってくる。まずはこの三月の行幸が最初の試練だ。

「永訣なんて言葉は使わないで。たった三月よ。あっという間だわ」

宝麟が手を握ってくる。たおやかな手のひらに心ほぐされていたが、ふいに気づいて、ちょっとむっとしたふうに言った。

「そなたはよく手を握ってくるが、そんなに余をかわいいと思っているのか？」

宝麟は「いつも思っているわよ」と唇をほころばせる。

「余は大人の男だぞ。弟あつかいされるのはいやだ」

「弟あつかいなんてしてないわ。かわいいから、かわいいと言っているだけ」

勇烈がむすっとしていると、白くやわらかな指がたなごころをくすぐった。

「私の言う〈かわいい〉にはふたつの意味があるのよ。ひとつは愛らしいという意味。もうひとつは愛しいという意味。本質的にはおなじだから、どちらもかわいいと言ってしまうの」

「さっきのはどちらだ？」

「はっきりと区別するのは難しいけれど、どちらかと言えば後者かしら」

「ほんとうか!?　余を愛しいと思っているのか!?」

宝麟がこくりとうなずくや否《いな》や、勇烈はうしろをふりかえった。

「聞いたか凶餓《きょうが》！　宝麟が余を愛しいと思っているそうだぞ！」

「はいはい聞きましたよ。よろしゅうございましたね」

勇烈は宝麟を腰から抱きあげ、くるくる回った。

「そなたは余を愛しいと思っている！　そなたは余を愛しいと思っている！」

「恥ずかしいわ。そんなこと、大声で言わないで」

「大声で言うとも！　皇宮中に知らせるんだ！　余とそなたは相思相愛だと！」

鈴を転がすような笑い声がひたいに降ってくると、なおさら心が舞い躍る。

「ところで、主上《しゅじょう》。昨夜の首尾《しゅび》はいかがでした？」

「首尾？　なんの話だ？」

「なに空とぼけていらっしゃるんですか。昨夜の閨《ねや》のことですよ」

凶餓のすっとんきょうな声音《こわね》を合図に、勇烈はぴたりと止まった。宝麟と目が合う。二、三度、まばたきをするうちに、朱墨《しゅずみ》をかぶったかのように顔が赤らんだ。

「そ、そういうことを朝から話すものではない……！」

「え、ええ、そうだわ。労太監《ろうたいかん》、言葉をつつしんでちょうだい」

宝麟は牡丹《ぼたん》色に染まった花顔《かがん》を両手で隠している。その可憐《かれん》なしぐさは昨夜の睦言《むつごと》を思い起こさせ、勇烈の胸はあたたかい感情でいっぱいになった。

（余はとうとう名実ともに宝麟の夫となったのだ）

いったん皇宮を出れば、三月は帰れない。三月ものあいだ宝麟と離れ離れでいるのはあまりにつらいので、せめて別れるまえに夫婦の契《ちぎ》りをかわしたい。昨日の昼間、剣の手合わせをしたあとで宝麟に持ちかけたところ、彼女もおなじ気持ちでいることがわかった。

『三月のあいだにあなたが私を忘れないように、私をほんとうの后《きさき》にしてほしいわ』

たった三月で彼女を忘れるはずはないが、互いの心が惹かれあっているのに、これ以上、先延ばしにする理由はない。ふだんどおりふたりで床に入り、いつもとちがう夜を過ごした。

いよいよ結ばれるというとき、勇烈は臆病風に吹かれた。宝麟に幻滅されるのではないかと恐れたのだ。その道の玄人《くろうと》である叔父《おじ》たちに教えを乞《こ》うたが、話に聞くのと実践《じっせん》するのとではいろいろ勝手がちがう。いままでのつたない経験はまるで頼りにならない。宝麟を前にすると、これまではなんの気なしにできたことが、まったくできなくなってしまう。

男らしくもなくもたもたしていたときだ。宝麟が勇烈の手を握ってきた。

『あなたが私のためにしてくれることなら、どんなことでもうれしいわ』

やさしい囁きに励《はげ》まされて、喜ばしい朝を迎えることができた。

「そのご様子ですと、首尾は上々というところでしょうかねぇ」

「上々どころではありませんわよ。不寝番をしていたわたくしが赤面するほどに――」

「花雀《かじゃく》！」

宝麟が口をとがらせて花雀を叱《しか》る。ふと、勇烈は噴きだした。

「どうしてお笑いになるの？　おかしいことなんて言っていないでしょう」

「いや、たくさんあるんだ。おかしいというより、愉快なことが」

「たとえばどんな？」

「そなたと結ばれたこと、たいそう寝覚めがよかったこと、そなたが余を愛しいと言ってくれたこと、凶餓にからかわれたこと、そなたが女官を叱りつけたこと、そなたをこうして抱いていること。すべてが欣快至極《きんかいしごく》だ。こんなにうららかな心持ちは、ひどく久しぶりだな」

「あなたったら、肝心《かんじん》な言葉を知らないのね」

宝麟は勇烈の鼻を軽くつまんだ。朝日を映した瞳がきらきらと輝いている。

「そういう心持ちはね、『幸せ』というものなのよ」

蕩《とろ》けるように甘い声がすとんと胸に落ちてきた。天子であることと、幸せになることは、ならびたつことがないと思っていた。それが誤りなら、これ以上の僥倖《ぎょうこう》はない。

「余は幸せだ。この天下のだれよりも」

細腰を抱きあげたまま、桃のかんばせを見上げる。彼女の身も心も自分のものなのだと思うと、誇らしさが総身に漲《みなぎ》って、国中にひびきわたるような声で幸せだと叫びたくなる。

「李《り》宝麟という最高の后を得られたから」

感情の火照《ほて》りに任せて見つめると、宝麟が身をかがめてきた。

「私もおなじ気持ちよ」

あたかもはじめからひとつのものであったかのように、唇が重ねられる。

「あなたという夫を持って、心から幸せだわ」

今度は勇烈のほうから彼女の吐息を奪いにいった。色事師《いろごとし》たる叔父たちのように巧みではないけれど、宝麟はうっとりと身をゆだねてくれる。その愛くるしさがいっそう恋情を滾《たぎ》らせ、砂漠で水を求める人のように口づけをくりかえした。

「もう、だめよ。そろそろ着替えなくちゃ」

これから出立式《しゅったつしき》が行われる。式典の最中は型どおりの会話しかかわせない。

「行幸先でそなたに会いたくなったら、どうしたらいいと思う？」

しぶしぶ宝麟を床におろし、勇烈は彼女の手を握った。

「私を思い出せばいいわ」

「記憶だけじゃ足りない。そなたを偲ぶよすがが欲しいんだ」

「大げさね。今生《こんじょう》の別れじゃあるまいし」

宝麟はころころと笑い、結い髪から一本の金簪《きんしん》を引きぬいた。

「どうしてもよすがが必要なら、これを持っていって。お気に入りの簪《かんざし》なの」

花蕊《かずい》に薄紅《うすべに》色の芙蓉石《ふようせき》をあしらった紅梅と、その枝で羽根をやすめる流鶯《うぐいす》の金簪だ。

「そういえば、よくさしているな。だれからの贈りものなんだ？」

「素敵な殿方《とのがた》からいただいたものよ」

「男からもらったものなのか⁉　そいつはだれだ⁉」

「いやだわ。ご自分でくださったのに忘れてしまったの？」

勇烈は目をぱちくりさせた。例の手巾《しゅきん》同様、凶餓が手配して贈ったものだろうか。

「行幸からもどったら、自分で選んだものをそなたに贈ることにする」

「あなたが無事に帰ってくることがなによりの贈りものよ。怪我《けが》をしないでね。病にも気をつけて。夜は早くやすまなきゃだめよ。夜更かしは体に悪いんだから。行く先々でお酒を勧められるでしょうけど、ほどほどにしてね。あなたはお酒に弱いでしょう。それから」

「また余を弟あつかいしているな」

「夫あつかいしているのよ。私の大切な旦那《だんな》さまだから、無事にもどってきてほしいの」

宝麟が襟《えり》をととのえてくれる。旦那さまという親密な単語に口もとがほころんだ。

「今後は余を主上ではなく、旦那さまと呼んでくれないか」

「いいけど、あなたは私をなんと呼ぶの？」

「奥さんと呼ぼう。余のかわいい奥さん。余のお転婆《てんば》な奥さん。余のふにゃふにゃな奥さん」

「まあ、最後のは変な感じだわ」

「変なものか。そなたはふにゃふにゃしていて、とても愛らしい」

宝麟を抱きよせて口づけしていると、凶餓と走《そう》太監がひそひそ話す声が聞こえてきた。

「あのー、これっていつまでつづくんですかね？」

「おとめしなければ、永遠に終わりませんよ」

あきれ顔の太監たちに気づき、勇烈はやむを得ず宝麟から離れた。

「出立式でまた会おう。それまでしばしの別れだ」

最後の口づけをかわし、名残《なごり》惜しさを引きずりながら龍衣《りゅうい》をひるがえす。

「お見送りいたします」

歌うような声に見送られる。ふりむきたいのを我慢して、勇烈は恒春宮《こうしゅんきゅう》をあとにした。


「ずいぶん騒がしいようだけれど、なにかあったのかしら」

輿《こし》に揺られながら、宝麟は丹《に》塗《ぬ》りの塀《へい》の向こうへ視線を投げた。ここからは黄瑠璃瓦《こうるりがわら》がふかれた屋根以外にはなにも見えないが、女官たちの騒がしい声が聞こえてくる。

「心中ですわ。今月に入って九回目です」

輿のそばを歩く花雀が忌々《いまいま》しそうな顔をしている。

「敬事房《けいじぼう》の女官と司礼監《しれいかん》の宦官《かんがん》が情死したとか。まったく、汚らわしいことですわ。よりにもよって、皇太后さまのご降誕日に骸《むくろ》をさらさずともよいでしょうに」

本日七月二十八日は共太后の生日。中朝《ちゅうちょう》の瑶英殿《ようえいでん》で宵《よい》の口《くち》から宴《うたげ》がもよおされる。

「九回も……。知らなかったわ」

「お耳汚しですから、皇后さまにはお知らせいたしませんの」

「亡くなったふたりは……ふたりの亡骸《なきがら》はどうなるの？」

　せめておなじ墓に埋葬されるのだろうかと思って尋ねると、醜刀《しゅうとう》がそっけなく答えた。

「処刑されます。女官は騾馬《らば》とまぐわった罪、宦官は婦人を手籠《てご》めにした罪で」

「処刑って……もう亡くなっているのでしょう？」

「死体が刑罰をうけるのです。まあ、斬首《ざんしゅ》されて骸を市中にさらされるということですよ」

「むごすぎるわ」

「十分、恩情のある措置《そち》だと思いますよ。久暦帝《きゅうれきてい》の御代以前は当人たちのみならず親族にまで累《るい》がおよんでいたそうですから、当事者だけの処刑ですむのなら、よいほうでしょう」

　久暦帝は賛武帝《さんぶてい》の父であり、今上帝《きんじょうてい》の祖父にあたる。彼の即位当初、私通した宦官と女人《にょにん》は互いの親族とともに棄市《きし》（公開処刑し、遺体を市中にさらす刑）されていたが、彼らを哀れんだ久暦帝の慈悲《じひ》により、親族には累がおよばないことになった。

（……醜刀や乱影《らんえい》には、恋しい人はいないのかしら）

　彼らにもだれかを愛することが許されていればいいのにと、考えてしまう。たとえ子孫をもうけられなくても、だれかと寄りそうことができれば、それだけで救いになるだろうに。

　瑶英殿《ようえいでん》はおびただしい燭光《しょっこう》に満たされていた。大広間をうがつ円柱や月世界を描いた格天井《ごうてんじょう》、宝座へとわたされた階《きざはし》、珊瑚《さんご》の欄《おばしま》、明珠《めいじゅ》をつづった御簾《みす》、紅漆塗りの屏風《びょうぶ》、彩絵《だみえ》がほどこされた宮灯《きゅうとう》、麒麟《きりん》をかたどった象牙《ぞうげ》の香炉《こうろ》、純銀の縁金具《ふちかなぐ》で四隅を覆《おお》った宴卓《えんたく》。目に映るものはすべて、甘露の飛沫《しぶき》を浴びたかのように神々《こうごう》しいきらめきを放っている。

　今夜の主役たる共太后はもっとも高い宝座に腰かけている。その一段下に宝麟が、さらに下に摂政王《せっしょうおう》・高飛鋼《こうひこう》、そのとなりには呂守王《ろしゅおう》・高祥基《しょうき》、霜斉王・高平明《へいめい》、登原王《とうげんおう》・高継争《けいそう》ら、封《ふう》土《ど》を賜《たまわ》っている親王たちが螭文《みずち》の椅子《いす》に座っていた。

　華麗《かれい》な舞を披露する宮妓《きゅうぎ》たちをささやかな野花のように見せているのは、先帝の姉妹たる大《だい》長公主《ちょうこうしゅ》たちと勇烈の姉妹たる長公主たちの崑崙山《こんろんさん》の仙女もかくやあらんという艶姿《あですがた》。貴人のそばには眉目秀麗《びもくしゅうれい》なる宦官、玉衣《たまごろも》に身を包んだ女官がひかえ、卓上には翡翠《ひすい》の杯、七宝の碗《わん》、万《よろず》の炊金饌玉《すいきんせんぎょく》。瑤池《ようち》でにぎわう西王母《せいおうぼ》の宴《うたげ》にも引けをとらぬ燕楽《えんらく》の風景である。

「母上のご長寿を願って、一献《いっこん》さしあげたく存じます」

　登原王・高継争がうやうやしく酒杯をかかげた。勇烈の異母兄で、共太后の養子である継争は、御年十八の白面《はくめん》の貴公子だ。遊芸に秀でる代わりに武芸を不得手《ふえて》とし、ことに乗馬がからきしだめなので、打毬《ポロ》や狩猟からはなにかしら理由をつけて逃げまわっている。

「継争や、無理をするでない。わらわは蟒蛇《うわばみ》であるからよいものの、汝《なれ》は小戸《しょうこ》であろう」

「今日はこのうえなくめでたい日なのです。軟弱者の私とて、母上と痛飲したくなります」

「勇ましいことじゃ。喜んで杯をうけようぞ」

　共太后は雨だれのような簾《すだれ》の奥で微笑した。継争と視線をかわしあって酒杯を干す。

「まこと愉快じゃ。わが子と酌《く》みかわす酒ほど美味なるものはない」

共太后がいつになくご機嫌なのは、酒のせいではなく、継争のせいだ。

血のつながらない継争を、共太后はたいそうかわいがっている。帰京中はたびたび秋恩宮《しゅうおんきゅう》に招き、継争が任国《にんごく》へ赴《おもむ》いているあいだは文や贈りものを欠かさない。病に臥《ふ》せっていると聞けば、願掛けに大好きな酒を断つほどで、腹を痛めて産んだ母のような情の深さである。

だれに対しても冷淡な共太后が継争にだけは細やかな愛情を示す。これにはさまざまな流言《りゅうげん》飛語《ひご》が飛びかっており、共太后が野心を秘めている証拠だ、いずれは今上を廃して継争を皇位につかせるつもりだという声もちらほらと聞こえてくる。現に勇烈は継争を警戒していて、兄といえども親しい付き合いはしていない。

「相変わらず、登原王は皇太后さまのおぼえがめでたくていらっしゃる」

継争のとなりに座している霜斉王・高平明が皮肉めいた笑みを浮かべた。平明は摂政王・高飛鋼や呂守王・高祥基の異母兄だ。年齢は四十三。筋肉で塗りかためたような長軀《ちょうく》には攻撃的な覇気《はき》が張《みなぎ》り、酒杯をかたむける仕草さえ、不遜《ふそん》な気配をおびている。

「そのご様子を拝見していると、噂《うわさ》は真実やもしれぬと思ってしまいますな」

「噂とはなんじゃ？」

「おふたりは義理の母と子ではなく、ほんとうの母子であらせられるという噂ですよ。敬事房の記録では、登原王の生母は先帝の侍妾《じしょう》であり、出産後に亡くなったとされているが、実は皇太后さまが腹を痛めてお産みになったのだ、それゆえご寵愛《ちょうあい》がとりわけ深いのだと」

「わらわと継争がほんとうの母子とな？　なんとまあ、欣快なこと」

共太后は丹頂鶴《たんちょうづる》が縫《ぬ》いとられた絹団扇《きぬうちわ》で、ゆるりと口もとを隠した。

「そうであればよいが、残念なことに、わらわが産んだ子はひとりだけじゃ」

「そのひとり子が登原王なのではないかという噂なんですよ」

平明は傲岸《ごうがん》そうに肘掛けにもたれ、太い腕を卓上にのせた。

「先帝の御代、貴妃であらせられた皇太后さまはご懐妊《かいにん》なされた。しかし、秘密のまま出産を終えられ、生まれた御子の母は侍妾ということになさった」

「これは異《い》なことを。先帝の御子を身籠《みごも》っていながら、秘密に出産するとは面妖じゃの」

「秘密にしなければならない理由があれば、そうするでしょう。たとえば、御子の父親が先帝ではなかったというような、のっぴきならない状況なら」

「不敬《ふけい》だぞ、兄上」

飛鋼が厳しい声で咎《とが》めた。平明は空とぼけたふうに笑う。

「なにをむきになっている。たんなる噂話だ。酒の席の戯言《ざれごと》だよ」

「今日は皇太后さまの降誕日なんだ。不適切な話題は避けてくれ」

「石頭め。おまえはいつもそうだ。ふだんはなかなか面白みのあるやつなのに、皇太后さまのことになると、たちまち朴念仁《ぼくねんじん》になってしまう。よほど皇太后さまに心酔しているらしい」

「皇太后さまは主上の嫡母《ちゃくぼ》であらせられる。敬意を払うのは当然だろう」

「敬意以上のものを抱いているんじゃないか？　まあ、無理からぬことだ。皇太后さまは西王母に生き写しの絶世の美女。心奪われぬようでは、男とはいえまい」

「不埒《ふらち》な発言はひかえろ。祝いの席なのだぞ」

飛鋼に鋭く睨《にら》まれると、平明は矢のように挑発的な眼差《まなざ》しを放った。

「とくにおまえは他人のものが欲しくてたまらなくなる性質《たち》だからな。先帝がご健勝であらせられたときに、何事もなかったとは到底信じられぬ。あるいは先帝のご登遐《とうか》後になにかあったのかもしれぬが。なんにせよ、他人の女を奪うのはおまえの――」

「まあまあ、平明兄上。めでたい席なんだから、私の悪口《あっこう》はやめてくださいよ」

呂守王・高祥基が酒杯片手にからからと笑い声をひびかせた。

「おまえの悪口など言っていない。俺は飛鋼について話しているんだ」

「え？　私じゃない？」

祥基は目をぱちくりさせ、女好きのしそうな美貌《びぼう》に微苦笑を刻んだ。

「『他人のものが欲しくてたまらなくなる性質』なんておっしゃるから、自分のことかと勘違いしたよ。近ごろはどの宴に招かれても、私の悪癖《あくへき》を酒の肴《さかな》にされてしまうんだ。今度はだれそれの妻を寝取ったのかだの、なにがしの妾《めかけ》にはもう手を出したのかだの、つぎに奪われるのはだれの妻妾《さいしょう》になるか賭《か》けてみようだの、からかわれてばかりだよ」

哀れっぽくため息をついたかと思うと、杯に酒を注ぐ女官を熱っぽく見つめだす。

「みなさん、私を誤解していらっしゃるんだ。私は世間で言われているように人の妻妾が好きなわけじゃない。偶然、愛した相手が夫を持つ人であるというだけのこと」

「〈偶然〉とやらがそう何度も起こるものなのか？」

「それが起こるんだよ、飛鋼兄上。私だって、困っているんだ。恋に落ちるたび、愛《いと》しい人をわがものにできない苦しみに身を焦がしているんだから」

「身を焦がす暇もないようだがの。先だっては欽天監《きんてんかん》の柳監正《りゅうかんせい》から妾を奪ったとか？」

「奪ったとは人聞きが悪いですね。柳監正は風流人ですから、私の切ない恋心を察してくださり、私たちの恋が成就《じょうじゅ》するように取り計らってくださったんですよ」

「ものは言いようだな。寝取られ男を風流人と称すか」

平明はあきれたような、憤慨《ふんがい》したような口ぶりで笑い飛ばした。

「呂守王のように度が過ぎては困るが、艶聞《えんぶん》がひとつもないというのもさびしいの」

ゆったりと肴をつまみながら、共太后は芙蓉のおもてを継争に向けた。

「女たらしの叔父上《おじうえ》ほどではないにしても、汝も一人前の男じゃ。想い人のひとりやふたり、いてもよいのに、わらわの耳にはその手の話がとんと入ってこぬ」

「私は親王としても男としても未熟者です。学ばなければならないことが多すぎて、女人のことを考えている余裕はありません」

継争が生真面目《きまじめ》に答えると、飛鋼は祥基と顔を見合わせた。

「聞いたか？　おまえには一生かかっても言えない台詞《せりふ》だぞ」

「言いたいとも思わないよ。恋以外に心を砕くべきことがこの世にあるというのかい」

「たくさんありますよ。燎《りょう》の白描画《はくびょうが》、崔《さい》の道釈画《どうしゃくが》、梧《ご》の山水画、北澄《ほくちょう》の花鳥画、南澄《なんちょう》の界画《かいが》、拓《たく》の風俗画……書画の研究に没頭していると、恋をしている暇はありません」

「書画はほどほどにして、うつつの女人にも目を向けよ。汝《みと》はもう十八じゃ。そろそろ妃を迎えてもよいころであろうに、いつまでも美人画にばかり見惚れていては困る」

「そうだとも。美人画よりほんものの美姫《びき》のほうが数倍きれいだよ」

「おまえは人妻の絵でも眺めていろ。画中の人妻ならいくら奪ってもかまわぬぞ」

「いやだよ。いくら美人でも、画中にいたんじゃ、夜這《よば》いもできないじゃないか」

飛鋼にからかわれ、祥基が顔をしかめる。女人たちの笑い声が華やかに宴席を彩った。

(同腹の兄弟だからかしら、おふたりはほんとうに仲がいいわね)

平明と飛鋼が険悪になるたびに、祥基がひょうきんな発言をして場を和《なご》ませる。おかげで宴はつつがなく進み、やがてたけなわになった。

共太后が疲れたと言って席を立ったので、宝麟も退座することにした。

「霜斉王殿下と摂政王殿下は、どうして不仲でいらっしゃるのでしょうか」

どちらかといえば、平明が一方的に飛鋼をきらっているようだった。

「先帝が摂政王に宮妓を下賜《かし》なさったことは知っておろう」

「恵兆王妃《けいちょうおうひ》であらせられた御方ですわね」

先帝は飛鋼の武功を賞して、もっとも美しい宮妓を下げわたした。

「かの女子《おなご》は霜斉王の想い人であったらしいのじゃ。むろん、宮妓への懸想《けそう》は大罪ゆえ、表ざたにはしなかったようだが。恵兆王妃が幸せに暮《く》らしていたのなら、まだ諦めもついたのであろうが……恵兆王妃は不審な死をとげたゆえ、怨《うら》みが残っているのであろう」

「不審な死？　恵兆王妃は病で薨去《こうきょ》なさったのではないのですか？」

「記録上はそういうことになっている。しかし、実際には自害だったのじゃ」

飛鋼に嫁いで十年目《とつ》の冬、恵兆王妃は毒を飲んで自死した。

「摂政王殿下は恵兆王妃をとても大事になさっていたはずでしょう？　なぜ自害なんて……」

「遺書には、子ができなかったことを恥じて死ぬと記されていたそうじゃ」

恵兆王妃は身籠るためにあらゆる手をつくした。健康に留意し、苦い薬を飲み、子授けの神仙を拝み、果ては怪しげな呪《まじな》いにまで頼ったが、結婚以来、一度も懐妊しなかった。

「摂政王殿下が……懐妊できないことをお咎《とが》めになったのでしょうか」

「それはない。第一、王妃が身籠れないなら、側妃《そくひ》を迎えればいいだけのことじゃ」

恵兆王妃はしきりに側妃を娶《めと》るよう、夫に勧めていたという。だが、摂政王はかたくなに側妃を迎えなかった。妃はひとりだけでいい、と言っていたそうだ。

「女子が幸福になる道は、かくも険しい」

共太后は回廊《かいろう》の途中で立ちどまった。秋の月を見上げ、物憂《ものう》げに目を細める。

「高い地位にのぼり、あまたの使用人にかしずかれ、豪華な調度品《ちょうどひん》にかこまれて、何不自由ない暮らしをしていながら、心からの喜びを知らぬまま生きている女子もいる」

盗星と出会う前の宝麟がまさにそんな生きかたをしていた。

(皇太后さまはいまも先帝をお慕《した》いしていらっしゃるのかしら……)

共太后は毎日、秋恩宮で賛武帝のために進香《しんこう》(焼香)している。年に一度の生日《せいじつ》ですら、喪服《もふく》を脱ぐことはない。しかし、共氏が賛武帝に愛されていたという話は聞かない。当時の記録をひもとくと、賛武帝が共氏と床をともにしたのは、ほんの数回だけだ。権門《けんもん》出身であり、美貌と才気を謳《うた》われて入宮直後に貴妃に冊封《さくほう》されたものの、寵愛はされなかった。

共氏は望まれた花嫁ではなかった。朝廷を牛耳《ぎゅうじ》る共家が強引に入宮させた妃嬪《ひひん》だった。共氏と湖《こ》氏がほぼ同時期に皇子を産んだとき、賛武帝は湖氏を立后《りっこう》しようとした。高官たちがこぞって諌《いさ》めたので沙汰《さた》やみとなったが、その二年後にふたたび立后の話が出たときも、賛武帝はやはり湖氏に鳳冠をかぶせたがった。結果的には家柄や位階をかんがみて共氏が立后されたが、才深《さいしん》が薨去してからは、共氏を廃后したいとたびたび朝廷に諮《はか》っている。

愛してくれないばかりか、后の地位さえとりあげようとした夫なのだ。怨んでいてもおかしくないのに、共太后が祭壇《さいだん》に祀《まつ》られた賛武帝の姿絵に憎しみの目を向けることはない。

「班貴妃は知死期《ちしご》まで苦しんだかえ？」

「いいえ、太医《たいい》が薬を処方してくれましたので、最期は安らかでした」

先日、班貴妃は息を引きとった。痛みがひどい様子だったので、彼女の希望で劇薬を服用させた。それは健康な人間には毒薬だが、全身を病に蝕《むしば》まれている者にとっては安息の薬となるもので、彼女は充実した一日を終えるようにして、わずか十七年の生涯《しょうがい》を閉じた。

班貴妃について相談したとき、共太后は意外にも宝麟の考えに賛同してくれた。すぐさま内《ない》安楽堂《あんらくどう》送りにせよと命じられることを覚悟していたので、碧果殿《へきかでん》での療養をあっさり認められて拍子抜けした。それどころか、共太后は班貴妃の見舞いにさえ出向いた。足しげくというほどではないけれど、あたたかい言葉で死の床にあった班貴妃を慰めてくれた。

入宮してからずっと、共太后を冷酷《れいこく》な人だと思ってきたけれど、その考えはまちがっていたのかもしれない。彼女はただ、己のつとめに忠実であるだけなのかもしれない。あるいは、人に好かれ、慕われるようなふるまいかたに長《た》けていないのかも。

（……でも、光粛《こうしゅく》皇后を殉死《じゅんし》させた人だわ）

その事実が胸に引っかかり、共太后に抱きはじめている好感が鈍く濁ってしまう。

「若くして死出《しで》の旅に出るは不幸じゃな」

はらりと散った蓮《はす》の花びらが月色の池でゆらゆらとたゆたっている。

「されど、長命もまた不幸じゃ。どうせ死ぬなら早いほうがよい。これ以上、苦患《くげん》を味わわぬうちに黄泉《こうせん》の客となるほうがいい。生きれば生きるほど、艱難《かんなん》に出会うだけじゃ」

共太后はいまも光粛皇后を憎んでいるのだろうか。それとも、殉死に追いやったことで積年の怨みは消えたのだろうか。高貴な婦人らしく、強い感情をあらわすことがほとんどない人だから、彼女の胸のうちは彼女自身にしかわからない。だが、その心が喜びで満たされていないことはまちがいないように思われた。彼女にもきっと満たされぬ想いや叶わなかった願いがあるのだろう。少女のころ夢見ていた未来とはちがういまを生きているのだろう。

「皇太后さま、皇后さま」

回廊の向こうから駆け足でやってきた司礼監掌印太監《しょういんたいかん》（司礼監の長官）が頭《こうべ》を垂れた。

「あわてているようだが、なにかあったのかえ」

共太后がいぶかしげに柳眉《りゅうび》をあげると、司礼監掌印太監は「実は……」と声をひそめた。

「たったいま、急使がまいりまして……霜斉国にて、主上が刺客《しかく》に襲撃されたそうです」

総身が怖気立《おぞけだ》った。

「主上はご無事なのですか⁉」

「ご安心くださいませ、皇后さま。主上はご無事でいらっしゃいます」

勇烈はかすり傷を負ったのみで、命に別状はないという。

「主上が行幸《ぎょうこう》先で刺客に襲われるなど、あってはならぬこと。護衛はなにをしていたのかえ」

「あいにく、襲撃があったときには提督《ていとく》太監しかおそばにいなかったようで……」

「よもや、主上はお忍びでお出かけになったのではあるまいの？」

共太后に冷たく睨《にら》まれ、司礼監掌印太監は首をすくめた。

「……貧民の暮らしを見たいとおっしゃって、提督太監をおともにお出かけになったとか」

勇烈は庶民《しょみん》に身をやつして、細民窟《さいみんくつ》へ足をはこんだそうだ。ぞろぞろと従者を連れて歩くと目立つので、あえて非如雷《ひじょらい》だけを随行《ずいこう》させた。

貧民の窮状《きゅうじょう》を目《ま》の当たりにして胸を痛めていた勇烈は、みすぼらしい身なりの少年が薬売りの老婆《ろうば》から薬を盗むのを見た。少年を捕らえて話を聞くと、母が重病で臥《ふ》せっているが、薬を買う金もないという。勇烈は彼を不憫《ふびん》に思い、薬を買い与えた。

少年はいたく感謝して、恩人である勇烈を母に会わせたいと申し出た。勇烈は如雷を連れて少年についていった。盛り場から離れ、たどりついた場所で待ちかまえていたのは、大勢の武装した男たちだった。乱闘になった。勇烈は剣で応戦し、如雷は幾人も刺客を斬《き》った。

「乱闘の最中に、件《くだん》の少年が短刀で主上に襲いかかったそうです。すんでのところで提督太監が少年の短刀を奪いとったため、主上はご無事でしたが……」

如雷は刀身をつかんで攻撃をとめた。刀身には猛毒が塗られていた。

「毒が全身に回っては命が危うくなるので、太医が提督太監の左腕を切り落としたとか」

「太医がじゃと？　主上は太医に提督太監の治療をお命じになったのかえ」

原則として、太医が治療するのは無上皇《むじょうこう》、太皇太后《たいこうたいごう》、太上皇《たいじょうこう》、皇太后、皇帝、皇太子、皇太子妃、皇太子側妃、皇子公主、后妃侍妾《こうひじしょう》のみである。親王でさえ、太医の治療はうけられないのだ。皇帝の私物にすぎない宦官《かんがん》が太医に診《み》てもらえるはずがない。

「閹医《えんい》も随行しておりましたが、主上のご命令により太医が治療したようです」

宦官専門の医者を閹医という。閹医は去勢手術の専門家である刀子匠《とうししょう》が兼ねるものであり、国内最高の医道を学んできた太医に比べれば、仁術《じんじゅつ》の技量ははなはだ頼りない。

「なんとまあ、あきれたことじゃ。太医に騾《ら》馬《ば》の治療をさせるなど、聞いたことがないわ」

「提督太監は主上をお守りするためにその身を盾としたのです。主上は提督太監の忠義を重んじて、とくべつに太医による治療をお許しになったのでしょう」

宝麟がひかえめに口をはさむと、共太后は長いため息をついた。

「ともあれ、主上が大怪我《おおけが》をなさらなかったのは、不幸中の幸いであった。刺客をけしかけた首謀者《しゅぼうしゃ》がだれなのかは、まだわからぬのであろうな？」

「少年が自供しました。主上と提督太監を襲った刺客はそやつが雇った男たちでした」

「その者は手先であろう。黒幕はべつにいるはずじゃ」

司礼監掌印太監はなにか言おうとしたが、気まずそうに口をつぐんだ。

「なんじゃ？　黒幕の見当がついているのかえ？」

「いえ……そこまでは。ただ、少年が妙なことを口走っているようでして……」

「妙なこととは？」

短い沈黙。司礼監掌印太監はおそるおそる共太后を見上げ、逃げるように目を伏せた。

「自分は高才深だと名乗っております」

鋭いもので胸を突かれたように、共太后は息をつまらせた。

「あろうことか、主上を簒奪者《さんだつしゃ》とののしり、玉座をかえせとのたまう始末で……。まったくもって、けしからぬことです。皇族の名を騙《かた》り、主上を襲撃するなど、まさしく天をも恐れぬ大罪。主上になにごともなかったからよかったものの、もし……皇太后さま!?」

共太后の体がくらりとかたむいたので、司礼監掌印太監は血相を変えた。

「ありえぬ……ありえぬことじゃ……才深が、生きているなど……」

宝麟はとっさに共太后を支えた。

「……才深は死んだのじゃ。わらわの腕の中で、血まみれになって……」

つねならば冷然と言《こと》の葉《は》を吐く紅唇《こうしん》が凍えたように震えている。

「生きているはずがない……死んでいるはずなのじゃ」

共太后は自分の両手を見下ろした。まるでそれがいまも血塗られているかのように。

「わらわが、殺《あや》めたのだから」

勇烈は当初の予定より半月ほど早く還幸《かんこう》した。

「もう一度、お尋ねします、義母上《ははうえ》。才深はほんとうに死んでいるのですね？」

皇宮にもどるなり、秋恩宮に足を向けた。出迎えの一行の中に共太后がいなかったからだ。

皇帝襲撃の一報を聞いてから、共太后は体調を崩して臥せっていた。

「何度尋ねても答えはおなじじゃ。才深は四つのときに死んでいる」

共太后は女官に助けられて寝床で半身を起こし、不愉快そうに柳眉をひそめた。

「それでは、棺《ひつぎ》の中をあらためてもよろしいですね？」

「才深は汝の異母弟じゃぞ。陵《みささぎ》で眠る弟の骸《むくろ》を引きずりだすというのかえ」

「下手人《げしゅにん》が高才深と名乗っている以上、徹底的に調べる必要があります」

「一天万乗《いってんばんじょう》の君が墓荒らしとは世も末じゃ。皇祖皇宗《こうそこうそう》に申し訳がたたぬわ」

「かたくなに拒否なされば、かえって疑いが深まるだけですよ」

勇烈が激憤を抑えこみながら睨むと、共太后はふんと鼻を鳴らした。

「わらわが才深を使って汝を亡き者にしようとしたとでも思うているのかえ」

「あらゆる可能性を考えなければなりません」

「あらゆる可能性とな？　ならば訊くが、なにゆえ提督太監だけを連れて細民窟に出向いたのじゃ？　襲われるかもしれぬ、危険があるやもしれぬとは予測できなかったのかえ？」

返答につまり、かすかに視線が泳いだ。

「汝の軽挙が招いた事態じゃ。しかと反省せよ」

「自省の念に駆られればこそ、かならずや真相を明らかにせねばなりません」

「勝手にせよ。墓荒らしでもなんでもするがよい。なれど、亡骸《なきがら》をその目で見たとて、汝はわらわを疑うであろうよ。なんとなれば汝の胸には、わらわへの憎しみが滾《たぎ》っているゆえ」

「憎まれる心当たりがおありのようですね」

共太后はなにも言わなかった。気だるそうに繊手《せんしゅ》をひとふりする。

「ほかに用がなければ去《い》ね。わらわは病人じゃ。汝と口論する力はない」


「共太后の密通の現場を見た宦官というのは、凶餓なんだ」

軒車《くるま》に揺られながら、勇烈はとなりに腰かけている宝麟の手を握った。

「まだ凶餓が少監だったころ、ちょうど累山《るいざん》行幸の折だ」

累山は歴代皇帝が愛した避寒地であり、湯けむりにあふれる温泉地でもある。隔年《かくねん》、皇帝は后妃侍妾や皇族ら、大勢の雲上人《うんじょうびと》を連れて累山に行幸することになっている。

「当時、貴妃だった共氏の臥室《しんしつ》から、宦官服を着た男が出てくるのを見たらしい」

「宦官服を着ていたのに、労太監はどうしてその人が殿方《とのがた》だとわかったの？」

「身のこなしが宦官らしくなかったそうだ。力強い足取りで武人のようだったと言っていた」

宦官は入宮すると独特の行儀作法を仕込まれる。歩きかた、立ちかた、座りかた、顔や腕の上げ下げの方法など、骨の髄《ずい》までしみこんでいるはずの宦官の所作《しょさ》がその男にはなかった。

「宦官服を着た女人《にょにん》だったのかもしれないわよ」

「凶餓はいい加減なやつだが、こういうことにかんして見間違いはしない。体つきからして、まちがいなく男だったと断言した。ただし、かぶりものをしていたので人相まではわからなかったようだ。それからしばらくして、共貴妃の懐妊が発表された。生まれたのが才深だ。時期から見て、あの夜が疑わしい。共氏は宦官の衣をまとった間男《まおとこ》を閨《ねや》に連れこんだんだ」

「皇太后さまは貞潔《ていけつ》な御方よ。進んで密通を働くとは思えないわ」

「やむをえない事情があったとしたら？　たとえば、なんとしても身籠らねばならぬとか」

行幸中に湖麗妃《れいひ》の懐妊《かいにん》が明らかになった。共貴妃は焦ったはずだ。おりしも後宮より警備の緩《ゆる》い離宮に滞在しているころ。身籠るために男を引き入れたとしてもおかしくない。

「あなたに話すべきかどうか迷ったんだけれど……」

宝麟は言いにくそうに目を伏せた。

「皇太后さまが才深皇子を殺めたのは自分だというようなことをおっしゃったの。それきり黙ってしまわれたから、くわしいことはわからないんだけど、才深皇子は血まみれになって亡くなったとほのめかしていらっしゃった。でも、才深皇子は病で亡くなったはずよね？」

「記録上はそういうことになっているが、共皇后の不貞を知った父上が不義の子である才深を斬り捨てたという噂《うわさ》も聞いている」

「そのとき才深皇子が亡くなっているのなら、下手人は才深皇子の偽物ということになるわ」

「父上が殺したのが替え玉だったら、本物が生きている可能性はあるぞ。どこかにひそかに匿《かくま》い、余《よ》を弑《しい》す好機を虎視眈々《こしたんたん》と狙っていたのかもしれない。そして余の代わりに才深を皇位につけるつもりだったんだ。共太后なら憎き湖麗妃の皇子より、わが子に十二旒《りゅう》の冕冠《べんかん》をかぶせたいと思うはずだ。目的のためには、どんな卑劣《ひれつ》な手段も厭《いと》わぬであろう」

母を殉死《じゅんし》させた女なのだ。勇烈を殺そうとたくらまないほうがおかしい。

「皇太后さまを陥《おとしい》れるための罠《わな》という可能性は考えられない？」

宝麟が気づかわしげに手を握りかえしてくる。

「もし、才深皇子が生きているとしても、あなたを害するために彼を使う必要はないはずよ。皇太后さまにとって大切なわが子ならなおさら、べつのだれかにやらせると思う」

「才深が自ら志願したということも考えられる。玉座はそなたのものだった、勇烈がそなたの皇位を奪ったのだと、共太后がかねてから吹きこんでいたのなら、才深は余を怨《うら》んだだろうから、自分の手で余を殺し、玉座を奪いかえしたいと願ったとしても――」

「あなたはまるで皇太后さまが黒幕であってほしいみたいね」

氷が喉《のど》につかえたように、言葉が出なくなった。

「下手人が自分は高才深だと主張しているだけよ。たんなる妄言《もうげん》かもしれない。たしかな証拠がそろうまでは、結論を出すべきではないわ。わかっていることがほとんどないのに、揣摩臆測《しまおくそく》でこうだと決めつければ、そのぶん視野が狭まって、真実が見えなくなってしまうわ」

穏やかな声音《こわね》がささくれだっていた感情にしみこんでいく。

「ああ、そなたの言うとおりだな。まだ結論を出せる段階じゃない」

勇烈は深く息を吸った。深呼吸したのはずいぶん久しぶりだった。事件以来、ずっと気が高ぶっていたのだ。一呼吸置いてものを考える余裕さえ、なくしてしまっていた。

「余はかっとなると先走る癖《くせ》があるようだ。そなたが諌《いさ》めてくれて助かった」

勇烈はそっと宝麟の頰《ほお》を撫《な》でた。指先にふれる柔肌《やわはだ》が心の澱《おり》をとかしてくれる。

「これからも余がまえのめりになっていたら、教えてくれ」

そうするわ、と宝麟は甘そうな唇をほころばせた。

「結論を急ぎたくなる気持ちはわかるわ。提督太監のことが心配なんでしょう」

「余のせいなんだ。余が細民窟に行きたいなどと言いだしたばかりに、如雷は……」

油断していた。もっと護衛を連れていくべきだった。そもそも軽々しく微行《びこう》すべきではなかった。危険に対する備えが十分でなかった。共太后の指摘はまさに頂門《ちょうもん》の一針だった。

軽率《けいそつ》な自分を怨んでも、如雷の左腕はもどらない。彼は左の肘から先を永遠に失った。彼の純忠にどうやって報いればいいのか、どうすれば償いになるのか、思い悩むばかりだ。

やがて軒車が止まった。到着した場所は提督太監の邸だ。今日は如雷の見舞いのために皇宮を出てきた。龍車《りゅうしゃ》（天子の乗りもの）では大事になるので、高官が乗るような軒車を使っている。父帝も宦官の邸宅を訪ねる際にはそうしていたらしい。皇帝が御自ら騾馬《らば》の住まいに足をはこぶのは――相手がどれほど高位の宦官でも――褒められたことではない。

「どうかしたのか？」

さきに軒車からおりると、護衛の武官たちがもめている声が聞こえてきた。

「不審な宦官を捕まえたようですよ」

凶餓が棒つき飴《あめ》を舐《な》めながら答えた。

「なんでも提督太監の邸に裏口から侵入しようとしていたらしいんですが、ある武官がそれは自分の知人だから見逃してくれと言いだしてもめているみたいですねー」

「いったいなんの目的で如雷の邸に……あっ、ひょっとして刺客《しかく》か⁉」

「高官の邸宅が建ちならぶ区域で昼間から刺客が出るとは思えないわ」

軒車からおりてきた宝麟が勇烈のとなりにならんだ。

「お見舞いに来た人じゃないかしら？」

「見舞いならこそこそせずに、大門《だいもん》から入ればいいだろう。裏口から入ろうとするのが怪しい。そいつを連れてこい。余が尋問する」

門前で問いただすわけにはいかないので、大門をくぐった。外院《まえにわ》の客間に入って待っていると、武官たちが小柄な宦官を引っ立ててきた。宦官は縄を打たれ、うなだれている。

「あら？　あなた……ひょっとして……」

宝麟は宦官に歩みよった。伏せられたおもてを見て、あっと声をあげる。

「まあ、遠形史《えんとうし》じゃない！」

「知っているのか？」

「敬事房の女官よ。いつも彤記をつけてくれているわ」

「女官がどうして宦官の恰好《かっこう》をしている？　だいたい、如雷の邸に侵入しようとしていたのはなんのためだ？　刃物や毒物を持っているんじゃないだろうな？」

「危険物は所持していませんでしたが、このようなものを持っていました」

武官が勇烈に小さな絹袋を差しだした。孔雀藍《くじやくらん》の生地にあざやかな緑の柏葉が刺繍《ししゅう》されており、匂い袋のような形をしているが、中にはなにも入っていない。

「あーこれ、眼明嚢《がんめいじょう》ですねー」

凶餓はのほほんとした顔で言う。

「拓王朝時代までは、八月に眼明嚢という絹袋を贈答する習慣があったんです。もともとは柏葉の朝露を集めて目を洗うために、承露盤《しょうろばん》と呼ばれる金盤を贈答していたんですけど、いつしか露の容器をつつむ袋だけが贈られるようになったんですよ」

柏葉におりた八月の朝露で目を洗うと眼病にかからないという言い伝えがしだいに発展して、眼明嚢は病や怪我《けが》の治癒《ちゆ》を願う縁起物と見なされるようになった。

「病人や怪我人が身につけておけば、眼明嚢が凶禍《きょうか》を袋の中に閉じこめてくれるってわけです。快復したら、二度とおなじ禍を招かないように、袋の口を閉じたまま燃やします。まあ、とっくにすたれた風習ですから、昨今では知っている人のほうが少ないですね」

「意外だな。そなたが食べものと無関係の風習にくわしいとは」

「新人のころ、よく眼明嚢をお菓子入れに使ってたんですよー。そうでもしないと上官に取り上げられてしまいますから。これ眼明嚢ですよー袋の口を開けると病気になったり怪我したりしますよーと言えば、さしもの上官も引き下がってくれるので」

上級宦官は旧習に通暁《つうぎょう》しているため、眼明嚢についても知っているものだという。

「遠形史は眼明嚢を如雷にとどけようとしたのか？　なぜ？」

勇烈が小首をかしげると、いそいそと近づいてきた宝麟が耳打ちした。そよ風のように囁《ささや》かれた言葉に目を見開く。そして、なにかがほどけていくのを感じた。


「如雷！　なにをしている⁉」

臥室《しんしつ》に入ると、如雷が額《ぬか》ずいて待ちかまえていた。

「本日は陋宅《ろうたく》にご臨幸《りんこう》を賜《たまわ》り、恐悦至極《きょうえつしごく》に存じます。本来ならば、門前にてお出迎えしなければなりませんが、主上のご高配に甘え、こちらでお待ち申しあげておりました」

「まったく、そなたというやつは！　おとなしく寝ていろと言っておいただろうが！」

訪問は事前に知らせてあった。ただし、出迎えは不要なので臥室から出るなと厳命して。

「さっさと寝床にもどれ！　さもないと重罰に処すぞ！」

追いたてるようにして架子牀《かししよう》に座らせる。勇烈と宝麟はおのおの椅子《いす》に座った。傷の具合を尋ね、捜査状況について意見をかわしたあと、門前で捕らえた遠形史の話をした。

「そなたと遠氏は恋仲なのではないか」

如雷は青ざめた。なにか言いかけて、口を閉じる。

「さきに断っておくが、遠氏は必死に否定していたぞ。あくまでも自分の片恋で、そなたには幾度となく拒絶されているのだと言っていた。今日はそなたが心配でたまらず、眼明嚢をとどけにきたらしい。そなたの快復を願って、一針一針、手ずから縫《ぬ》ったものだそうだ」

膝の上に置かれた褐色《かつしよく》の右手が痛みを堪《こら》えるように震えている。

「遠氏の様子を見ていると、とても片恋とは思えぬ。そなたたちは想いを交わす仲なのではないか？　もし、そうなら、正直に打ちあけてくれ。決して悪いようにはしないから」

間があった。重苦しい静けさがそれぞれの足元にわだかまっている。

「……主上、どうか私に死をお命じください」

如雷はくずおれるようにしてひざまずいた。勇烈をふりあおぎ、床にひたいを打ちつける。

「私は長年にわたって主上を欺《あざむ》いてまいりました。万死に値します」

「遠氏との関係を隠してきたと認めるんだな」

「……すべての罪は私にあります。遠氏に罪はありません。彼女は私に脅《おど》されて従っていただけです。私は提督太監という立場を利用し、彼女を手籠《てご》めにして――」

「やめよ、如雷」

勇烈は勢いよく椅子から立ちあがった。

「そなたは余を欺いたことを詫《わ》びた口で、さらに嘘を吐いた。それこそが万死に値する罪だ」

如雷はひたいを床に打ちつけたまま、押し黙っていた。

「遠氏もおなじことを言っていたぞ。すべての罪は自分にある、自分だけが死罪となるべきだと。そなたたちは命を懸けて互いを守ろうとしている。深い情がなければ、できぬことだ」

軽く裾《すそ》を払い、如雷のそばに片膝をつく。

「太祖《たいそ》が宦官の妻帯を禁じたのは、妻妾がいれば忠君がおろそかになるという理由からだ。その理屈が正しければ、朝廷の高官たちこそが真っ先に妻妾を捨てるべきだろう。しかし、彼らは祖先を祀《まつ》るために子孫が必要とだと言って多くの妻妾を囲っている。自分たちは忠君より宗族を優先しているにもかかわらず、宦官には妻帯を許すなと声高に叫ぶ」

彼らはその矛盾《むじゅん》に気づいていないのか、気づいていながら素知らぬふりをしているのか。

「余は思う。妻妾の有無は忠誠心の有無に関係しないと。妻妾を持っていようと忠義者は主君に尽くすし、独り身であっても不忠者は主君にそむく。要するに、忠君がおろそかにならなければ、だれであろうと妻を娶《めと》ってかまわないということだ」

「なれど、掟《おきて》は掟です」

「祖法《そほう》を変えるのは容易ではない。まず、先駆けとなる者が必要だ」

如雷、と勇烈は彼に呼びかけた。それは父帝が彼に下した賜名《しめい》だ。

「そなたが先駆者とならないか。妻を愛しながら、国に赤誠《せきせい》を尽くした最初の宦官に」

如雷が息をのむ気配がした。

「そなたは余を守るために左腕を失った。妻を与えることで償いになるとは思わぬが、せめてもの余の恩情だ。どうかうけてはくれまいか」

「ご聖恩には感謝いたしますが……高官がたが反対なさるでしょう」

「今回はそなただけの特例ということにすれば、そなたの功績をかんがみて飛鋼叔父上《おじうえ》は反対なさらないだろう。ただし、先駆者は責任重大だぞ。そなたがよき先例とならなければ、あとがつづかない。宦官は奸臣《かんしん》の別名ではないと、妻を迎えても余への忠義心は変わらぬと、天下に示せ。後世の宦官がそなたを手本とするように、赤誠を尽くして余に仕えよ。女を愛したという理由だけで刑場の露と消えた忠僕《ちゅうぼく》たちの無念を晴らすのは、そなた以外にいない」

顔をあげよと命じる。上体を起こした如雷と目が合うと、奇妙な共感が胸を包んだ。

如雷にも愛する人がいるのだ。ぬくもりをわかちあう人がいるのだ。男の体であろうとなかろうと、その身に宿った熱い心は、勇烈のそれと寸分も違《たが》わない。

「先帝はそなたにあまたの財と豪華な邸と高い位をお与えになった。いまさら余がおなじものを与えても意味がない。だから余は、そなたにそなたの愛する女を与える。いや、愛する女に求婚する権限――と言ったほうがいいな。遠氏をそなたに無理やりめあわすわけにはいかぬ。

遠氏が非如雷に嫁《とつ》ぐことを拒《こば》むなら、武人らしく、潔《いさぎよ》く諦めよ」

「嫁ぎますわ！」

隣室で聞き耳を立てていた遠形史が駆けこんできた。すぐさま如雷のとなりにひざまずく。

「わたくしは非太監をお慕《した》いしております。主上のお許しさえあれば、いつでも嫁ぎます」

「……ほんとうにいいのか？　俺は……男ではないのに」

いまこの瞬間にふさわしい感情を探すかのように、如雷は遠形史を見つめた。

「子を持てないだけじゃない。宦官《かんがん》の妻になったら、君は世人に後ろ指をさされる。侮辱《ぶじよく》され、冷笑され、聞くに堪《た》えない中傷を浴びせられる。友人を失い、家族には縁を切られ、一生、駙《ふ》馬《ば》の妻として、孤独に生きていくことになるんだぞ」

「孤独ではありませんわ。あなたがいらっしゃれば」

遠形史は貪るように如雷を見つめかえす。

「大勢の友人がいても、家族がいても、あなたのおそばにいられないなら、わたくしは孤独です。あなたのおそばにいられるなら、だれから侮蔑《ぶべつ》されても、冷笑されても、中傷されても、わたくしは幸せです。駙馬の妻と後ろ指をさされてもかまいません。世人になんと言われるかなんて関係ありません。わたくしの望みは、あなたを夫と呼ぶこと、あなたと年を重ねていくこと、そして、あなたの妻として死ぬことですわ」

如雷は惚《ほう》けたように目をしばたたかせ、ふいにほろ苦い笑みをこぼした。

「どうして君は、そんなに強いんだろう。花のように可憐《かれん》なのに」

「わたくしは野花ですから。風雨にも耐えられますし、どこにでも咲きますの」

「じゃあ……この邸にも、咲いてくれるかな」

如雷がおずおずと右手をさしだす。遠形史は微笑《ほほえ》み、褐色のたなうらに白い手をゆだねた。

「ええ、喜んで」


「そういえば、遠氏を知りあいだと言ってかばった武官はだれだったんだ？」

帰りの軒車《くるま》の中で、勇烈は宝麟に尋ねた。

「あの人は錦衣衛《きんいえい》の武官よ。遠形史の幼馴染《おさななじみ》らしいわ」

天子直属の軍隊、上十二衛《じょうじゅうにえい》のひとつが錦衣衛である。錦衣衛は常時、皇帝のそばに張りついて護衛するのが主な任務で、優秀な武官たちがそろっている。

（遠氏が如雷に嫁いだあとも、幼馴染との縁が切れなければいいが……）

たとえ勇烈が宦官の結婚を承認しても、それが世間にうけいれられるかどうかはわからない。一般に、宦官は忌《い》み嫌われる存在だ。皇帝に結婚を許された身になったからといって、とたんに万斛《ばんこく》の祝福をうけられるとは思えない。ふたりの前途は決して順風満帆《じゅんぷうまんぱん》とはいえないが、時間はかかっても、いずれは彼らの人柄が周囲の理解を勝ちとるのではないかと思う。

皇宮にもどるなり、司礼監秉筆太監《へいひつたいかん》の消《しょう》太監が謁見《えつけん》を求めてきた。秉筆太監は三名から十名おり、その中の筆頭が東廠《とうしょう》長官たる提督太監と呼ばれる。消太監は如雷に次ぐ秉筆太監だ。如雷が療養中なので、司礼監掌印太監の命令により、提督太監代理をつとめている。

「捜査に進展はあったのか？」

勇烈が暁和殿《ぎょうわでん》の執務室に迎え入れると、消太監は芝居がかった所作《しょさ》で頭《こうべ》を垂れた。

「ついさきごろ、呂守王を捕縛《ほばく》いたしました」

「なんだって⁉　祥基叔父上を⁉」

「各王府を捜索しておりましたところ、呂守王府で不審な書簡《しょかん》が複数見つかりました。内容は謀反《むほん》にかんするもので、先日の襲撃事件にかかわる記述が多くございます」

「書簡というからには、相手がいるんだろうな？」

「差出人は複数おりますが、主だった者は霜斉王府の菜長史《さいちょうし》です」

長史は王府の政務全般をつかさどる王府長史司《おうふちょうしし》の首《おびと》。左右に一名ずついる。

「書簡の内容によると、呂守王は霜斉国でひそかに暮らしていた才深皇子を見つけだし、玉座への野心を煽《あお》って、主上を弑《しい》し奉ろうとしたようです。菜長史は霜斉王の入京に従っておりましたので、すでに捕縛し、現在、取り調べ中です」

「平明伯父上も関与しているのか？」

「書簡には、霜斉王の関与が疑われる記述はございませんでしたが、念のため、霜斉王を尋問しております。霜斉王府も捜索中です」

菜長史と平明は事件への関与を否定しており、無実を訴えているという。

「祥基叔父上は認めたのか？」

「いえ、認めておりません。問題の書簡にはまったく身におぼえがない、そもそも才深皇子が生きていることは知らなかった、などと供述しております」

祥基の身柄は東廠に拘束《こうそく》されているという。

「まさかとは思うが、叔父上たちに手荒なまねはしていないだろうな？」

東廠は過酷《かこく》な取り調べを行うことで有名だ。廠獄《しょうごく》（東廠の監獄）では拷問死《ごうもんし》が絶えない。

「いいえ、滅相《めっそう》もない。親王殿下であらせられますから、丁重にお調べしております」

消太監は女のような細面《ほそおもて》で艶然《えんぜん》と微笑した。

「才深皇子を自称している少年にさえ、厳しい尋問は行っておりません」

もし本物だったら勇烈の弟にあたるので、拷問は行わないよう厳命している。

「祥基叔父上が謀反だと？　ありえぬ。ありえぬことだ」

勇烈は苛立《いらだ》ちをぶつけるように肘掛けを叩いた。

「だいたい、謀反について記した書簡を王府に置いていたというのがおかしい。反逆をもくろんでいるなら、うしろ暗い文書はさっさと処分しておくだろう。しかも東廠が例の事件を調べていることは周知の事実で、証拠を始末する時間はあったはずなのに……。陰謀《いんぼう》のにおいがするな。祥基叔父上を陥《おとしい》れるために、だれかが仕込んでおいたものじゃないのか？」

「呂守王もそのように主張しております。自分は罠《わな》にはめられたのだと」

女癖《おんなぐせ》が悪いことを除けば、祥基は有能な親王である。任国《にんごく》である呂守国をよく治め、先帝には従順で、玉座への野心をちらつかせたこともない。ときおり女人がらみで悶着《もんちゃく》を起こすことはあったものの、自ら進んで政争にかかわったことは、過去に一度もなかった。

「飛鋼叔父上の見解をうかがいたい。どちらにいらっしゃるか知っているか」

「呂守王の話を聞きたいとおっしゃって、東廠におはこびになっています」

すぐさま執務室を出ようとすると、消太監に呼びとめられた。

「もうひとつ、ご報告申しあげねばならないことがございまして……。浣衣局《かんいきょく》のある女官が皇太后さまの密通現場を見たと申しております」

浣衣局は宦官の衣服を洗濯する官府。年老いた者や罪を得た者が苦役《くえき》に従事する場所だ。

「ばかばかしい。なぜ浣衣局の女官が義母上《ははうえ》の密通現場を見ることができるのだ？」

「最近の話ではございません。かれこれ十五年以上前の話でございます」

扉の敷居をまたごうとしていた勇烈は、足を縫《ぬ》いつけられたように立ちどまった。

「先帝の御代、その女官は貴妃でいらっしゃった皇太后さまにお仕えしていたのですが、のちに濡れ衣を着せられて浣衣局送りにされていたそうです」

「その女官も見たのか？　凶餓が見た、宦官服の男を」

「当人によれば、あれは労太監がおっしゃるように宦官服をまとった男であるということです。皇太后さま――当時は貴妃さまですね――のご命令で、宦官の官服を用意し、男を共貴妃の閨《けい》室《しつ》に引き入れたのは自分にちがいないと申しております」

「で、その男というのはだれなんだ？」

勇烈が焦れて詰めよると、消太監は気おされたふうにあとずさった。

「……摂政王殿下でございます」

「祥基が謀反をくわだてるとは思いたくないが……」

東廠の一室で勇烈を迎えた飛鋼は、精悍《せいかん》なおもてに憂色《ゆうしょく》をたたえていた。

「叔父上は祥基叔父上を疑っていらっしゃるのですか」

「ここ数年、あいつは不審な動きをしていた。霜斉国へ頻繁《ひんぱん》に出かけ、ふっと行方《ゆくえ》をくらませたり、司礼監の宦官とねんごろになったり、西域《さいいき》由来の火器を買い集めたり……」

「なぜ余《よ》に知らせてくださらなかったのです？」

「あくまで、疑惑の域を出なかったからだ。謀反の決定的な証拠になるものは、なにも出ていなかった。霜斉国で行方をくらましているあいだになにをしていたのか、足取りはつかめなかったし、司礼監の宦官と親しくしていることが乱逆に直結するわけではない。火器も鳥打ちのためだと解釈できなくはない。確固たる証拠があるわけでもないのに、ただ疑わしい行為をしているという事実のみをおまえに報告すれば、むやみに疑心をあおってしまう」

「祥基叔父上ご本人を問いただしてみなかったんですか」

「そうしたとも。しかし、色恋にかかわることだからとはぐらかされた。密偵にふたたび調べさせると、なるほど、女がらみの行動に見えなくもない。霜斉国にも情を通じる女人《にょにん》がいたし、司礼監の宦官には美人を勧められている。鳥打ちにも婦人をともなっていたようだ」

飛鋼はいかにも大儀《たいぎ》そうに羅漢牀《ながいす》に腰かけ、勇烈にも座るよう促した。

「あいつの悪癖《あくへき》が疑わしくないものまで疑わしく見せているのだと納得しかけたが、どこか腑《ふ》に落ちない。そんなときにおまえが霜斉国で襲撃された。第一報を聞いて、俺は真っ先に祥基のことを考えた。呂守王府に探りを入れてみたが、そのときはなにも出なかった」

出された茶を一口飲んで、肘掛けにもたれる。

「件《くだん》の書簡はどこから出てきたと思う？　祥基の書斎じゃない。過側妃《かそくひ》の部屋からだ」

過側妃はとある老高官の妾だったが、道ならぬ恋の果てに祥基の側妃となった。高祥基という男は、目当ての美人を手に入れるまでは熱心だが、いったん娶《めと》ってしまうと、たちまち興味をなくすきらいがある。過側妃もご多分にもれず飽きられ、このごろはもっぱら空閨《くうけい》をかこっていた。側妃の数があまりに多すぎるので、幾人かに暇を出そうという話が持ちあがり、離縁されることを恐れた過側妃は祥基の書斎から不審な書簡を盗んだ。いざというときはこの書簡を使って祥基を脅し、なんとかして側妃の地位にとどまろうともくろんだのだ。

「祥基叔父上は身におぼえがないとおっしゃっているんでしょう」

「過側妃は祥基の書斎から盗んだ書簡だと明言している」

「彼女が嘘をついているのかもしれません。だれかにそう言わされているのかも」

勇烈、と飛鋼はため息まじりに甥《おい》の名を呼んだ。

「身内を信じたい気持ちはわかる。だが、玉座にある者は身内こそ信用してはいけない。俺の父たる久暦帝も、おまえの父たる賛武帝も、皇族の反逆を経験なさっている。どの時代のどの名君も野心家の親族による謀逆《ぼうぎゃく》と無縁ではいられなかった。たとえ、おまえが国のため民のために正道を歩いていたとしても、邪臣はおまえにそむかずにはいられないのだ」

「邪臣というのは、主君に秘密を持つ臣下のことでしょうね」

勇烈は飛鋼のとなりに座った。見るともなしに白磁《はくじ》の茶杯《ゆのみ》をのぞきこむ。

「叔父上は余に隠していらっしゃることはありませんか？」

「なんだ、藪《やぶ》から棒《ぼう》に」

「浣衣局の女官が証言したそうです。十五年以上前、皇太后さまが叔父上と慇懃《いんぎん》を通じたと」

ぬるい茶のおもてから目を離し、真っ向から飛鋼を見すえる。

「才深は、ほんとうは叔父上の子だったのではありませんか？」

「ばかなことを言うな。才深はまちがいなく先帝の御子だ」

「密通の事実はなかったとおっしゃるのですね」

「浣衣局の女官だかなんだか知らぬが、証言があったのなら、まずはそれが事実で裏付けられるかどうか調べろ。ろくに調べもせず、だれかに聞いた話をうのみにするものではない」

「それは過側妃の件にもあてはまるのでは？」

釘をのんだように黙り、飛鋼は長く息をついた。

「たしかに結論を急ぎすぎているのかもしれぬな。もっと慎重に調べなければ」

叔父の声音《こわね》のどこかに嘘がひそんでいないか、勇烈は耳をそばだてていた。


その日のうちに三人の人間が死んだ。

ひとりは浣衣局の女官。ひとりは過側妃。そしてもうひとりは、高才深を名乗っていた少年である。女官は井戸に落ち、過側妃は首をくくり、少年は毒殺されていた。


「飛鋼叔父上に都合がよすぎる」

打毬《ポロ》で火照《ほて》った体を夕風にさらし、勇烈は西の彼方《かなた》に沈みゆく日輪《にちりん》を睨《にら》んだ。

「浣衣局の女官は、余が話を聞く直前に死んでいた。宮正司《きゅうせいし》は事故だと言ったが、だれかに突き落とされた可能性もある。過側妃は一見して自害だが、遺書はなかったし、使用人たちも自害する気配は感じられなかったと証言している。才深にいたっては――少なくとも、本人は最後までそう名乗っていた――毒殺だ。確実にだれかが手を下したんだ」

「摂政王殿下のしわざだというの？」

宝麟が勇烈のとなりに立った。頭上には赤い蜘蛛《くも》の巣のように紅樹《こうじゅ》が枝を張っている。

「三人の死は偶然に重なったものじゃない。作為的なものを感じる」

気づかわしげな問いには答えず、勇烈は紅樹の幹にもたれかかった。

「だれだ？　余が死んで得をする人間は」

大勢いる。浮かんでくるのは、どれもこれも親族の顔ばかり。

「摂政王殿下じゃないと思うわ。だって、あなたにいちばん近いところにいらっしゃるもの。わざわざ霜斉国で事を起こさなくても、宮中でいくらでも機会があったはずよ」

「近しい存在だからこそ、宮中では事を起こさないさ。皇宮の中で余が死ねば、疑いの目はいっせいに飛鋼叔父上に向く。皇宮から遠く離れた場所のほうがあつらえ向きだ」

しばらく前なら、考えもしなかったことだが、いまとなっては飛鋼を信じるほうが難しい。

「叔父上は余になにか隠していらっしゃる」

「なにかって？」

「皇太后さまとの密通はなかったのかと尋ねたとき、叔父上は明言を避けた。なかったとおっしゃらなかった。きっと不義はあったんだ。だから『ない』とおっしゃらなかったんだ」

才深はまちがいなく先帝の御子だと飛鋼は断言した。あの言葉はほんとうだろうか。才深を名乗る少年は偽物だったのだろうか。だから、あんなにもあっさり殺されたのだろうか。それにしても、なぜ偽の才深がいまさら出てきたのだろう。飛鋼は偽りの皇子を使ってなにをしたかったのか。宝麟が指摘するように、勇烈を弑《しい》すだけなら才深などいらないはずなのに。

（……余を弑すことが目的ではなかったとしたら？）

才深は共太后が産んだ不義の子という役柄のひとつにすぎなかったとしたら。偽の才深に勇烈を襲撃させ、その大罪と過去の姦通《かんつう》をだれかに押しつけるつもりだったとしたら……。

「祥基叔父上は宦官《かんがん》の妻帯を許したいという余の考えに賛同してくださっていた」

如雷と遠彤史《とうし》の関係が明らかになる以前から、宦官の妻帯を禁じる祖法をあらためられないか、朝廷に諮《はか》っていたが、高官たちはこぞって反対した。宦官と女官の心中が多いことや、有能な宦官でも私通が暴かれたとたん処刑となること、実際には潔白なのに不義の濡れ衣を着せられる例が多発していることを理由に、せめて妻をひとり迎えられるようにできないかと提案してみたのだが、もっともあてにしていた飛鋼にも渋い顔をされた。

『祖法を軽々しくあらためれば、太祖に申し訳がたたない』

そんな中、率先して賛同してくれたのが祥基である。

『宦官にだって心はあるんだ。愛することを禁じるほうがまちがっているよ』

荒政の件もそうだが、少し前から、勇烈と飛鋼は意見が対立することが増えていた。祥基はかならず勇烈側に立ってくれる。平明は摂政王と反対の立場ならなんでも賛同する。むろん、飛鋼に臣従《しんじゅう》する高官や皇族のほうが優勢とはいえ、摂政王の威光を煙たがる者がいることも事実で、彼らは祥基や平明に味方することが少なくなかった。

「飛鋼叔父上が祥基叔父上をうとんじていたとしたら……」

「おふたりはおなじ母を持つご兄弟でしょう。ふだんから仲良くしていらっしゃるし」

「同胞《はらから》であろうと殺しあうのが皇族だ。母がおなじだから憎みあわないとはいえない」

そのとき、凶餓がいつになく切羽詰《せっぱつ》まった様子で駆けてきた。

「主上、大変です！　大事件が起きました！」

「今度はなんだ？」

「呂守王殿下が獄中で襲われたんですよ！」


勇烈が東廠に駆けつけたとき、祥基は華医《かい》（親王の侍医《じい》）の手当てをうけていた。幸い、命に別状はないということだったが、心労のためか、憔悴《しょうすい》の色がおもてにあらわれていた。

「いったいなにがあったんですか？」

「俺がここへ来たとき、ちょうど獄吏《ごくり》があいつの首を絞《し》めている最中だったんだ」

平明はまなこを炯々《けいけい》と光らせていた。険しい口もとには憤怒《ふんぬ》がにじんでいる。

「獄吏を祥基から引き離して乱闘になったが、すんでのところで逃げられた。実に口惜しい。剣を持っていれば、首をはね飛ばしてやったのに」

廠獄《しょうごく》には武器を携行できない。入口で宦官にあずけることになっている。

「平明伯父上はどうしてこちらに？」

「獄房《ごくぼう》は冷えるだろうと思って、燗酒《かんざけ》と肴《さかな》を差し入れに来たんだ。祥基は見てのとおりひ弱なやつだから、華医も連れてきたのが幸いしたな」

慣れぬ獄中生活で体調を崩していないか心配して、華医を随行《ずいこう》させていたという。

「書簡《しょかん》の件であらぬ疑いをかけられていらっしゃるのに、よくお見えになりましたね」

「あんなものはでっちあげに決まっている」

平明は憎しみをこめて言い捨てた。

「祥基が謀反《むほん》をたくらんだだと？　ばかばかしい。あいつの頭の中は他人の妻妾のことでいっぱいだ。逆心が入りこむ余地なんかあるわけがない」

「平明伯父上は祥基叔父上を信頼なさっているんですね」

「信頼もくそもあるか。祥基は女の閨《ねや》に忍びこむためだけに生まれてきたようなやつなんだぞ。弑逆《しぎゃく》だの謀反だのをたくらむ暇があったら、どこぞの人妻を口説《くど》いているだろうよ」

「ひどいなあ。せめて信頼していると言ってほしいよ」

祥基は首をさすりながら笑った。男にしては細い喉《のど》に、くっきりと痣《あざ》が残っている。

「でも、平明兄上の言うとおりだよ。ここは退屈でしょうがない。美人を口説こうにも、女人がひとりもいないんだから。獄吏がご婦人だったらいいのになあと思っていたところさ」

刺客《しかく》は獄吏の服装で廠獄に忍びこみ、祥基を襲撃したらしい。房内は薄暗いので人相までは見てとれず、屈強な男だったことくらいしかおぼえていないと祥基は語った。

「むさくるしい野郎に絞殺《こうさつ》されかかるなんて悪夢だよ。あーあ、美人の刺客に襲われたかったなあ。艶《つや》っぽい美女が馬乗りになって首を絞めてくれるのって最高だと思わないかい？」

「助けて損をした。おまえみたいなふざけたやつは、一度死んだほうがいい」

「どうせ死を賜《たまわ》るなら、美しい人と甘い夢を見てからにしたいよ。平明兄上、差し入れついでに美人を連れてきてくれ。獄房で愛を交わすというのを死ぬ前に経験してみたいんだ」

「ばかもやすみやすみ言え。おまえは謀反人あつかいされているんだぞ」

「こんなことになる前に、皇太后さまに夜這《よば》いしておくんだったよ。天子の后を寝取るっていう究極の恋の冒険を味わわなかったなんて、四十近くまで生きてきた甲斐《かい》がないなあ」

祥基は心底悔しそうに嘆息《たんそく》している。平明はあきれかえって勇烈に視線を投げた。

「獄房の警備を強化するように命令を下してくれないか。こいつはこの体《てい》たらくだ。また刺客が入りこんできたら、へらへらしているうちに殺されかねない」

勇烈は快諾《かいだく》した。もとより、そのつもりだった。

「一連の事件の黒幕は……摂政王殿下です」

消太監《たいかん》が暗々裏《あんあんり》に連れてきた武官は周囲をはばかるように視線を泳がせた。彼は飛鋼直属の護衛で、勇烈もかねてから顔見知りである。

「叔父上は余を弑すおつもりで事件を起こしたのか？」

「いいえ。霜斉国で主上を弑逆する予定ではありませんでした。主上への襲撃があったという事実さえあれば、十分だったのです」

はじめから祥基に弑逆の罪を着せることが目的だったという。

「才深皇子の偽物を襲撃に使ったのは、呂守王と皇太后さまが不義密通を犯していたという罪状を作りあげ、呂守王ともども、皇太后さまを排除する計画であったためです」

襲撃の舞台に霜斉国を選んだのは、平明も罪人につらねるつもりだったからだそうだ。

「摂政王殿下は呂守王と霜斉王が主上をそそのかすとしきりに嘆《なげ》いていらっしゃいました。君側《くんそく》の奸《かん》をのぞかなければならないと……」

「呂守王と霜斉王はともかく、なぜ皇太后さままで敵視なさるのだ？」

共太后の権力はいまのところ後宮内にとどまっている。摂政王の障害にはなりえぬはずだし、密通疑惑が事実だとしたら、ふたりは恋仲なのではないのか。

「……摂政王殿下の簒奪《さんだつ》に反対なさったからです」

「なんだと？　叔父上は玉座にのぼるおつもりなのか？」

「主上には遠からず先帝のように痘瘡《とうそう》によって、晏駕《あんが》していただくことになっていました。その際、摂政王殿下に譲位《じょうい》する旨《むね》を遺詔《いしょう》にしたためていただくよう……」

「玉座への野心がおありなら、叔父上はなぜ父上の崩御《ほうぎょ》後すぐに即位なさらなかったのだ！」

勇烈はだんと机を叩いた。すくみあがった武官の代わりに、消太監がおずおずと答える。

「恐れながら……先帝のご登遐《とうか》のおりには、共丞相《じょうしょう》がご健在でしたゆえ、事をかまえられなかったのではないでしょうか」

共丞相は共太后の父だ。老獪《ろうかい》な策謀家《さくぼうか》であり、数々の機略で皇子時代から賛武帝を支えてきた。共氏の入宮と立后を実現し、共氏の廃后を阻止したのも共丞相である。

「思えば三年前、共丞相が薨御《こうぎょ》なさってから、摂政王殿下の権勢はいやましました。後任の丞相は摂政王殿下の推薦で就任したため、威勢も手腕も共丞相には遠くおよばず、もはや摂政王殿下に対抗できる勢力は、霜斉王と呂守王くらいのものでしょう」

「それでおふたりを一掃《いっそう》してしまおうというのか！　君側の奸とは『余の』ではなく、首尾《しゅび》よく玉座にのぼったあとの『飛鋼叔父上の』、という意味か！」

勇烈が怒声をほとばしらせると、武官は平蜘蛛《ひらぐも》になって「お許しを」とくりかえした。

「奸計を耳にしましたとき、恐ろしさで震えました。ただちに主上に申しあげなくてはと思ったのですが、もし私がご注進したことが摂政王殿下に知られればどうなるかと……」

「よく知らせてくれた。礼を言うぞ」

武官を下がらせ、勇烈は黙りこんだ。激憤が炎となって四肢《しし》を焼き尽くそうとしている。

(余はまんまと騙《だま》されていたわけだ！)

信頼していたのに。尊敬していたのに。父親のように慕《した》っていたのに。

どんなことでも飛鋼に相談した。彼に話さないことはなかった。笑いたいときも泣きたいときも腹が立つときも、彼がそばにいてくれた。ときどき意見が対立することはあったけれど、敬慕《けいぼ》の情はこゆるぎもしなかった。飛鋼のような立派な男になりたいと願ってきた。飛鋼の期待にこたえ、よき君主となろうと切磋琢磨《せっさたくま》してきた。心から信じていたから、彼に対する讒言《ざんげん》には耳をかたむけなかった。彼が玉座を狙っているなどとは、夢にも思わなかった。

子どもじみた心服があだになった。信じるべきではなかったのだ。気を許すべきではなかったのだ。いつの時代も、骨肉の争いをくりひろげるのが皇族というものなのだから。

「ご下命くだされば、私めが摂政王殿下を亡き者といたしましょう」

消太監が声をひそめる。鉛のような沈黙を咀嚼《そしゃく》したのち、勇烈は「ならぬ」と言った。

「摂政王を謀殺《ぼうさつ》すれば、余は摂政王派の高官たちを敵にまわすことになる」

「しかし、手をこまねいていては、摂政王殿下の野望が実現してしまいます」

「手をこまねいているつもりはない。摂政王を蟄居《ちっきょ》させる。明朝、恵兆王府を錦衣衛《きんいえい》に封鎖させよ。摂政王に謀反の疑いありと言いわたし、登朝《とうちょう》を禁じる」

兵権は飛鋼の手中にあるので、忌々《いまいま》しいことに、勇烈の一存では禁衛軍を動かせない。ただし、錦衣衛はべつだ。錦衣衛は調査対象がだれであろうと、いつでも捜査や捕縛《ほばく》ができる権限を持っている。彼らは東廠《とうしょう》の指揮をあおぎ、東廠は皇帝の命令で動く。

「早まってはいけないわ。まずは皇太后さまに相談しましょう」

飛鋼を蟄居させる計略について宝麟に話すと、彼女は反対した。

「摂政王殿下の簒奪に反対なさったのなら、皇太后さまは力になってくださるはずよ」

「あの女は摂政王と情を通じているんだぞ。信頼できる相手じゃない」

飛鋼を「叔父上」と呼びたくない。いままで無邪気にそう呼んできたことが恨めしい。

「邪謀《じゃぼう》の証拠を集め、摂政王を公《おおやけ》に裁いて――余は、親政をはじめる」

金枝玉葉《きんしぎょくよう》こそ信用に値しない。信じられるのは、宝麟だけだ。


翌朝、錦衣衛は恵兆王府を包囲した。しかし、そこに飛鋼はいなかった。彼は昨夜、王府にもどらなかったのだ。王府の大門をくぐったのは、親王の衣服を着た別人であった。

同時刻、皇宮では勇烈が金烏殿《きんうでん》に幽閉《ゆうへい》された。命じたのはむろん、飛鋼である。

「主上はご病気であらせられる。しばらくのあいだ、療養に専念していただく」

病名は伏せられていたが、謁見《えっけん》が禁じられたため、痘瘡ではないかとだれもが噂《うわさ》した。


（だれだ⁉　いったいだれが計画をもらした⁉）

計画は極秘に進めていた。錦衣衛に恵兆王府を封鎖させることも、その時刻も、内輪の人間しか知らなかった。それでも飛鋼にかぎつけられた。内通者がいるのだ。勇烈のそば近くに。

「主上、夕餉《ゆうげ》の御膳《ごぜん》をお持ちいたしましたよー」

　相変わらず能天気な凶餓が食事をはこんできた。飛鋼の命令で、側仕えの宦官《かんがん》はほとんど顔ぶれを変えられ、昔馴染《むかしなじ》みは凶餓だけになってしまった。

「おい凶餓、まさかそなたが摂政王と通じているのか⁉」

「ひえっ、いきなりなんですかぁ」

「答えろ！　そなたは摂政王と余のどちらに仕えているつもりだ⁉」

　勇烈が殺気立って胸ぐらをつかむと、凶餓は弱りきった様子で首をすくめた。

「まあまあ、そう激されずに。おなかが減っていらっしゃるから、苛立《いらだ》っていらっしゃるんでしょう。早くお召しあがりになってくださいよ。少しは落ちつきますから」

「こんなときにのんきに食事などしていられるか！」

「やめよ、見苦しい。側仕えに八つ当たりしたところで、己が愚昧《ぐまい》をひけらかすだけじゃ」

　いつの間に入室してきたのか、共太后が衝立《ついたて》の陰から姿をあらわした。冷ややかな雪色の衣をまとったその立ち姿は白磁《はくじ》の俑《よう》のようで、人のあたたかみを感じさせない。

「お招きしたおぼえはございませんが、いったいなんの御用ですか？」

　勇烈は凶餓の胸ぐらから手を離した。共太后に向き直り、視線を鋭くする。

「忠告をしにきたのじゃ。こたびの件では、汝《なれ》は不用意に動いてはならぬ。荒事は摂政王に任せ、ここでおとなしくしているほうが賢明じゃ」

「やけに落ちついていらっしゃいますね。摂政王は皇太后さまも排除する心づもりですよ」

「不心得者が讒口《ざんげん》を囁《ささや》いたようだが、相手にするでない。聞くに値せぬ戯言《ざれごと》じゃ」

「摂政王のお味方をなさるとは、やはり、おふたりはただならぬ関係なのですね」

「妄言《もうげん》を弄《ろう》し、御身の品性を卑《いや》しめてはならぬ」

「妄言ではありません。余は見たんですよ。しかと、この目で」

長らく封印してきた忌《い》まわしい記憶がまざまざと呼びさまされる。

「才深が薨《こう》じた直後のことです。あなたは玉梅観《ぎょくまいかん》の内院《なかにわ》で泣いていらっしゃった。そばにいたのは摂政王でした。あなたがすがりつく男は父上ではなく、高飛鋼だった」

その日、飛鋼が卓《たく》太后（賛武帝の生母）の見舞いのために後宮に来ていた。彼が後宮内にある道観、玉梅観に行ったらしいと聞き、勇烈は叔父を探して玉梅観を訪ねた。そこで奇妙な光景を見た。はらはらと涙をこぼす共氏を飛鋼が抱きよせていた。当時から共氏のことはきらっていたが、飛鋼は素直に慕っていたので、息子を亡くして悲嘆《ひたん》にくれる共氏を親切な飛鋼が慰めているのだろうと、好意的に解釈した。

いま思えば、あれこそが密通の証《あかし》だったのだ。飛鋼が親切だったのではない。ふたりは慇懃《いんぎん》を通じていたから親密だったのだ。才深だって、ほんとうは飛鋼の子だったのではないか。飛鋼が一方的に慰めていたのではなく、ふたりは悲しみを共有していたのではないのか。

「才深は先帝の御子。汝の異母弟じゃ」

「嘘をつくな！　あなたは摂政王と不義の関係にあったくせに、余を……父上を騙していたんだ！　父上を裏切りながら皇后の座に居座りつづけ、父上がお隠れになってからはなにくわぬ顔で皇太后になった！　これ見よがしに喪服をまとい、貞淑《ていしゅく》な寡婦《かふ》のふりをして！」

激情が逆巻いていた。肌という肌が炎を噴くかのようだ。

「あなたがかぶっている皇太后の冠は、母上のものになるはずだった！　あなたは母上から皇太后の座を奪ったんだ！　摂政王が余から玉座を簒奪しようとしているように！」

「湖氏は太后冠を望まなかったのじゃ」

「それこそが妄言だ！　母上はあなたに殉死《じゅんし》を強《し》いられた！　あなたが母上を殺したんだ！」

つかみかからんばかりの勢いで共太后に詰めよると、凶餓が必死でとめた。

「いくら憎まれようとも、いっこうにかまわぬが、わらわは汝に真実を告げねばならぬ」

共太后は皇太后付きの宦官に目配せした。宦官は一通の文を勇烈に献上する。

「皇宮を去る前、湖氏が汝あてにしたためた文じゃ。親政をはじめるころにわたしてくれと頼まれた。少し早いが、汝は一刻も早く真実を知りたいであろう」

母からの文と聞けば、居ても立ってもいられない。あわただしく、けれど、慎重に文を開くと、やや線の細い、たおやかな筆跡が視界に飛びこんできた。母の手跡だ。懐かしい母の痕跡が墨字《すみじ》になって紙面を彩っている。やんわりと語りかけてくるような麗筆《れいひつ》を目で貪《むさぼ》っていくうちに、煮えたつ血潮《ちしお》がけたたましいうなり声をあげながら引いていった。

「……嘘だ」

文を持つ両手が滑稽《こっけい》なほどに震えていた。

「この期におよんで余を騙そうというのか⁉　母上の手跡を偽造してまで‼」

「汝が信じようと、信じまいと、その文が語る事実はこゆるぎもせぬ」

生まれつき感情が備わっていないような玉顔《ぎょくがん》で、共太后は勇烈を見すえていた。

「汝の母は――湖麗妃は、殉死などしていないのじゃ」


「どうしても金烏殿にいらっしゃるんですか？」

宝麟の身仕舞いを手伝いながら、花雀は蛾眉《がび》に不安げな色をにじませた。

「もし、ほんとうに主上が痘瘡《とうそう》にかかっていらっしゃったら……」

「ありえないわよ。五日前、恒春宮からお出かけになったときはお元気だったじゃない」

勇烈が金烏殿に幽閉されてから五日たつ。あの日の朝、宝麟はふだんどおりに彼の身支度《みじたく》を手伝い、恒春宮から送りだした。異変が起きたことを知ったのは、その日の夕刻だ。

何度も謁見《えっけん》を願いでたが、すげなく門前払いされた。摂政王と直談判《じかだんぱん》しようとしたが、多忙を理由に会ってくれない。共太后が会いに行ったと聞いて助力を願ったけれど、病を口実に追い払われた。それでも諦めきれず、宦官の扮装をして忍びこむことにした。

金烏殿には定期的に食事がはこびこまれている。料理をはこぶ宦官になりすませば――宦官が買収に応じなければ、荒っぽい手を使うしかない――もぐりこめるはずだ。

「心配ですわ。皇后さまになにごとかあったらと思うと、生きた心地もしません」

花雀がすがるように手を握ってくる。宝麟は「大丈夫よ」と微笑《ほほえ》んで握りかえした。

「痘瘡にかかっていらっしゃるかもしれない主上に、よく会いに行く気になれますね」

金烏殿に向かう道すがら、醜刀がぼやくように言った。

「痘瘡だろうとなんだろうと関係ないわ。主上のことが心配だから会いに行くの」

「病がうつるかもしれないのに」

「そんなこと、会いたいという気持ちの妨げにはならないわよ」

あきれ顔の醜刀とは途中で別れ、ひとりで金烏殿に向かう。食事係の宦官はすんなり買収に応じてくれたので、殴《なぐ》って気絶させる必要はなくなった。殿内に入ると、待ってましたとばかりに凶餓が出迎えた。むろん、彼が待っていたのは宝麟ではなく、夕餉である。

「あれぇ？　この顔どこかで見たことがあるような……」

周囲の宦官たちをはばかり、宝麟は身振り手振りで凶餓に状況を説明した。

「あっ、はいはい、見覚えがあるはずだ。いつもの人でしたね。じゃ、今日はお部屋まではこんでください。ふだんは僕がはこぶんですけど、今日はあいにく手を怪我《けが》してるので」

とっさに口裏をあわせてくれた凶餓に連れられ、宮灯《きゅうとう》に照らされた長廊《ちょうろう》を歩いていく。

「主上は大荒れです。部屋の中に入ったら身の安全は保証できませんけど、いいんですね？」

「大荒れって？　もしや、ほんとうに病なの？」

「いえいえ、ご病気じゃありません。ちょっとご乱心召されているんです」

共太后の訪問後から、ひどく攻撃的になっているのだという。

「皇太后さまが光粛皇后の文をお見せになったものだから、主上は大変お怒りになって……」

「どういう内容の文だったの？」

「はあ、まあ……くわしいことは、主上にお尋ねください」

歯切れ悪く言いよどむ凶餓に促され、勇烈がいるという広い居室に入る。

とたん、宝麟は目を見開いた。すさまじい嵐が吹き荒れたあとのように、室内にはあらゆるものが散乱していた。香炉《こうろ》の中身はぶちまけられ、窓掛けは痛々しく引きちぎられ、羅漢牀《ながいす》や円卓はひっくりかえされ、香几《まるいす》は叩き壊され、博古架《かざりだな》は倒されて陶器《とうき》の破片が飛び散り、衝立はもはや原形をとどめておらず、翡翠《ひすい》色の蘭灯《らんとう》は見るも無残に踏み砕かれている。

「なんなの、これ。どうして、ここまで――」

次の瞬間、よどんだ暗がりの中から殺気が飛んできた。すんでのところでよけると、背後で閉ざされた扉が不穏なきしり音をあげて振動した。

「計画を外にもらしたのは、そなたなのか!?」

こぶしを扉に叩きこんだ勇烈が吠えるように問うた。会わなかったのはたった五日なのに、すっかり人相が変わってしまったようだ。朗《ほが》らかな光をたたえていた両眼にはいまや敵意しかない。きつくひきしめられた口もとは煮え立つ猜疑心《さいぎしん》で強張《こわば》っている。髻《もとどり》は完全に崩れて蓬髪《ほうはつ》のように首や肩を覆《おお》い、全身に漲《みなぎ》る怒気が室内の薄闇を暗い炎で焦がしていた。

「いきなりなんてことするのよ！　びっくりしたじゃない」

宝麟が睨《にら》みつけると、勇烈はふたたび扉を殴りつけた。

「余《よ》の問いに答えよ！　そなたは摂政王の手下なのか⁉」

「私はあなたの后《きさき》よ。摂政王殿下の手下なんかじゃないわ」

「嘘だ！　嘘だ嘘だ嘘だ！　そなたも余を騙そうとしているんだろう‼」

怒号をとどろかせた勇烈がつぎつぎにこぶしを打ちこみ、蹴《け》り技を仕掛けてきた。

拳法の稽古《けいこ》で手合わせをしたときとは比べものにならないほど荒々しい攻撃だ。おそらく、手加減していないのだろう。空《くう》を打ち砕く方拳《ほうけん》をかわし、鋭く風を切って襲ってくる足技を防ぐのは、たいそう骨が折れた。なにしろ、荒れ放題の室内である。香几や博古架に足をとられて体勢を崩すたび、息つく間もなく襲いかかってくる猛攻にひやりとさせられた。

「おやめください、主上！　皇后さまがお怪我をなさいますよ！」

凶餓は物陰に隠れておろおろしている。彼の助けはあてにできそうにない。

「こんなことをしてる場合じゃないわ！　落ちついて話しあいましょう！」

「黙れ！　裏切り者と話すことなどない！」

「裏切るわけないでしょう！　あなたのことが心配だから訪ねてきたのよ！」

「嘘つきめ！　余はもうだれにも騙されないぞ！」

苛烈《かれつ》な蹴り技をよけそこね、宝麟は落地罩《らくちとう》（透かし彫りがほどこされた間仕切り《まじき》）に背中を叩きつけられた。火のような痛みが炸裂《さくれつ》し、全身がかっと燃えあがる。

「いい加減にしなさい!!」

殴りかかってきたこぶしをかわして彼の腕をつかむや否《いな》や、腰を落として鳳眼拳《ほうがんけん》を放つ。人さし指の第二関節を突きだした鳳眼拳が腹部に食いこみ、勇烈は一瞬怯《ひる》んだ。間髪《かんはつ》をいれず足を払って床に体を叩きつける。のしかかって押さえこんだが、もみあっているうちに互いの位置が入れかわってしまう。勇烈が攻撃の手を緩《ゆる》めようとしないので、ますます闘志に火がついた。頭突きを食らわせ、思いっきり蹴り飛ばして、その勢いで起きあがる。

「なにに腹を立てているのか知らないけど、人や物に当たり散らすのはやめて！　ごらんなさい、この部屋を！　あなたのせいでめちゃくちゃよ！　だれが掃除すると思ってるの！」

「余は天子だぞ！　自分の部屋をどう使おうと余の勝手だ！」

「とんだ天子がいたものね！　皇后を蹴り飛ばすなんて、ご立派ですこと！」

「そなただって余を蹴り飛ばしたじゃないか！　さっきの足技はかなり痛かったぞ！」

「感謝してほしいわ！　急所は外してあげたんだから！」

つづけざまに方拳や手刀をくりだし、前腕で猛撃を防ぎながら、蹴り技で脛《すね》や腿《もも》を狙う。烈風のごとき拳撃《けんげき》がぶつかりあい、互いの視線はかちあう刃物のように火花を散らした。

「なにをそんなに苛立《いらだ》っているのよ⁉　理由を話してちょうだい！」

「話したところでどうにもならないことだ！」

「どうにもならないことでも話すの！」

「なぜだ⁉　なぜそなたに話さなければならない⁉」

肩を狙ってきた足技をはらいのけ、掌心《しょうしん》で勇烈の胸を突く。

「私があなたの妻だからよ！　妻に隠し事をする夫はこうしてやるわ！」

ふたたび攻撃を放とうとした右足をはらって、左右の手刀を胴に叩きこんだ。勇烈は体勢を崩して仰向《あおむ》けに倒れる。宝麟はすかさず馬乗りになって、暴れる手足を押さえつけた。

「観念して洗いざらい話しなさい。さもないと、おしおきするわよ」

嚙《か》みつくように睨むと、勇烈も睨みかえしてきた。しばし、視線と視線がせめぎあう。

沈黙が激闘のあとのふたりを映しだした。互いに衣服も髪も乱れに乱れ、ひどい有様だ。荒い息遣いが暗がりにひびきわたり、猛《たけ》りくるう血潮の叫びがどくどくと耳を打つ。

「往生際《おうじょうぎわ》が悪いわね。まだつづける気なら、私も手加減は――」

完全に制圧していたはずの両腕が宝麟の体をすくいあげるように抱きしめた。はっとしたときにはたくましい腕の中に閉じこめられていたが、その動きにさきほどまでの殺気はない。

「……宝麟」

勇烈は食らいつくように抱きしめてくる。背骨がきしむほど強く宝麟の四肢《しし》を拘束《こうそく》していながら、それでもなお足りないと言いたげにいっそう力をこめた。

「約束してくれ。そなたは……そなただけは、余を捨てて……どこかへ行ったりしないと」

震える声が肌にしみわたった。高ぶっていた感情がゆるゆると凪《な》いでいくにつれて、彼をいたわりたい気持ちがわき起こってくる。宝麟はやさしく抱擁《ほうよう》をかえした。

「私はどこにも行かないわ。ずっとあなたのそばにいる」

「それは……本心か？　嘘じゃないか？」

不安そうな問いかけが切なく胸をえぐる。彼は怒っているのではない。怯《おび》えているのだ。

「忘れないで、勇烈」

脈打つ心臓に口づけするみたいに、宝麟は彼の胸に顔をうずめた。

「あなたが私の止まり木なら、私はあなたの夜具よ。あなたが捨てない限り、夜具はどこへも行かない。疲れ果てたあなたが身を横たえてくれるのを、毎晩、待っているわ」

彼にはあたたかい寝床が必要だ。だれも疑わず、なにも恐れず、安らかに心と体をゆだねられる褥《しとね》が。来る朝にそなえて、平らかな夜を過ごすことのできる場所が。

「私にくるまれているあいだ、あなたはすべてのものから守られているのよ」

勇烈が目を閉じる気配がした。久方ぶりの休息を貪《むさぼ》るかのように。

翌日の朝まだき、宝麟は秋恩宮に乗りこんだ。共太后はまだ就寝中だと追いかえされそうになったが、宦官《かんがん》たちの制止をふりきり、半ば腕ずくで臥室《しんしつ》に入った。

「朝っぱらから賊《ぞく》でも侵入したのかと思えばなんじゃ、皇后かえ」

騒ぎを聞きつけて寝床に起きあがっていた共太后が迷惑そうに顔をしかめた。

「いったいどういうおつもりで光粛皇后の文を主上にお見せになったのです？」

あいさつもそこそこに、宝麟はやり場のない激情を共太后にぶつけた。

光粛皇后湖氏が勇烈にあてて遺した文には、自分は病に冒され、余命いくばくもないこと、最後は愛《いと》しい人の妻として死にたいということ、賛武帝を裏切ってしまうことは心苦しいけれども、賛武帝とて自分という女を愛したのではなく、あくまで最愛の成徳《せいとく》皇后の身代わりとして賞玩《しょうがん》したにすぎないこと、長年、賛武帝を恐れこそすれ、愛情は抱けなかったことなどが儚《はかな》げな、それでいてしっかりとした意思を感じさせる書きぶりで記されていた。

『皇太后が言うには、父上の崩御《ほうぎょ》後、母上は入宮前に婚約していた男のもとへ嫁《とつ》ぎ、半年ほど夫婦として暮らして……亡くなったそうだ』

亡骸《なきがら》は妻のあとを追うように病没した夫とともに埋葬されているらしいと、勇烈は語った。

『陵《みささぎ》におさめられた棺《ひつぎ》には、別人の骸《むくろ》が入っているそうだ。……これほど滑稽《こっけい》なことはない。余はてっきり母上の亡骸がそこにあると思って、棺にとりすがって哀哭《あいこく》したというのに』

棺にも陵にも祭壇《さいだん》にも、湖氏はいなかった。彼女は賛武帝の妃として死ぬことを拒否した。

『母上は父上を愛していなかった。あんなに仲睦《なかむつ》まじくていらっしゃったのに、なにもかもまやかしだった。相思相愛のふりをなさっていたんだ、母上も……父上も』

成徳皇后連氏《れんし》は賛武帝の皇太子時代の正妃だ。賛武帝とは幼馴染《おさななじみ》で、刺繍《ししゅう》よりも狩猟を、弾琴よりも剣舞を、月見よりも蹴鞠《しゅうきく》を好む男勝りな女人《にょにん》だった。賛武帝の寵愛《ちょうあい》を一身にうけたが、彼女は懐妊《かいにん》中に落馬して薨去《こうきょ》した。享年十八。のちに、連氏は成徳皇后に追封された。

成徳皇后の容貌《ようぼう》は湖氏と瓜二《うりふた》つであったという。外征に忙しく、後宮を空けがちな賛武帝が官婢《かんぴ》であった湖氏に一目惚れしたのは、亡き愛妃の面影《おもかげ》を見たがゆえではなかったか。

賛武帝に見初《みそ》められた湖氏は、夫に求められるままに乗馬をおぼえ、武芸をたしなみ、打毬《ポロ》や蹴鞠に親しんだ。それらを心から楽しんだことはない、残虐《ざんぎゃく》な帝王である夫の不興を買うことを恐れて、言われるままに従っていただけなのだと、湖氏は書き遺《のこ》している。

『では、余のことは？　余はかねてから、若き日の父上によく似ていると言われてきた。父上とそっくりな顔をした余を、母上はどんなふうに見ていたのだろうか……？』

勇烈の問いに、湖氏は明確な答えを遺していない。

「わらわは湖氏との約束を果たしただけじゃ。文句を言われる筋合いはない」

「主上が幽閉《ゆうへい》されて御心を乱していらっしゃるときに文を見せる約束だったのですか？」

「いつであろうとおなじこと。真実はいずれ暴かれる。遅かれ早かれの」

「それでは、才深皇子の出生の秘密もいつか明るみになるのでしょうね」

宝麟の視線を払いのけるように、共太后はおもてにかかった黒髪をかきあげた。

「湖氏に文をたくされたとき、わらわは言ってやった。『いますぐこれを公表すれば、汝の息子は玉座にのぼれぬぞ』と。『あるいは帝位にのぼったあとも、わらわはいつでもこの文を使って、汝の息子を玉座から引きずりおろすことができるのだぞ』と」

湖氏は殉死《じゅんし》せず、ほかの男に再嫁《さいか》した。これは先帝への裏切りであり、姦通《かんつう》以外のなにものでもない。母妃の不義が公《おおやけ》になれば、勇烈の帝位は根本から揺らぐ。勇烈がほんとうに賛武帝の皇子なのかどうかさえ、疑われることになる。わが子を危険にさらすかもしれない文を、長らく敵対していた自分にたくしてよいのかと、共氏は湖氏に尋ねた。

『あなただから、たくすことができるのです』

湖氏は共氏を信頼していた。さもなければ、賛武帝の崩御に乗じてひそかに退宮《たいきゅう》し、許嫁《いいなずけ》のもとへ行きたいなどと、申し出ることはできなかっただろう。

「やけに自信がある様子だった。わらわの行動など、読めていると言わんばかりに。業腹《ごうはら》だが、結局は湖氏の勝ちであったな。わらわはあの文を隠しとおしてきたのだから」

湖氏の殉死を装い、許嫁と結ばれるよう取り計らったのは、ほかならぬ共氏である。

「なぜ……光粛皇后の願いをお聞き入れになったのですか？」

共氏から見れば、湖氏は寵愛と鳳冠《ほうかん》を争った仇敵《きゅうてき》のはず。彼女が病身であろうと、許嫁を愛していようと、恨めしいことに変わりはなかっただろうに——なぜ。

「うらやましかったのじゃ。心のままに好いた殿御のもとへ駆けていける、かの女子が」

共太后はどこか懐かしそうにため息をついた。

「なんとなればその行為は、愛されている確信がなければできぬものだから」


晩秋の日輪《にちりん》が中天をすぎるころ。例によって宦官服で勇烈に会いに行こうとした宝麟は、金烏殿の前で凶餓と継争を見た。継争に変装を見破られてはいけないと、物陰に隠れる。

「主上が病で臥せっていらっしゃると聞いて、毒を盛られたのかと肝《きも》を冷やしたよ。行幸先《ぎょうこう》では弑逆《しぎゃく》に失敗したわけだから、二度目の襲撃があるだろうと思っていたんだ」

継争は今日、共太后のご機嫌うかがいのために後宮に来ている。どうやら秋恩宮から帰る道すがら、勇烈の様子を尋ねようとして、金烏殿に立ちよったらしい。

「すでに気をつけているだろうけど、食事や衣服、身のまわりの世話をする者には、よくよく注意したほうがいい。主上の御命を狙っている者がいることは、たしかなんだから」

継争が立ち去ったのを見計らって、宝麟は金烏殿に入った。

（ほんとうに摂政王が首謀者《しゅぼうしゃ》なの……？）

下手人《げしゅにん》が勇烈を弑《しい》そうともくろんでいるなら、二度目、三度目の襲撃が起きているはず。ところが、殺されたのは三人の証人たちで、襲われたのは祥基だった。黒幕の狙いは勇烈ではない。ここまでは、摂政王に仕える武官の密告とおなじなのだが、なにか釈然としない。

宝麟が部屋に入ると、勇烈は羅漢牀《ながいす》で寝ていた。昨夜は「自分で散らかしたものは自分で片付けなさい」と宝麟に叱《しか》られ、夜通し部屋の掃除をしたので疲れてきっているようだ。

「考えてみたんだが、『才深』が余を襲った事件――あれは不可解だな」

いつの間に目をさましたのか、勇烈は仰臥《ぎょうが》したままで格天井《ごうてんじょう》を見上げている。

「密告によれば、才深の名を出して不義密通の罪で共太后を排除するため……ということだったが、そもそも摂政王にとって共太后は脅威になりうるだろうか？　共丞相が死んでから、共家の権力は年々衰えている。朝廷が共氏一門の天下だった時代ならともかく、いまの共太后に摂政王の簒奪《さんだつ》を阻止する力はない。朝廷の勢力図を描いているのは摂政王なんだから、共太后がいくら抗議しても、黙殺すればいいんだ。わざわざ『才深』を持ちだして排除しなければならないほどの相手じゃない。……だったら、なぜ『才深』が出てきた？　やつは余を襲撃し、才深と名乗り、投獄され、獄中で殺された。偽物にしても本物にしても、なぜ『才深』が出てくる必要があった？　共太后を排除するためじゃないとしたら、なんのために……」

「考えるのはあとにして、昼餉《ひるげ》をいただきましょう」

宝麟は円卓に食盒《じゅうばこ》を置き、料理をならべた。勇烈を急かして席につかせる。

「黒幕の狙いが余でないことはたしかだ。なぜなら、皇宮にもどってから一度も襲撃はないし、毒見係が毒に引っかかったという話も聞かない。しかし、妙だな……。摂政王が玉座を簒奪するつもりなら、叔父上《おじうえ》たちを始末したあとで余を病死させるなんて、かえって手間だぞ」

「ぶつぶつしゃべってばかりね。自分で食べないなら、無理やり食べさせるわよ」

宝麟が家鴨の蒸し焼きを一切れとって口もとにはこぶと、勇烈はもぐもぐと食べた。

「摂政王はなぜ余を幽閉した？　余が摂政王に蟄居《ちっきょ》を命じるつもりだったから？　余の幽閉は予定外だったか？　なるほど、一理ある。だが、それなら当初の計画にこだわらず、金烏殿で余を始末するべきだ。ふたたび襲撃するなり、毒を盛るなりして余を殺し、わざと証拠を残して、弑逆の罪を平明伯父上と祥基叔父上に着せれば、邪魔者をまとめて……」

「食べるかしゃべるかどっちかにして」

勇烈は黙りこんだ。食べることにしたらしいが、宝麟が食べさせてあげないと食べない。

「困った人。まるで子どもね。まあ、かわいいからいいけど。つぎはどれがいい？　これ？　それとも、こっち？　だめよ、お菓子はごはんのあと。魚も食べてね、はい」

魚料理を食べさせようとしたときだ。勇烈がやにわに立ちあがった。

「そうか。わかったぞ」

なにが？　と小首をかしげる宝麟に耳打ちする。

「黒幕の標的は、飛鋼叔父上だ」

その夜、宝麟は下級宦官に扮して後宮を出た。途中で尾行されていることに気づき、回廊《かいろう》の梁《はり》にのぼって人影が来るのを待つ。彼がきょろきょろしながらとおりすぎようとした瞬間、飛びおりて取り押さえた。したたかに殴《なぐ》って気絶させ、縄で縛って転がしておく。

『黒幕の筋書きでは、余は飛鋼叔父上の命令で幽閉されなければならなかったんだ』

飛鋼と共太后の密通疑惑を利用して、勇烈と飛鋼を仲違《なかたが》いさせる。勇烈は飛鋼を蟄居させようとし、飛鋼はその動きを察知して勇烈を幽閉する。計画を飛鋼側にもらしたのは首謀者の手の者だろう。飛鋼の命令で幽閉された勇烈は、当然の流れとして飛鋼を憎む。

『還幸以来、余が命を狙われなかったのは、黒幕が余にある役を演じさせるつもりだからだ』

あえて黒幕の筋書きどおりに動いてやるのだと、勇烈は言った。

『そなたは飛鋼叔父上に会って、余の考えを話してくれ。もちろん、内密にだぞ』

勇烈に頼まれたので、暁和殿に隣接している泰青殿《たいせいでん》を訪ねなければならない。泰青殿は飛鋼が政務をとる殿舎《でんしゃ》である。目下、飛鋼は王府に帰らず、泰青殿につめているようだ。

（私に密使役をやれだなんて、勇烈ったら無茶を言うわ）

そう思いつつも、高揚《こうよう》を抑えきれない。宝麟を信頼してくれているからこそ、勇烈は大役を任せてくれたのだ。期待にこたえて、飛鋼と勇烈の橋渡しをしなければ。

泰青殿は警備が厳重だ。屈強そうな武官たちが扉の前で爛々《らんらん》と眼光を放っている。

（さて、どこから入ろうかしら？）

墨《すみ》を流したような闇の中で、宝麟はだれにともなく微笑《ほほえ》んだ。

陽化七年十月朔日《さくじつ》、虜囚《りょしゅう》の身であった皇帝は金烏殿を脱し、錦衣衛《きんいえい》に摂政王・高飛鋼を捕らえさせた。即日、飛鋼は謀反《むほん》の罪を問われて摂政王の称号を剝奪《はくだつ》され、投獄された。

「恵兆王の身柄はわらわがあずかろう」

紛糾《ふんきゅう》する朝堂《ちょうどう》にあらわれた共太后は、玉座に腰かけている勇烈を見上げた。

「万一、廠獄《しょうごく》で恵兆王が横死《おうし》したら、主上が真っ先に疑われる。主上に叔父殺しの汚名を着せるわけにはいかぬ。ご沙汰がくだるまで、恵兆王はわらわの監視下に置くべきじゃ」

朝堂はどよめいた。高官たちは臆見《おっけん》を囁《ささや》きあう。

「噂《うわさ》によれば、恵兆王は皇太后さまの情人であるそうじゃないか」

「監視下に置くというのは建前《たてまえ》で、恵兆王殿下を秘密裏に逃がすおつもりなのでは……」

「なんと嘆《なげ》かわしい。皇太后ともあろう御方が私情で大罪人をかばうなど、言語道断だ」

「恵兆王殿下が謀反をたくらむはずがありません。濡れ衣に決まっています」

「東廠《とうしょう》が讒言《ざんげん》したのでしょう。恵兆王は司礼監の汚職宦官を一掃《いっそう》するお考えでしたから」

「密通疑惑の出どころも東廠でしたよ。主上は騾馬《らば》の戯言に惑わされていらっしゃるのでは」

勇烈は苦虫《にがむし》をかみつぶしたような面持《おもも》ちで朝堂を睥睨《へいげい》している。

「皇太后さまのおっしゃることは至極《しごく》ごもっともです」

朝堂のざわめきを押しのけるように、霜斉王・高平明は朗々たる声をひびかせた。

「東廠は主上直属の機関ですので、廠獄で事件や事故が起きれば、あらぬ疑惑を招きます。皇太后さまのおっしゃるように、主上が叔父殺しの汚名を着ることになるやもしれませぬ」

「不義密通の疑いがかかっている義母上に、恵兆王をあずけよと言うか」

「いいえ、それは避けるべきです。無用の詮索《せんさく》を招くだけですから。廠獄に置かず、皇太后さまの監視下にも置かないとなると、三法司《さんほうし》に諮《はか》るよりほかありません」

刑部《けいぶ》、大理寺《だいりじ》、都察院《とさついん》の総称を三法司という。東廠や錦衣衛は宦官が主管する皇帝の私的な司法機関、三法司は官吏が主管する国の公的な司法機関である。

「刑部尚書《けいぶしょうしょ》も、大理寺卿《だいりじけい》も、左右都御史《さゆうとぎょし》も、恵兆王の推挙《すいきょ》でその地位についた。恩義ある恵兆王に手心をくわえて、罪をうやむやにする恐れがあるゆえ、三法司には任せられぬ」

勇烈は憤懣《ふんまん》を吐き捨てるように言い、飛鋼の無実を訴える四人の高官たちを見やった。

「やむをえぬ。恵兆王の身柄は霜斉王にあずけるとしよう」

「……私にはそんな大役はとても」

「呂守王はまだ謀反の嫌疑が晴れておらぬし、登原王は若輩《じゃくはい》である。恵兆王なき朝廷で、余《よ》がもっとも頼りにするのは霜斉王だ。そなたは恵兆王にまつろわぬ親王ゆえ、義母上のように、かの者の逃亡を助けることはないであろう。安心して罪人をあずけられる」

「恐れながら、主上。謀反の嫌疑がかかった者の身柄を一親王があずかるなど前代未聞です」

「たしかに一親王の権能には余るな。では、そなたに摂政王の称号をさずけよう」

反駁《はんばく》する平明に、勇烈は笑顔を向けた。少年らしく無邪気であるようで、底知れぬ冷酷《れいこく》さを秘めたその双眸《そうぼう》。賛武帝の龍眼《りゅうがん》を思わせる眼光に射貫《いぬ》かれ、平明は息をのんだ。

「ただし、摂政の印章はさずけぬ。また『病』にされてはかなわぬからな」

二の句が継げぬ平明をよそに、勇烈は冷え冷えとした眼差《まなざ》しを共太后に投げた。

「いかがです、義母上。余の采配にご納得いただけますか」

「よかろう。霜斉王ならば、厳正中立に責務を果たすはずじゃ」

主上は英邁《えいまい》であらせられます、と高官たちは示しあわせたように唱和した。

「霜斉王の返事を聞こう。よもや不承知とは申すまいな？」

「……ご信頼にそむかぬよう、死力を尽くします」

平明は伏せたおもてを苦々しくしかめた。なにが「安心して罪人をあずけられる」だ。体《てい》よく責任を押しつけただけではないか。飛鋼の身柄が廠獄から霜斉王府に移された瞬間に、勇烈は叔父殺しをやりとげることもできるわけだ。まったき聖天子《せいてんし》の顔をして。

（ずいぶん小賢《こざか》しくなったものだ）

幼君《ようくん》よ青二才よと侮《あなど》っていたが、とんだ考えちがいをしていたらしい。

「お見えになるだろうと思っていましたよ」

木格子《きごうし》にもたれた格好で、俺は薄明かりがはこんできた人影に目を細めた。獄吏《ごくり》が持つ提灯《ちょうちん》に照らされ、その人は光の羅衣《らい》をまとったように、凛々《りんりん》たる夜陰にほのめいている。

「ここはひどく冷えるわ」

「廠獄《ごうもん》ですから。官民《かんみん》の心胆《しんたん》を寒からしめる場所ですよ。冷えて当然でしょう」

「拷問はうけていないでしょうね？」

「その必要がありませんので。私が知っていることは、洗いざらいしゃべりましたよ」

獄吏が鍵《かぎ》を開ける。木格子の戸の隙間《すきま》から、その人が入りこんできた。

「罪人のねぐらにお入りになるとは、豪胆《ごうたん》な方だ」

「いざとなれば、あなたひとりくらい、どうとでもできるわよ」

「でしょうね。せっかくつけた尾行も易々とのされてしまった」

かすかな笑い声が獄房《ごくぼう》に空々しくひびく。その人は藁《わら》敷きの床に腰をおろした。

「どうしてこんなことをしたのか……尋ねてもいいかしら」

「お答えする前に、なぜ私が内通者だとおわかりになったのか教えていただきたいものです」

一昨日の夜、刺客《しかく》が夜襲をかけて、恵兆王・高飛鋼を亡き者としようとした。万事、計画どおりに進んだはずだった。が、夜襲は失敗し、刺客はその場で捕縛《ほばく》された。

「襲撃の日時はどこからもれたのです？」

「もれていないわ。襲撃を阻止できたのは、ひとえに万全の態勢でそなえていたためよ」

「それでは、なぜ私が東廠に連行されたのでしょうか」

「賊《ぞく》が恵兆王府を襲ったからよ」

以前、恵兆王府を錦衣衛に包囲させる計画がもれたとき、近くに内通者がいると気づいたという。そこで今回は、前回の計画を知っていた者たちに別々の作戦を伝えた。

「あなたにはこう言ったわ。『恵兆王殿下は霜斉王府に護送されると見せかけて、恵兆王府に送られる。賊は霜斉王府に侵入して恵兆王殿下の暗殺を試みるだろうから、そこで一網打尽《いちもうだじん》にする』と。ほかの人には『恵兆王府』の部分がべつの場所になっている作戦を話したのよ」

移《い》花雀、魯《ろ》乱影、労凶餓、消太監《たいかん》、密告してきた飛鋼直属の護衛……彼らは全員白だった。

「賊が恵兆王府を襲ったと聞いて、あなたが内応しているんだとわかったわ」

「なんだ、そんな単純な仕掛けでしたか」

焼きが回ったようだ。数十年、宮中で生きぬいてきたこの俺が小娘の嘘に騙《だま》されるとは。

「呂守王にお詫《わ》びの言葉を伝えていただけますか。あと少しで御身を摂政王にしてさしあげるところでしたのに、私の不調法《ぶちょうほう》で地獄行きにしてしまって申し訳ないと」

「そこまで呂守王に忠誠を誓っていたの？」

「いいえ。私はだれにも忠誠を誓っていません。忠心なるものを持っていませんから」

じゃあどうして、とその人は問いを重ねる。こちらこそ訊きたい。なぜそんなことを知りたがるのだろう。俺がどういうつもりで謀反に加担したかなんて、どうでもいいじゃないか。

「深刻な理由はありませんよ。呂守王に少しばかり興味を持ったので、協力しただけです」

呂守王・高祥基には美しい人妻よりももっと貪婪《どんらん》に欲しているものがあった。それは同母兄である飛鋼が持つ摂政王の称号だった。玉座にのぼりたいわけでも、自分の手腕で政《まつりごと》を動かしたいわけでもなかった。彼はたんに兄が持っているものが欲しかったのだ。

『幼いころから、飛鋼兄上の持ちものがむしょうに欲しくなる癖《くせ》があるんだよ』

はじめは玩具《おもちゃ》。じきに書具《しょぐ》や武具になり、能力や戦功になり、友人や恋人になった。

『飛鋼兄上の手にあるものはなんでも、この世にふたつとない至宝に見えるんだ』

奇妙なことに、祥基がそれを手に入れると、輝きはたちまち失われてしまう。

『私はあらゆる珠玉を汚物に変えてしまう呪われた手をしているんだろうか？　それとも、飛鋼兄上の手がありとあらゆる汚物を珠玉へと変貌《へんぼう》させる力を持っているんだろうか？』

祥基の胸にあったのは児戯《じぎ》のようなたわいない理屈だった。ために彼は、才深と年恰好《としかっこう》が似ている少年を才深に仕立てあげて霜斉国で皇帝を襲わせ、共太后の密通疑惑を利用して皇帝と飛鋼を仲違いさせ、飛鋼が皇帝を幽閉《ゆうへい》するよう仕向けたうえで、皇帝に飛鋼を捕縛させ、謀反と姦通《かんつう》の罪を着せて同母兄を死に追いやり、彼の後釜《あとがま》におさまろうとしたのだ。

祥基が東廠に謀反の証拠を押さえられて投獄されたのも、飛鋼に逆心を疑われる行動をしていたのも、廠獄で賊に襲撃され、その現場を平明に目撃されたのも、彼の筋書きどおりだ。真っ先に投獄されることでかえって黒幕から外れることができるし、飛鋼が祥基を疑えば疑うほど、飛鋼に不信感を抱きはじめた皇帝は、祥基の捕縛に陰謀《いんぼう》のにおいをかぎとる。三人の証人が死んだあとに獄中で殺されかければ、首魁《しゅかい》は廠獄の外にいると思わせることができる。

飛鋼の身柄が平明の監視下に置かれることも、祥基は予測していた。そのほうが皇帝にとっても、祥基にとっても好都合だった。廠獄は一度、賊の侵入を許している。警備が厳重になっているから襲撃するのは難儀《なんぎ》だ。よしんば暗殺に成功したとしても、皇帝が自身の潔白を証明するために血眼《ちまなこ》になって真犯人を探すだろうから、犯行場所にはふさわしくない。

しかし、飛鋼の身柄が平明の懐に移されれば、話はべつだ。平明と飛鋼はだれの目にも明らかなほどに不仲だった。もし、彼の手もとで凶行が起きた場合、責任を問われるのは平明であり、生来の荒っぽい気性と日ごろの軋轢《あつれき》を理由に犯人と目されるのも、彼である。

『各地から助命の訴えが集まるから、処刑は無理だよ。どんなに重くても流刑が限度だろう』

わざわざ刺客を送らなくても、謀反と姦淫《かんいん》の罪があれば処刑に追いこめるのではないかと言った俺に、祥基は奇妙な誇らしさをこめて「飛鋼兄上は徳望家《とくぼうか》だからね」と答えた。

『ほんとうは摂政王の称号なんてどうでもいいんだ。私が欲しいのは、飛鋼兄上の命さ』

酔狂《すいきょう》な人だと思った。兄を渇仰《かつごう》するあまり、兄を殺《あや》めようとするとは。それゆえに俺は、祥基に手を貸したのだろう。彼の野心が愚にもつかないほどに純真だったから。

「あなたには……入宮前に許嫁《いいなずけ》がいたわね」

親同士が決めた結婚だ。熱烈な恋人だったわけではない。互いがそばにいることが当たりまえで、いつか夫婦となるのだろうと漠然《ばくぜん》と意識していただけの関係。

「こうなったのも天命です。だれを怨《うら》んでも仕方のないことだ」

俺が伯父の罪に連座されて駙馬《ふば》となったあと、彼女はとある官家に嫁いだ。いまや右都御史の正夫人だ。夫に愛され、子宝に恵まれて、幸せに暮らしていると聞いている。

かつては彼女の心変わりを怨んだ。男ならだれでもよかったのだ、俺のことなどすっかり忘れているのだろうと胸裏で悪罵《あくば》した。彼女が幸福を享受していることが恨めしかった。俺が醜《みにく》い駙馬になったように、彼女も煮え滾《たぎ》る汚泥《おでい》の淵をのたうちまわるべきだと考えた。

あれほど胸を焼いていた憎悪は、もはやどこにもない。俺は諦めてしまったのだ。彼女を憎むことも、天を呪うことも。憎んでも呪っても、時間はさかのぼれない。俺の体はもとにはもどらない。駙馬と婦人は情をかわせない。道は違《たが》ってしまった。いまの俺には、彼女を抱きしめることはおろか、たった一言……君が恋しいと伝えることすら、できないのだ。

「私にできることがあればよいのだけれど……。せめて、なにか……」

「やめてください。罪人に無用の情けをかけてはいけませんよ」

慈悲《じひ》とは無辜《むこ》の民に与えられるべきものだ。俺のような悪人が賜ってはならない。

「お暇をいただきとうございます、皇后さま」

俺が死んでも、濁世《じょくせ》はつづいていく。国が滅んでも、民は生きていくように。

「あなたが私の最後の主となってくださったことに、衷心《ちゅうしん》より拝謝申しあげます」

端座《たんざ》して叩頭《こうとう》した。森閑《しんかん》とした夜気が骨身にしみると、まだ生きているのだと実感する。

「長いあいだ、大儀《たいぎ》でした」

李皇后は俺の姓名を呼んだ。嘲名《ちょうめい》である走醜刀ではなく、男だったころの名を。

「願わくは、あなたの来世が幸いに満ちたものでありますように」


平静をとりもどした皇宮に、ふたたび冬がめぐってきた。

「よくもまあ、あんな不安定な靴《くつ》で、玉のようにくるくると回れるのう」

氷嬉《スケート》を楽しむ皇帝夫妻を眺めながら、共氏は怪訝《けげん》そうに小首をかしげた。

「さきほどから、おなじことばかりおっしゃっていますね」

「奇々怪々《ききかいかい》なのだもの。氷嬉靴というのは一本の鉄条で体の重さをささえるのであろう？　そのような靴で氷上に立ったら、ふつうは足がぐらぐらするのではないかえ」

「立ちかたにこつがあるんですよ。ご興味がおありなら、お教えしましょうか」

「結構じゃ。娘時代ならいざ知らず、この年になって氷嬉を習うなど、みっともないわ」

「何事も学ぶのに遅すぎるということはありませんよ」

飛鋼が微笑《ほほえ》みかけると、共氏はつっけんどんに「いやなものはいやじゃ」と言った。つむじ曲がりのそっけない口ぶりは、娘時代の愛らしさをみじんも失っていない。

(俺が先帝だったら、あなただけを大切にしたのに)

口には出せない想いが水のように胸にひろがる。それは決して許されぬ禁忌《きんき》であり、絶えず飛鋼を蝕《むしば》みつづける甘美な劇毒である。いったい、いつからはじまったのか、考えても詮無《せんな》いことだ。気づけば、飛鋼は共氏を愛していた。兄帝の妃嬪《ひひん》であった彼女を。

一度、共氏の閨《ねや》に忍んでいったことがある。われながら、どうかしていた。募《つの》る恋情にそそのかされ、女官を手なずけて、当時は貴妃であった共氏をひそかに訪ねた。

飛鋼が閨に入ったとき、彼女は寝床に突っ伏してさめざめと泣いていた。昼間、湖麗妃の懐《かい》妊《にん》が発表されたせいだ。兄帝は有頂天《うちょうてん》になって、生まれた子が皇子だったらかならず皇太子にすると宣言した。のみならず、懐妊中の后妃侍妾《こうひじしょう》は夜伽《よとぎ》できないという規則を破って、その夜も湖麗妃の部屋に行った。共氏はまたしてもひとり寝を強《し》いられていたのだった。

『わらわのようなかわいげのない女子を恋うとは、汝《なれ》はとんだ物好きじゃの』

突然、あらわれた宦官《かんがん》姿の飛鋼に驚きもせず、共氏は涙色の瞳を細めた。

『あなたの魅力に気づかぬ兄上のほうがまちがっているのです』

飛鋼は熱情のほとばしりに任せてかき口説《くど》いたが、彼女がよろめく気配はなかった。

共氏の心は兄帝によって征服されていた。悲しいほどに強く、愚かしいほどひたむきに、彼女は兄帝を愛していた。飛鋼の恋情が赫々《かくかく》と燃え盛る炎なら、共氏のそれはひたひたとしたたる雪解雫《ゆきげしずく》であった。あまりに繊細《せんさい》で、あまりにひそやかであるために、岩清水よりも澄みわたり、明けがたの空に残った月よりも儚《はかな》いその音色は、兄帝の耳にとどかないのだった。

『汝の好意につけこむようですまぬが、ひとつ頼まれてくれぬかえ』

あなたの望みならなんでも叶えたいと答えた。見返りを求める気持ちがなかったと言えば嘘になる。彼女の頼みをきけば、わずかでも距離が縮まるかもしれないと期待した。

しかし、つぎの瞬間、浅ましい計算は粉砕《ふんさい》された。

『わらわは口づけというものを経験してみたいのじゃ』

彤記《とうき》によると、兄帝は湖麗妃と夜を過ごすとき、幾度となく口づけをするという。

『わらわには一度たりともしてくださらぬ』

飛鋼は彼女の願いを叶えた。そして、思い知らされた。共氏が兄帝を恋《こ》うように自分を慕《した》ってくれる日は、未来永劫《えいごう》、来ないであろうと。飛鋼は共氏を愛し、共氏は兄帝を愛していた。ふたりとも、自分をかけらほども愛してくれぬ相手に想い焦がれていたのだった。

『ありがとう。汝がわらわを恋うてくれたことは、死ぬまで忘れぬ』

紅梅のようにつややかな唇は、絹のようにやわらかい言葉で飛鋼を拒《こば》んだ。

これが密通事件の顚末《てんまつ》だ。したがって、才深は正真正銘《しょうしんしょうめい》、兄帝の子であった。

もっとも、仮に床をともにしたとしていたとしても、共氏が飛鋼の子を身籠《みごも》ることはなかっただろう。少年時代に患《わずら》った病のせいで、飛鋼は子を作れない体になっていた。この体には子孫を遺《のこ》す能力がないと医者に宣告されたとき、大いにわが身を恥じた。子を作れない男など、宦官も同然だ。皇族とは名ばかりの驤馬ではないか。男の体を失い、妻も子も持てず、みじめに老いさらばえていく醜悪《しゅうあく》な閹奴《えんど》たちとなにがちがうというのだ。

だれにも言えなかった。必死に隠していた。親王の衣をまとったこの身が驤馬のそれだとは、何人にも知られたくなかった。だが、あるとき、兄帝に知られてしまった。兄帝は出来損《できそこ》ないの弟を笑いもせず、憐《あわ》れみせず、「子を遺せないなら歴史に名を遺せ」と言った。

『子孫はいつか途絶えてしまうが、歴史に刻まれた名はとこしえに残る』

残忍な一面が目立つ、悍馬《かんば》のような君王ではあったが、兄帝は血をわけた兄弟への情が皇族のだれよりも深かった。飛鋼は兄帝を敬慕《けいぼ》してやまなかった。飛鋼の恥が外にもれぬよう腐心してくれたことにも、感謝せずにはいられなかった。にもかかわらず、邪恋に身を焦がして取りかえしのつかない過ちを犯した飛鋼は、まさに忘恩《ぼうおん》の徒であった。

あの夜のことを兄帝に密告する者がいた。飛鋼の名は出なかったものの、親王のだれかが共氏と姦通した、才深はそのときの子であるという醜聞《しゅうぶん》が兄帝の耳を穢《けが》した。

兄帝は憤激《ふんげき》し、すぐさま共氏を問いただした。才深はたしかに御身の子だと彼女は言った。それはゆるぎない真実であったのだが、猜疑心《さいぎしん》に駆られ、烈火のような怒りでわれを忘れていた兄帝は、まだ四つになったばかりのいとけない息子を一太刀《ひとたち》で斬《き》り殺した。騒ぎを聞いた飛鋼が駆けつけたとき、共氏は総身を朱に染めていた。彼女の腕の中には小さな骸《むくろ》があった。

『……主上ではない。才深を殺《あや》めたのはわらわじゃ』

件の夜、共氏はあらかじめ飛鋼の来訪を知っていた。彼女に忠実な女官が、今夜、飛鋼が閨に忍んでくるつもりでいると報告したのだ。拒むか否《いな》か女官に問われ、共氏は逡巡《しゅんじゅん》した。

『わらわは弱き心に負けて……汝を、招き入れてしまった』

彼女は湖麗妃の懐妊に打ちひしがれていた。夫が寄りつかぬ氷の閨で泣き伏しているうちに、自分に横恋慕《よこれんぼ》しているという男と会ってみたくなった。男が語るであろう情熱的な睦言《むつごと》を聞きたかった。慕わしい夫の口からは到底聞けないような甘い囁《ささや》きが欲しかった。

『なんとかわいそうな子であろう。愚かな母のもとに生まれたばかりに、こんな……』

声にならなかった共氏の慟哭《どうこく》を、思い出さない日は一日たりともない。はからずも、飛鋼は愛する女から子を奪ってしまった。彼女が宝玉のように大事にしていた夫とのつながりを断ち切ってしまった。兄帝を裏切り、共氏を奈落の底に落とし、得たものはなんであろう。

自分にはもう、彼女を恋う資格すらない。己の罪業を恥じて、共氏への想いを封印しようと誓ったはずなのに、いまもなおこの胸には、禁じられた熾火《おきび》が残っている。

「皇太后さま！　摂政王殿下！」

蝶のように氷上を舞う李皇后が潑剌《はつらつ》とした笑顔をこちらに向けた。

「見物ばかりでは退屈でしょう？　おふたりも滑りませんか？」

「滑りたいのは山々だが、あいにく氷嬉靴がないので無理じゃ」

「ご心配なく。氷嬉靴なら用意させています。凶餓、例のものをおふたりにさしあげてくれ」

李皇后の手をとってすいすいと滑りながら、勇烈が労太監《たいかん》に命じた。いそいそと駆け寄ってきた労太監は、人懐っこく微笑《ほほえ》んで女物と男物の氷嬉靴を献上する。

「寸法はぴったりのはずですよ。どうぞお召しになってくださいませ」

「……わらわは体が冷えてきたので、そろそろ宮に帰ろうかと――」

「お寒いのなら、主上のご厚意に甘えて、氷嬉であたたまりましょう」

逃げようとしたところを飛鋼が引きとめると、共氏は心底いやそうにしかめ面《つら》をした。

「ひと滑りしたら、あちらの楼閣《ろうかく》で燗酒《かんざけ》でもいただきませんか。運動したあとに飲む酒は、文字どおり甘露の味わいですよ」

「ほう。運動すると、そんなに酒の味がよくなるのかえ」

「なりますとも。試してみませんか?」

飛鋼が手のひらをさしだすと、共氏は一瞬ためらって、そろそろと手を重ねてきた。

互いに恋を語らう仲にはなれなかったが、これからもこうして手をとりあって前へ進んでいきたいと願う。だれもが知るように、生きていくには情が必要だ。たとえそれがどんな色や形をしていようとも、人のぬくもりは人を救いつづける。

五

新たな幕開け

「今日から余《よ》は太上皇《たいじょうこう》か」

しみじみとつぶやいて、勇烈《ゆうれつ》は椅子《いす》に腰かけた。

皇宮は錦河宮《きんがきゅう》の居室。格子窓《こうしまど》からさしこむ夕映えが室内を燃えるように輝かせている。

「もう主上《しゅじょう》とは呼べないわね」

宝麟《ほうりん》は彼のために茶を淹《い》れた。本来なら、このような雑事は側仕《そばづか》えに任せるべきなのだけれど、勇烈とふたりきりのときは、あれこれと世話を焼きたくなってしまう。

「もともとたいして呼んでないだろう？　そなたは日常的に『旦那《だんな》さま』を使っているし、式典のときですら、余を『旦那さま』と呼びそうになることがたびたびある」

「うっかりまちがえそうになるのよ。『旦那さま』のほうが馴染《なじ》んでいるから」

さきほど、新帝の即位式でおなじみの失態を演じそうになった。からくも思いとどまったので荘厳な式典を台なしにせずにすんだけれども、恥ずかしくて顔から火を噴きそうだった。

「まちがえてもいっこうにかまわぬぞ。余はそなたに『旦那さま』と呼ばれるほうが好きだ」

勇烈は満足そうに宝麟が淹れた茶を飲んだ。

「そなたが『主上』をやめるなら、余は『余』をやめるぞ。昔、盗星《とうせい》としてそなたと出会ったころのように、『俺』と言うことにしよう」

たいそう意気込んでいる様子なのがおかしくて、宝麟はころころと笑った。

「明日からは朝議《ちょうぎ》にも出なくていいわね」

「あっ、そうだ。そなたとゆっくり朝稽古《あさげいこ》ができるな」

夫婦そろって行う武芸の朝稽古は、二十数年来の日課である。

「朝稽古といえば、継争《けいそう》兄上から例のものが届いていたんだった」

勇烈は凶餓《きょうが》に命じて一幅《いっぷく》の絵を持ってこさせた。乱影《らんえい》と凶餓がそれを開くと、花咲く内院《なかにわ》で剣の手合わせをする勇烈と宝麟の姿が茜《あかね》色の光に照らしだされた。

「さすが継争兄上だ。今回も素晴らしい出来栄えだな」

「物音が聞こえてきそうな筆運びだわ。ほんとうに素敵ね」

呂守王《ろしゅおう》の事件以来、勇烈は折にふれて継争に姿絵を描かせている。といっても、堅苦しいものではない。勇烈と宝麟が剣や棍《こん》の稽古をしたり、狩りや遠乗りを楽しんだり、打毬《ポロ》や氷嬉《スケート》に興じたり、蹴鞠《しゅうきく》や船漕《こ》ぎ競争で熱くなったりしている場面を生き生きと描いてもらっている。

長らく誤解していた共太后に歩みよるつもりではじめたことだが、ふたりとも継争の描きぶりに惚《ほ》れこんで、彼の絵を見るのが楽しみになっていた。

「まったく、光陰矢《こういんや》のごとしだな」

時間をかけて絵を鑑賞したあと、勇烈はため息まじりに言った。

「俺が親政をはじめたのは、つい最近のことだったような気がするが」

「あなたが親政をはじめたのは十八のときでしょう。二十年以上たっているわよ」

「そんなにたつか？　そなたはいまも十八の乙女《おとめ》のように見えるが？」

「おだてても無駄よ。夕餉《ゆうげ》の前にお菓子を食べてはだめ」

「そなたは俺に厳しすぎる。ちょっとくらい、やさしくしてくれてもいいと思う」

勇烈が甘えるように見つめてくる。宝麟は毎回この手に引っかかってしまう。

「そう言うだろうと思って焼き菓子を用意させているわ。だけど、少しだけよ。これから宴《うたげ》に出ることになっているんだから、おなかいっぱいになるまで食べないで」

「宴席ではそなたに食べさせてもらえないから、つまらぬな」

「まあ、ここでは食べさせてもらうつもりなの？」

「だめか？」

愛《いと》おしげに手を握られると、「しょうがないわね」と答えてしまっている。

「不惑《ふわく》をすぎているというのに、相変わらず子どもみたいだわ」

小言をもらしながら、宝麟は手ずから菓子を食べさせてあげた。勇烈はときどき宝麟に食べものを口にはこんでもらいたがる。望みどおりにしてあげると、すこぶるご満悦《まんえつ》だ。

「そなただけだ」

ふいに耳もとで低く囁《ささや》かれ、恋を知らぬ生娘《きむすめ》のようにどきっとした。

「李《り》宝麟だけが陽化帝《ようかてい》を十六の少年にもどしてしまう」

「……十六のころは、子どもあつかいするなっていちいち怒っていたくせに」

「知らなかったんだ。愛する后《きさき》にかわいがられるのは、最高の気分だということを」

熱っぽく見つめてくる彼の瞳がたまらなく好きだ。

「あなたばっかり甘えてずるいわ。たまには私を甘やかしてちょうだい」

「いいとも。さあ、今度は俺が食べさせてやろう」

勇烈が菓子を食べさせてくれる。ただでさえ甘い焼き菓子がいっそう甘く舌を蕩《とろ》けさせた。

「ふしぎね。あなたの手がふれると、お菓子がもっと甘くなるみたい」

「いままで秘密にしてきたが、俺の手には神通力《じんつうりき》があるんだ。ほら、こうやってそなたの頬《ほお》にふれると、そなたはだんだん俺と口づけしたくなる」

「やあね、じきに玄龍《げんりゅう》と子博《しはく》が迎えに来るわよ」

「待たせておけばいい」

「外は寒いのに、かわいそうだわ」

「かわいそうなものか。子に父母の睦《むつ》み合いを邪魔する権限はないんだ」

勇烈が顔を寄せてくるので、宝麟は微睡《まどろ》むように目を閉じた。

「越権行為であることは重々承知の上ですが——父上、母上」

笑いまじりの咳払《せきばら》いが室内にひびく。

「そろそろ宴の刻限ですので、お迎えにあがりました」

円形の落地罩《らくちとう》の向こうで、玄龍と子博がひざまずいて拝礼していた。

玄龍は今年で十九、子博は十五。このたび新帝となった玄龍は十二旒《りゅう》の冕冠《べんかん》をかぶり、五爪《ごそう》の龍が躍る御衣をまとった威風堂々《いふうどうどう》たる袞冕《こんべん》姿。まだ幼さを残した子博は、九旒《きゅうりゅう》の冕冠と三爪の龍を身につけた初々《ういうい》しい親王姿。ふたりとも、惚《ほ》れ惚《ぼ》れするほど立派だ。

「旦那さまのおっしゃるとおりね。光陰矢のごとしだわ。ついこのあいだまで私の胸に抱かれてすやすや眠っていたのに、いったいいつの間に、こんなに大きくなったのかしら」

万感の思いがこみあげてきて、目尻に涙がにじむ。

「幼いころはかわいかったな。両親の恋路を邪魔することもなかったし」

口づけを阻《はば》まれたのを怨《うら》んでいるのか、勇烈はむすっとしている。

「あら、あなたはよく私が子どもたちにかまいすぎるといって不機嫌になっていたじゃない。いい雰囲気《ふんいき》になるとかならず玄龍や子博が妨害してくるってぼやいていたのを忘れたの？」

「思い出したぞ。そなたたちは幼いころから父の楽しみをつぶす親不孝兄弟だった」

「僕が思うに、父上と母上が仲睦まじすぎるのがいけないんですよ。おふたりはいつも仲良くしていらっしゃるから、いつお声をおかけしても、お邪魔虫になってしまうんです」

子博が温和なおもてをあげて笑うと、玄龍も肩を揺らした。

「おふたりは千年の蜜月《みつげつ》の最中にいらっしゃるのですから、多少の邪魔は多めに見てください」

「そうよ、旦那さま。今日はおめでたい日なんだから、機嫌を直して」

宝麟がたくましい腕に寄りかかると、勇烈はたちまち日輪《にちりん》のような笑顔になる。

「まあ、いいだろう。明日からは宝麟と過ごす時間がたっぷりとれるからな」

「二度と父上のお楽しみを妨げぬよう、犬馬の労をいとわず、経世済民《けいせいさいみん》に力を尽くします」

「その志《こころざし》を燃やしつづけろ。決して灰にしてはならぬ。焔《ほむら》を絶やしてはならぬ。そなたが身を削って燃やす灯《ともしび》が、あまねく政《まつりごと》を照らし、民を導き、国を育《はぐく》むのだ」

ご勅諭《ちょくゆ》を胸に刻みます、と玄龍が深々と頭《こうべ》を垂れる。子博も兄にならった。

「さて、宴に出かけましょう。みなを待たせては悪いわ」

「俺の奥さんはみなのことばかり気にかけているな。夫は二の次みたいだ」

「つまらないやきもちを焼かないの。子どもじゃないんだから」

「子どもだよ、宝麟」

勇烈が唇を重ねてくる。恥ずかしさと愛おしさで、宝麟の頬は紅梅色に染まった。

「いつだって俺は、そなたに恋い焦がれる十六の少年だ」

聖楽《せいらく》元年、新春。

あとがき

こんにちは。はるおかりのです。後宮シリーズ十巻目のテーマは「体育」です。

凱《がい》のはじめころの話で、宦官《かんがん》の結婚禁止や妃嬪侍妾《ひひんじしょう》の殉葬《じゅんそう》は明代《みんだい》初期を下敷きにしています。明の太祖《たいそ》は宦官による政治への関与を禁じていただけでなく、妻を娶《めと》った宦官を剝皮《はくひ》の刑（皮《かわ》剝《は》ぎ）に処していたそうです。殉葬の風習は第六代皇帝である英宗《えいそう》が禁止するまでつづきました。ちなみに英宗は、意気揚々《ようよう》と親征した先で異民族の捕虜《ほりょ》になり、ごたごたしているうちに弟に皇位を奪われて太上皇《たいじょうこう》にされ、どうにかこうにか北京《ペキン》に帰ってこられたと思えば幽閉され、いろいろひどい目に遭《あ》った末に復位したというイベントの多い人です。

賛武帝《さんぶてい》は永楽帝《えいらくてい》の要素を取り入れています。永楽帝の宮廷には異民族出身の宦官が多かったようですね。非如雷《ひじょらい》は永楽帝に仕えた鄭和《ていわ》がモデルです。

中国史で摂政王《せっしょうおう》といったら清《しん》のドルゴンというわけで、高飛鋼《こうひこう》のキャラを作りました。ドルゴンは第二代皇帝ホンタイジの異母弟です。三十二歳で順治帝《じゅんちてい》（当時六歳）の摂政となり、大いに権勢をふるいました。ドルゴンが皇太后と再婚していたという、ちょっと真偽が怪しい説もありますので、飛鋼と共太后《きょうたいこう》の関係に少しばかり反映させています。

さて、本作は聖楽帝《せいらくてい》の両親の話でした。聖楽帝（高玄龍《げんりゅう》）は皇子時代に才深《さいしん》の事件のようなことが起こり、しばらく不遇ですが、立太子《りったいし》されてからはわりと恵まれた人生を歩みます。晩年以外は、ですが……。弟の子博《しはく》は松月王《しょうげつおう》です。この時代の松月王は封土《ふうど》付きの親王《しんのう》です。のちに聖楽帝が松月王から封土を奪い、名ばかりの親王にしてしまいます。なぜそうなるかということは、『後宮錦華伝』に書いたとおりです。

後宮制度が前作『後宮瑞華伝』とはかなりちがっています。聖楽帝以降の皇帝が位階の制度を変えていきます。宮正司《きゅうせいし》もこのころは女官が上層部を占《し》めていますが、徐々に宦官の力のほうが強くなり、各役所の長官はほとんど宦官が占めるようになっていきます。

非如雷は凱史上はじめて妻を娶った宦官ですね。その後は宦官の結婚があたりまえのことになっていく反面、騾妾《らしょう》という宦官の妻に対する蔑称《べっしょう》も生まれます。勇烈《ゆうれつ》は十八で親政をはじめ、飛鋼は摂政を退きますが、皇帝の叔父《おじ》として勇烈の治世を支えます。

本編に出せませんでしたが、共太后の名は仙姫《せんき》です。皇太子時代の賛武帝に一目惚《ひとめぼ》れし、自ら望んで入宮《にゅうきゅう》しましたが、気位の高さゆえに夫とはうちとけられず、不幸な結婚生活でした。賛武帝の崩御《ほうぎょ》後、自害を試みたものの、亡夫は自分の殉死を望まないだろうと思い、踏みとどまって皇太后になりました。毎日喪服《もふく》を着て先帝を弔《とむら》っているのは、殉死の代わりです。

ちらっと出てきましたが、陽化帝《ようかてい》の御代では、呉家《ごけ》は下級武官の一族です。『後宮詞華伝』に少しだけ書いた李家《りけ》が皇帝の外戚《がいせき》となって羽振りがよかったころというのは、陽化から聖楽にかけてですね。聖楽年間末以降、時代は混迷していきます。

勇烈と宝麟《ほうりん》のシーンで好きだったのは、夫婦喧嘩《げんか》シーンです。あのふたりが夫婦喧嘩をすることはこれからもありそうですが、あんなふうにこぶしで語りあっていそうです。

今回は由利子《ゆりこ》先生にお願いしてカバーに花嫁衣装を描いていただきました。期待していた以上に華やかで素敵なカバーになっており、とても気に入っています。中のイラストも美麗《びれい》なものばかりで、目移りしますね。読者のみなさまも由利子先生のイラストをいつも楽しみにしていらっしゃるだろうと思いますが、いちばん楽しみにしているのはまちがいなく私です。今回も素晴らしいイラストで作品を彩ってくださり、ほんとうにありがとうございました。

担当さまには大変ご迷惑をおかけしました。なんとかここまでたどりつけたのは、担当さまのおかげです。ありがとうございました。

読者のみなさまにも、心から感謝いたします。シリーズが十巻をこえるというのは、私としてははじめてのことなので、とても感慨《かんがい》深いものがあります。つぎはそろそろ義昌帝《ぎしょうてい》、宣祐帝《せんゆうてい》の時代に入っていきたいなと考えています。後宮シリーズのラストの構想はだいぶ前からできています。第一部はいったんここで完結しますが、もしよろしければ、最後までお付き合いくださいませ。

はるおかりの

※この作品はフィクションです。実在の人物・団体・事件などにはいっさい関係ありません。

完結おめでとうございます！
一作目の後宮詞華伝を描かせていただいてから三年、
最初にお話をいただいた時は後宮シリーズが十作も続く
作品になるとは思っていなかったので、
ここまで描かせていただけて
とても嬉しく思っております。
どうもありがとうございました！

由利子

はるおか・りの

７月２日生まれ。熊本県出身。蟹座。ＡＢ型。『三千寵愛在一身』で、2010年度ロマン大賞受賞。コバルト文庫に『三千寵愛在一身』シリーズ、『A collection of love stories』シリーズ、禁断の花嫁三部作、『後宮』シリーズがある。趣味は懸賞に応募すること、チラシ集め、祖母と電話で話すこと。わけもなくよく転ぶので、階段が怖い。

後宮剣華伝

烙印の花嫁は禁城に蠢く謎を断つ

COBALT-SERIES

2018年11月10日　第１刷発行
2020年12月15日　第２刷発行

★定価はカバーに表示してあります

著者　はるおかりの
発行者　北畠輝幸
発行所　株式会社　集英社
〒101－8050
東京都千代田区一ツ橋２―５―10
電話　【編集部】03-3230-6268
【読者係】03-3230-6080
【販売部】03-3230-6393(書店専用)
印刷所　株式会社美松堂
中央精版印刷株式会社

ISBN978-4-08-608083-5　C0193